pi = π

+

archi = archive and architecture

+

-ia

||

Piarchia

이동진

일평생 무언가를 수집하며 허덕허덕 살았다. 혀를 차는 사람들에게 이건 유전자의 문제라고 선을 그었다. 이제 와서 되짚어보니 어쩌면 나는 물건을 모은 게 아니라 이야기를 모았는지도 모른다. 나는 추억을 연결하고 있는 실들이 움직이는 마리오네트다.

『이동진이 말하는 봉준호의 세계』『영화는 두 번 시작된다』『이동진의 부메랑 인터뷰 그 영화의 시간』『길에서 어렴풋이 꿈을 꾸다』『이동진의 부메랑 인터뷰 그 영화의 비밀』『필름 속을 걷다』『닥치는 대로 끌리는 대로 오직 재미있게 이동진 독서법』『질문하는 책들』『우리가 사랑한 소설들』『밤은 책이다』 등을 썼다.

김홍구

다큐멘터리 사진가. 개인 작업으로는 「트멍」「좀녜」 등의 연작이 있다. 제8회 KT&G SKOPF 올해의 작가, 'GEO' 올림푸스 포토그래피 어워드에서 그랑프리를 수상했다.

이동진이 사랑한 모든 시간의 기록

파이아키아, 이야기가 남았다

초판 1쇄 발행 2020년 9월 25일 **초판 3쇄 발행** 2020년 10월 10일

지은이 이동진
펴낸이 연준혁

편집 2본부 본부장 유민우
편집 7부서 부서장 최유연
편집 최유연
디자인 강경신

펴낸곳 ㈜위즈덤하우스 **출판등록** 2000년 5월 23일 제13-1071호
주소 경기도 고양시 일산동구 정발산로 43-20 센트럴프라자 6층
전화 031)936-4000 **팩스** 031)903-3893 **홈페이지** www.wisdomhouse.co.kr

ⓒ 이동진, 2020

ISBN 979-11-91119-08-4 03810

이 도서의 국립중앙도서관 출판예정도서목록(CIP)은 서지정보유통지원시스템
홈페이지(http://seoji.nl.go.kr)와 국가자료종합목록시스템(http://www.nl.go.kr/
kolisnet)에서 이용하실 수 있습니다. (CIP제어번호: CIP2020038490)

Pi
+ arch
× ia

파이아키아,
이야기가 남았다

이동진이 사랑한 모든 시간의 기록

글 이동진 · 사진 김홍구

위즈덤하우스

내게 파이아키아는 별빛으로 가득한 밤하늘 같다. 그 빛이 출발했던 별의 거리가 제각각이라는 걸 감안하면 밤하늘은 서로 다른 과거의 시간들이 짜내는 비단 같은 것일 텐데, 파이아키아야말로 그렇다. 파이아키아는 공간이면서 시간이다. 이곳을 이루고 있는 많은 것들은 각자 다른 순간 내 삶에 도착해 반짝여주기 시작했다. 빛은 사라져버린 과거에서 왔지만 그 의미는 지금 여기 살아 있다. 그 빛이 아니었다면 많이 어둡고 눅눅했을 것이다.

파이아키아의 내부를 둘러보면 추억들이 저마다 내게 속삭이며 말을 걸어온다. 그건 각각의 물건에 애초부터 완결된 형태로 담겨 있었던 이야기가 아니다. 그 물건이 나를 향해 밟아온 여정의 이야기이면서 그걸 내가 맞이하느라 남긴 자취의 이야기이기도 하다. 수집이란 그 물건의 오랜 이야기에 내 이야기를 얹고 싶은 마음이다. 내가 눈 돌린 세계에 나름의 질서를 부여한 뒤 그 세계에 나를 붙들어 매는 행위다. 그러니까 수집품은 그 물건의 역사와 수집한 사람의 삶이 만나 뒤엉키는 순간에 새로운 이름으로 다시 태어난다. 나는 지나온 삶의 은유로 가득 찬 추억의 극장 파이아키아에서 끊임없이 서성이는 관객이다.

어릴 때부터 항상 무언가를 모으며 살아왔지만, 내게 수집은 언제나 경제적인 가치와 무관했다. 남들이 볼 때 진기한 것들도 물론 있겠지만 내게만 소중한 것들이 더 많다. 파이아키아는 금광산이 아니라 유한한 시공간 속을 좌충우돌 떠다녔던 어느 인간의 절실한 감정이 복잡한 층위를 이룬 퇴적층이다. 이제껏 내가 사랑해온 궤적이다.

오랫동안 스스로에게 비관적인 면모가 강하다고 여겼다. 생을 지배하는 것은 기쁨보다 고통이라 생각했고, 세상은 누리는 게 아니라 견디는 것이라고 믿었다. 삶은 차악과 최악 사이에서의 누적된 선택이라고 보았고, 세상은 늪과 사막 사이의 어디쯤이라고 상상했다. 사실 지금도 크게 다르지 않다. 그렇지만 이 책을 써나가면서 동시에 내가 얼마나 많이 아이처럼 무언가를 흠모하고 동경해왔는지 깨닫게 되었다. 삶이 얼마나 살 만한 가치가 있는지, 세상이 얼마나 아름다운지를 새삼 느꼈다. 이 책은 내가 세상을 사랑한 증거다. 삶이 얼마나 놀라운지에 대한 고백이다.

나만의 동굴이면서 세상을 향한 창문이기도 한 파이아키아를 이처럼 멋지게 만들어주신 봉일범 건축가님께 진심으로 감사드린다. 그때 그 전화를 무작정 걸었던 나의 만용이 스스로 대견할 정도다. 처음부터 끝까지 한 권의 책을 함께 만들어나가는 귀한 경험을 선사해준 최유연 부서장님을 비롯한 위즈덤하우스 분들과 김흥구 사진작가님께 짙은 동지애를 전한다. 이 책이 나오기까지 겪은 일들 역시 파이아키아를 지탱하는 소담스러운 이야기로 남을 것이다. 이 책에 담긴 내 삶의 일부가 되어주신 수많은 로저 워터스와 안드레이 타르코프스키, 이승우와 하덕규 님들께 고개 숙여 인사드린다. 이분들이 없었더라면 삶의 어느 순간 무릎이 꺾였을지도 모른다. 삶을 어떻게 살아가야 하는 건지 매 순간 직접 보여주시는 어머니와 이젠 꿈에서도 뵙기 힘들어 더 그리워지는 아버지, 가까이 서울에서 항상 정을 나눠주는 누나와 멀리 미국에서도 늘 힘이 되어주는 형과 동생에게 떠올릴수록 뭉클해지는 마음을 전한다. 이제는 어떤 이야기를 나눠도 즐거운 아들과 딸, 그리고 이렇게 많은 물건들을 견뎌주고 이토록 이상한 사람을 이해와 사랑으로 품어준 아내에게 긴 세월의 무게로 감사드린다. 내게 최상의 이야기를 남겨주셨습니다.

코로나바이러스감염증으로 온통 세상이 가라앉는 시기에 이 책을 썼다. 모두가 우울하고 고통스러운 시기였고 나 또한 예외가 아니었다. 그래도 이 책을 쓰는 순간만큼은 내내 흥에 들떴다. 글쓰기를 운명처럼 받아들이면서도 언제나 힘겨워했던 나로서는 이렇게 신나게 써 내려갈 수 있다는 경험 자체가 신기할 정도였다. 독자분들도 책장을 넘기며 가끔씩 미소 지을 수 있다면 더 바랄 게 없겠다.

언젠가 나도 삶을 떠날 것이다. 파이아키아 역시 아마도 사라질 것이다. 그래도 한동안 이야기가 남을 것이다. 우연이 많고 굴곡도 심하다고 해도, 그 이야기가 좋은 이야기라면 정말 좋겠다.

차례

1
Pi
arch
ia

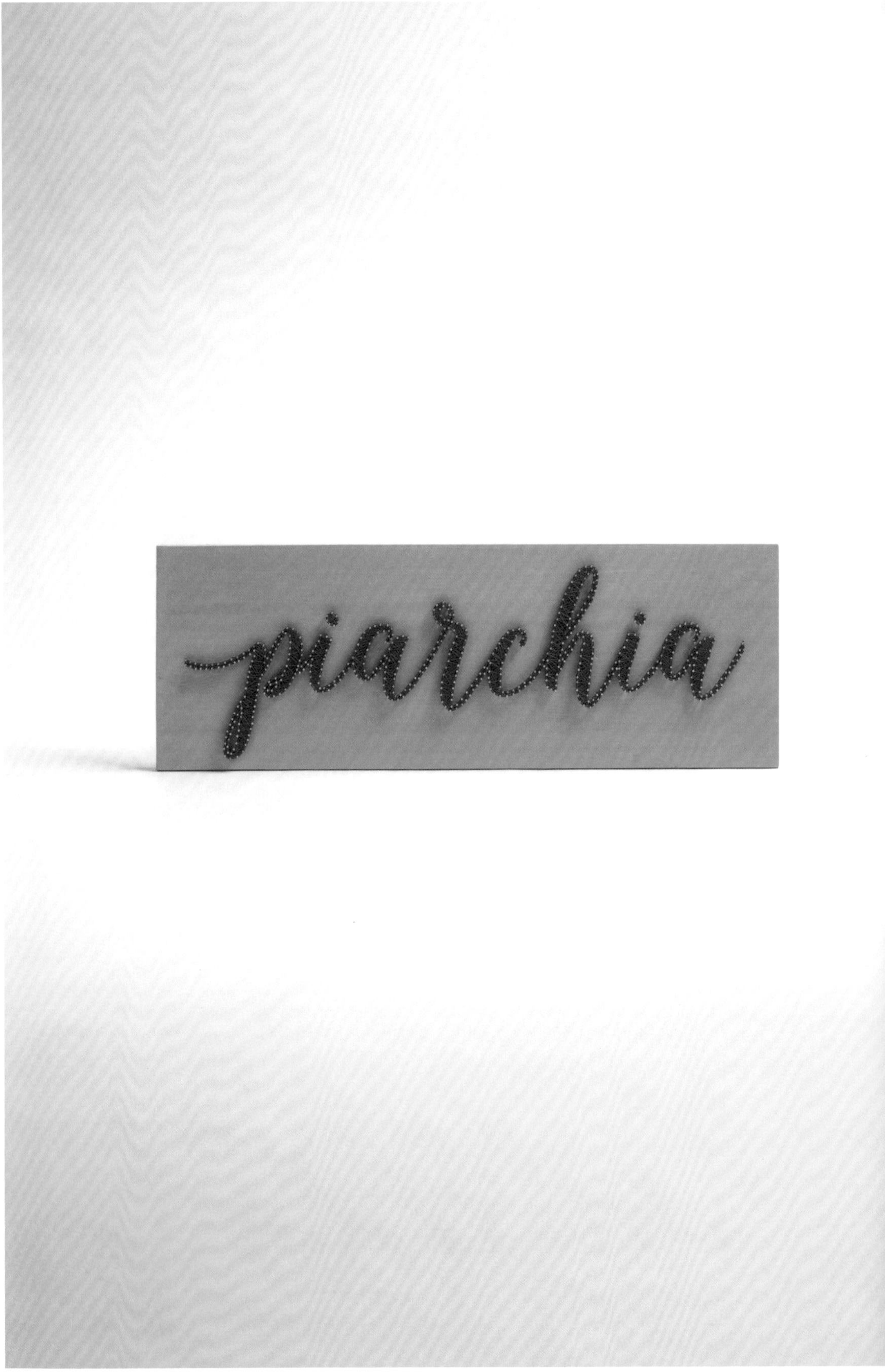
piarchia

서울 성수동에 개인 작업실을 준비하는 과정에서 어떻게 이름을 붙일까 고민했다. 작업실 명칭에 내 이름을 넣고 싶지는 않았지만 나의 현재와 꿈이 함께 담긴 이름이길 원했다. 여러 단어를 이어 붙이느라 늘어지길 원하지 않았지만, 고색창연한 한자로 축약해 작명하고 싶지도 않았다. 그렇다고 무미건조하게 짓고 싶진 않았다. 신화를 워낙 좋아하는지라 결국 신화 속 지명을 가져오기로 했다. 바로 파이아키아다.

스케리아라고도 불렀던 파이아키아는 고대 그리스의 섬 이름이다. 현재의 코르푸섬이 그리스 신화 속 파이아키아라고 보는 견해가 많지만 확실치는 않다. 오디세우스는 트로이 전쟁에서 승리한 후 고향 이타카섬으로 돌아가려고 하지만 바다의 신 포세이돈의 분노를 사서 배로 하루면 닿을 수 있는 거리를 무려 10년간 떠돌며 갖은 고생을 다한다. 파이아키아는 이타카섬으로 귀환하기 바로 직전에 도착한, 그러니까 오디세우스의 마지막 여행지였던 섬이다.

오디세우스는 풍랑을 만나 3일간 표류한 끝에 섬의 해안에 간신히 도착한다. 파이아키아 사람들은 외부와 격리된 채 그들만의 왕국을 배타적으로 수호하는 습성이 있었지만, 신분을 감추고 도와주는 아테네 신의 지원으로 오디세우스는 파이아키아의 왕 알키누스와 공주 나우시카로부터 극진한 대접을 받는다. (미야자키 하야오의 애니메이션 「바람계곡의 나우시카」는 여기서 이름을 따왔다.) 궁궐에 머무는 동안 오디세우스는 그때까지 그가 겪어온 이야기를 그들에게 들려주는데, 다 듣고 난 왕은 배를 내주어서 이타카섬까지 무사히 돌아갈 수 있도록 한다.

오디세우스의 마지막 여행지인 파이아키아와 관련된 신화 속 이야기는 여러 측면에서 내 작업실과 겹쳐 보였다. 나 역시 다니던 직장을 그만둔 후 십수 년간 많은 일들을 겪었다. (오디세우스라는 이름은 어원적으로 '고통'을 의미하는 단어를 품고 있다.) 특히 이 작업실로 오기

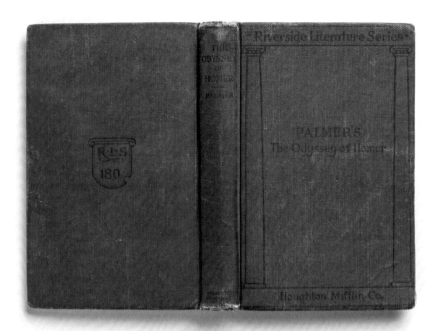

직전 표류에 가까운 일들을 비교적 짧은 기간에 집중적으로 겪었다. (그건 누구의 분노와 관련되어 있었을까.) 이 작업실은 9층짜리 건물의 3층에 들어서 있지만, 사실상 외부와 격리되어 있다. (안에 있으면 외부와 거의 완전히 차단되어, 낮과 밤이 바뀌고 시간이 흐르는 것조차 좀처럼 느끼지 못한다.) 그리스 신화 속에서 파이아키아는 파라다이스 같은 곳으로 묘사되는데, 내게 이 작업실은 종종 그렇게 여겨진다. (물리적 조건이 아니라 심리적 환경이 그렇다.) 누군가 나를 숨어서 도와주는 것 같은 느낌이 들기도 하고, 내가 나 스스로를 대접하는 느낌이 들기도 한다. (결정적 도움을 준 사람들이 있다.) 그러나 내가 최종적으로 머물 곳은 아니다. (알키누스와 나우시카는 오디세우스를 파이아키아에 붙잡아두고 싶어 했다.) 밤이 늦으면 이곳을 나서 집에 가야 하고, 세월이 흐르면 여기를 떠나 다른 곳에 정착해야 한다. (파이아키아는 내게도 마지막 여행지가 될까.)

하지만 나는 파이아키아에 머무르는 동안만큼은, 오디세우스가 알키누스와 나우시카에게 그러했듯, 그간 내가 직접 몸으로 부딪쳐 경험한 이야기들과 책과 영화와 음악 등을 통해 간접적으로 체험한 이야기들을 세상 사람들에게 하나씩 차근차근 들려주고 싶다. 알키누스와 나우시카가 그랬듯, 사람들이 옅은 미소를 머금은 채 내 이야기를 들어주었으면 좋겠다.

그러니 2만 권에 이르는 파이아키아의 책들 중에 『오디세이』가 없을 수는 없을 것이다. 한글로 된 관련 그리스 신화 서적도 많고 제임스 조이스의 소설 『오디세이』도 있지만, 이와 관련해 내게 더 의미 있는 책은 『Palmer's the Odyssey of Homer』라는 영어책이다.

피터 보그다노비치가 연출한 「라스트 픽쳐 쇼」를 워낙 좋아해서 그 촬영지인 미국 텍사스 아처시티를 20여 년 전쯤 여행한 적이 있는데, 이 책은 그때 아처시티의 중고서점에 들렀다가 발견했다. 그리 크지 않은 마을이었는데, 놀랍게도 커다란 중고서점이 세 군데나 있었다. 한국으로 가져갈 거라고 말했더니 서점 주인 할아버지가 고서라서 조심스럽게 다뤄야 한다며 세 겹으로 포장해주었다. 이전 소유주들의 연필 메모가 책 속 곳곳에 있는데, 심

지어 훔쳐가면 절대 안 된다는 경고의 글귀까지 성경의 근거를 들어가며 적혀 있다. 1891년에 출간되었으니 파이아키아의 모든 장서 중 가장 오래된 책인 셈이다. (물론 읽진 않았다. 책장이 부서질까봐 읽고 싶어도 못 읽는다.)

원래 파이아키아라는 명칭은 영어로 'Phaeacia'라고 표기한다. 그런데 이 작업실 이름 파이아키아는 'Piarchia'라고 철자를 달리해 쓰고 있다. 원주율을 뜻하는 '파이(pi)'와 기록보관실을 의미하는 아카이브나 건축에 해당하는 아키텍처에서 가져온 'archi'에 국명 명사어미 'ia'를 결합했다. 새로 만든 단어니까 구글링을 해봤자 아직 아무것도 안 나올 것이다. (지금 해보니 과연 그렇다.)

숫자에 대한 강박이 있다. 어려서는 지금보다 훨씬 더 심했다. 예를 들어, 중고등학교 때는 매일 점심시간 때마다 시간을 신경 쓰느라 식사를 제대로 못했다. 12시 34분 56초가 될 때를 직접 눈으로 확인해야 하루가 편안하게 느껴지기 때문이었다. 당시 나는 카시오 전자시계를 차고 있었는데, 그 시계의 숫자가 1부터 6까지 일렬로 늘어서는 순간을 기어이 봐야 했던 것이다. 그걸 놓치면 기분이 상하게 되니, 혹시라도 못 보게 될까봐 12시 20분쯤부터는 서서히 긴장되기 시작해 계속 시계를 반복해서 체크해야 했다. (지금은 점심 잘 먹는다. 아예 시계를 차지 않은 지도 20년이 넘었다.)

책을 읽다가 나도 모르게 글자 수를 세는 버릇도 있다. (이건 요즘도 가끔 그런다.) 학창 시절 이와 관련한 최악의 사태는 시험을 치를 때 발생했다. 초긴장 상태에서 문제를 읽다가도 어느 순간 그 문제에 포함된 글자 수를 세고 있기 일쑤기 때문이다. 실제 그런 이유로 중요한 시험을 망친 적도 있다. 글자 수를 세서 뭘 어떻게 하는 것도 아니다. 그저 내가 파악한 그 글자들의 숫자를 통해 순간적인 쾌와 불쾌를 판정할 뿐이다. 예를 들어, 해당 문제에 포함된 글자 수가 17 같은 소수이면 기분이 나빠진다. 반면 소인수가 많은 숫자가 나오면 흡족해진다. 특히 24나 32 같은 숫자면 비교적 작은 숫자에 소인수가 상당히 많은 편이니 대만족이다. (쓰다 보니 예전의 내가, 토닥토닥, 정말 수고 많았다는 생각이 절로 든다.)

수비학에 대한 관심도 많았다. 숫자에 담긴 신비에 일찌감치 매료됐다. 가장 신비롭게 다가온 것은 원주율, 즉 파이였다. 가장 완전한 도형으로 여겨지는 원의 핵심이 도무지 파악할 수 없는 의미 저 너머의 끝없는 행렬이라니. 질서와 규칙을 찾아 끝내 순환되지 않고 우주 끝까지 뻗어나가는 비순환무한소수의 그 힘찬 무질서, 무의미라니. 그 숫자들은 어떤 구간에서도 반복되지 않는다니. 파이는 내게 곧 삶과 우주의 신비였다. 파이는 나를, 세계를, 어쩔 수 없이 겸손하게 만든다. 파이를 소수점 이하 몇 자리까지 외울 수 있는지 겨루는 대회가 있다는 얘기를 책에서 읽고 언젠가 출전해보리라 다짐해본 적도 있었다. (더 많이 기억하고 있을 줄 알았는데 지금 떠올려보니 소수점 이하 14자리까지밖에 외우지 못한다.)

파이아키아의 실내 건축 설계는 그렇게 특정한 규칙으로 수렴되지 않고 뻗어나가는 무한 공간의 모티브를 어느 정도 가져왔다. 수집품도 파이와 관련한 것들이 적지 않다. 작업실 문을 열고 들어서자마자 가장 잘 보이는 곳에 매달려 있는 파이 시계는 3시 14분에 멈춰 있다. 그러니 시계가 망가졌다고 다가와 친절하게 알려주지 마시라. 초침 역시 영원히 60에 도달할 수 없는 59에 놓이도록 했다. 일부러 건전지를 빼고 그렇게 맞추어놓았다. 이 독특한 시계를 아일랜드 더블린의 어느 시계전문점 쇼윈도에서 본 순간, '이건 내 거다' 싶어서 바로 샀다. (아쉽게도 가게 주인에겐 이걸 31.4유로에 파는 센스는 없었다.)

소수점 이하로 반복되지 않은 채 무한대로 뻗어가는 파이 숫자의 행렬을 최대한 많이 담아놓은 포스터도 구하고 싶었다. 인터넷을 샅샅이 뒤져 그런 파이 포스터를 러시아에서 찾아냈다. 포함된 숫자는 소수점 이하 9,000자리 가까이 된다. 3,000(x3)만큼 행복해!

책장을 하나하나 일일이 접어서 'Piarchia'란 글자가 도드라지게 한 책도 있다. 미국의 북

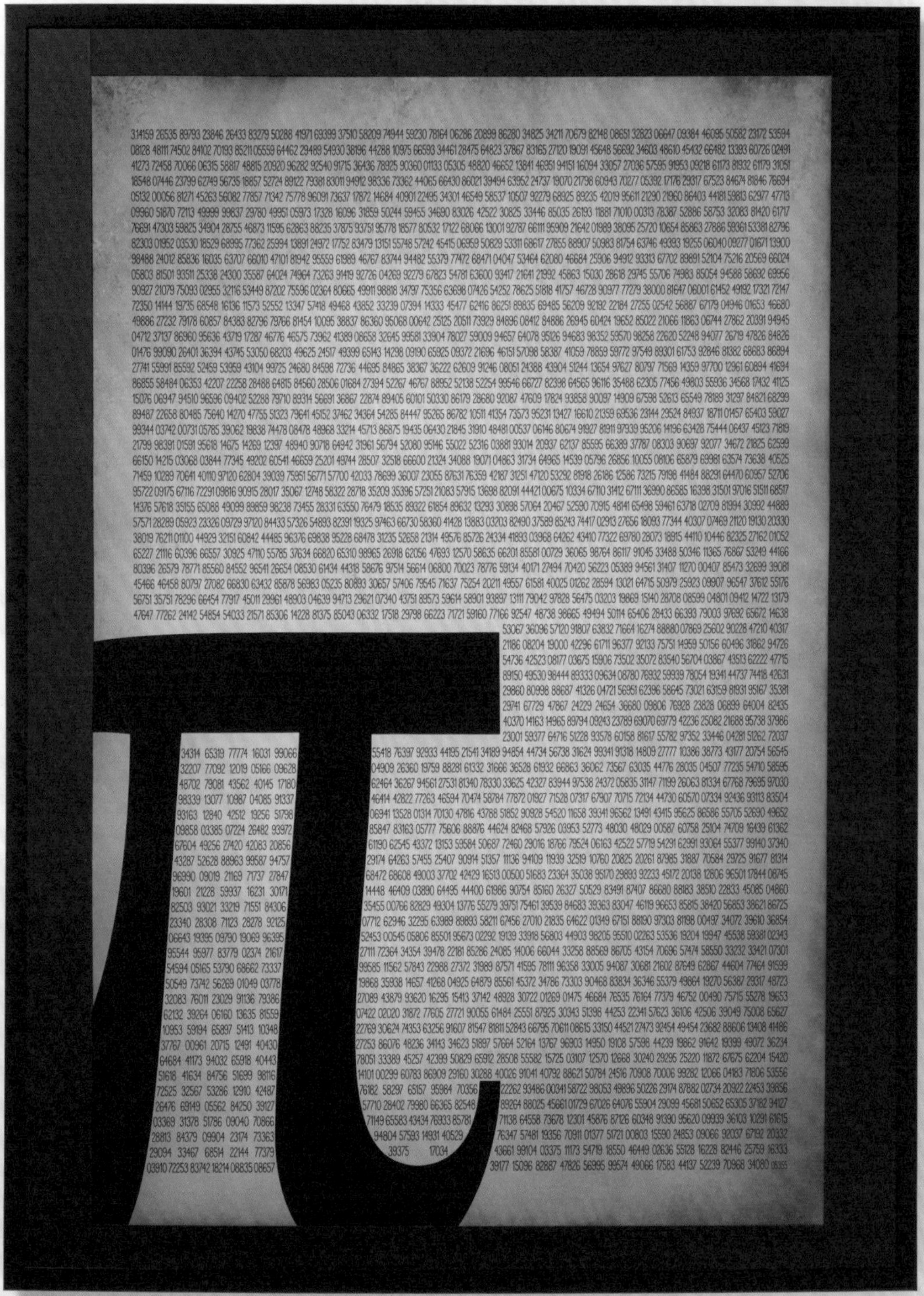

아티스트에게 의뢰해 만들었다. 알파벳 개수에 따라 제작비가 달라진다. 여덟 개의 스펠링만 보냈을 뿐 그걸 구현할 책까지 구체적으로 지정하진 않았는데, 감사하게도 북 아티스트는 영국 낭만주의 시인 새뮤얼 테일러 콜리지의 시를 다룬 『The Works of Coleridge』라는 600페이지짜리 시론집에 파이아키아를 건설해주었다. 몽골 황제 쿠빌라이 칸의 궁전을 묘사한 책을 읽고 잠들었다가 꿈에서 그 궁전에 대한 시를 지은 뒤 깨어난 콜리지가 그 시구를 미친 듯이 종이에 빠르게 옮겨 적었다는 일화가 저절로 떠올라 더욱 신비롭게 여겨졌다. (마흔 번째 줄까지 옮겨 적었을 때 누가 문을 두드리는 바람에 기억이 흩어져 콜리지는 끝내 그 시「쿠빌라이 칸」을 완성하지 못했다.) 심지어 그 궁전조차 쿠빌라이 칸이 자신의 꿈에서 본 궁전을 잠에서 깬 후 기억을 더듬어 그 모양에 따라 세운 것이었다. 그러니 파이아키아는 말 그대로 내게 꿈의 공간이 되는 셈이다.

결과가 괜찮아서 내친김에 이번엔 스페인의 스트링 아티스트에게도 의뢰했다. 세상의 구석구석에서 자신만의 작업에 몰두하는 사람들과 연결되는 일은 그 자체로 무척 흥미로웠다. 작은 못과 실을 촘촘히 연결해서 만들어야 하는 특성 탓인지 주문한 뒤 제작 기간이 꽤 걸렸는데, 역시나 독특하고 만족스러웠다. 필기체라서 좀 더 고풍스럽기도 하다. 그래서 이 책 1장을 여는 사진으로 썼다. 커피와 책과 파이아키아란 단어를 함께 새긴 머그잔, 책장을 잘라 만든 빨간 사과에 '나만의 세계, 파이아키아'라는 글귀를 영어로 붙여둔 것도 함께 갖췄다. (뭐 더 없나.)

리안 감독의 「라이프 오브 파이」는 물론 훌륭한 영화다. 하지만 리안이 직접 사인한 대형 포스터를 구해서 걸어놓은 것은 그 때문만은 아니다. (리안의 영화들로만 따져봐도 「아이스 스톰」이나 「브로크백 마운틴」을 더 좋아한다.) 「라이프 오브 파이」의 원작 소설인 『파이 이야기』도 저자인 얀 마텔의 사인본으로 구했다. 파이의 의미를 구현한 것과 관련해서는 원작 소설의 성취가 리안의 영화를 능가한다. 얀 마텔은 자신의 소설이 모두 100개의 챕터로 구성되도록 썼다. 100이라는 완전으로 꽉 찬 숫자와 파이라는 도무지 알 수 없는 숫자를 맞세워 믿음의 문제를 깊숙이 다루고 싶어 했기 때문이다.

「블랙 스완」과 「레퀴엠」으로 유명한 대런 애러노프스키 감독의 데뷔작 「파이」 포스터도 있다. 어떤 평론가들은 애러노프스키의 최고작이 「파이」라고도 한다. 파이 컵은 적힌 글귀가 유머러스하다. "내 비밀번호는 파이의 마지막 8자리입니다." 파이 숫자들은 아무런 규칙도 가지지 않은 채 끝도 없이 이어지니 마지막 8자리 같은 건 있을 수도 없지 않은가. 강렬하고도 단순한 파이 그림은 로스앤젤레스 인근 바닷가인 베니스 비치에서 1만 원도 안 되는 가격에 거리의 화가로부터 샀다. 냉장고에 붙이곤 하는 자석 기념품을 좋아하니, 내게 파이 마그네틱도 없을 수는 없을 것이다. 심지어 알라딘 굿즈로 구한 냄비받침까지 있다. 이건 소수점 이하 12자리까지밖에 없어서 그저 송구하다.
사실 파이 모양의 의자도 파이아키아에 갖추어놓으려고 시도하기도 했다. 내게 파이는 종종 의자처럼 보이기도 하기 때문이다. 그런데 그와 같은 기성품이 없어 가구공장에 제작을 문의해보니, 세상에, 파이의 곡선 모양을 살린 2인용 작은 벤치의 견적가가 무려 300만 원이라 깨끗이 포기. 내 기분이야말로 파이였다.

YANN MARTEL

life of pi

A NOVEL

CANONGATE

모퉁이를 돌 때마다

2
Pi
arch
ia

어린 시절에 나는 속이 비틀려 있었다. 여러 가지 이유로 비관적인 생각에 사로잡혔고 종종 격렬한 충동을 느끼기도 했다. '어차피 내 삶은 안 풀릴 거야'라는 스스로에게 거는 저주 같은 기이한 자기 비하도 있었다.

U2의 음반「The Joshua Tree」에 매혹되었던 것은 음악보다 레코드 커버 아트가 먼저였다. 그 음반 재킷은 U2의 멤버들이 황량한 들판에 서 있는 사진을 담고 있었는데, 그들보다 눈에 더 들어왔던 것은 배경에 있던 이상하게 비틀린 처음 보는 나무였다. 조슈아 트리, 그러니까 여호수아 나무였다. 고통 속에 몸이 붙박인 채 신음하면서 구원을 앙망하는 것 같은 그 모습. 조슈아 트리로 가득한 흑백의 벌판에 나 홀로 서 있는 광경이 계속 떠올랐다.

음반을 사서 들어보니 수록곡들은 하나같이 고통스럽고도 영적인 분위기를 담고 있었다. 당시 이미 거대한 히트곡으로 떠올랐던 「With or Without You」부터가 그랬다. "당신 눈에 박혀 있는 돌덩이와 당신 속에 비틀려 있는 가시덤불을 보아요"라니, "내 손은 묶이고 내 몸은 병들었어요"라니, "당신이 있든 없든 나는 더 이상 살아갈 수 없어요"라니. 「With or Without You」뿐만이 아니었다. 수록곡들 제목만 봐도 그랬다. '난 아직 찾고 있는 것을 발견하지 못했어요(I Still Haven't Found What I'm Looking For)' '이름 없는 거리에서(Where the Streets Have No Name)' '나무 한 그루만 서 있는 언덕(One Tree Hill)' '사라진 자들의 어머니(Mothers of the Disappeared)'. 음반을 수없이 반복해 들으면서 나는 바닥을 치고 또 쳤다. 그러다 보면 이상하게 다시 일어설 힘이 생기기도 했다.

세월이 한참 흐른 뒤인 2004년, 미국 USC에 방문연구원으로 1년간 체류할 기회가 생겼다. 로스앤젤레스의 미러클 마일이란 지역에 살 곳을 마련하고 각종 행정적인 절차까지 다 마치자 가장 먼저 가고 싶은 곳이 떠올랐다. 로스앤젤레스에서 자동차로 두 시간 남짓한 거리에 있는 조슈아 트리 국립공원, 바로 U2의 그 앨범 커버 아트 속의 장소였다.

차를 몰고 가보니 캘리포니아의 뜨거운 태양이 난폭하게 햇볕을 내리쏘는 그 황량한 벌판에 갖가지 형태로 비틀린 조슈아 트리가 수천 그루 자연군락을 이루고 있었다. 전율이 일었다. 조슈아 트리들 사이를 하릴없이 거닐다 보니 U2가 왜 그 나무를 모티브로 삼아 음악을 만들었는지 단번에 이해할 수 있었다. 오래전의 내가 왜 그 노래들을 들으며 무너졌으며 동시에 역설적으로 치유받는 느낌을 받았는지 직관적으로 깨달을 수 있었다.

2019년 12월에 U2는 서울 고척돔에서 첫 내한공연을 펼쳤다. 더구나 「The Joshua Tree」 음반 발매 30주년 기념을 모토로 내세운 콘서트였으니 나로선 놓칠 수가 없었다. 6개월 전에 티켓을 예매하고 그날을 기다렸는데, 하필이면 내가 맡았던 '시네마 리플레이'란 행사와 일정이 겹치게 됐다. 그날 '시네마 리플레이'에서 내가 해설해야 했던 영화는 묘하게도 「지구 최후의 밤」이었다.

해설을 마친 뒤 서울 잠실 코엑스에서 고척동까지 바람처럼 달려갔다. 뒤늦게 도착해 계단을 뛰어올라 고척돔 실내로 들어서자 그토록 듣고 싶었던 기타리스트 디 에지의 그 종소리 같은 기타 연주가 멀리서 들려왔다. 이후 공연이 끝날 때까지 나는 뜨거운 마음으로 내내 떼창에 나의 쉬어버린 목소리를 보탰다.

영국 밴드 클래시의 리더 조 스트러머는 이런 말을 한 적이 있다. "록음악이 하는 말은 결국 한 가지다. 살아 있어서 좋다." 그날 내한공연 도중 U2의 리더 보노 역시 비슷한 말을 외쳤다. "살아 있어서 참 기쁘네요(Glad to be alive)." 삶에는 많은 진창과 구덩이가 있지만 그래도 살아 있어서 다행이라고 느끼게 해주는 것들 중에는 분명 음악도, 영화도, 책도 있을 것이다. 우리가 설혹 지금 칠흑 같은 지구 최후의 밤을 지나고 있다고 하더라도.

오래전 U2의 노래들을 들으면서 내 마음의 조슈아 트리를 들여다보았고, 세월이 흘러 조슈아 트리 군락지를 찾아가 상상했던 그 광경을 직접 확인했으며, 이제 다시 또 세월이 흘러 조슈아 트리를 핵심 모티브로 삼은 음악들을 이곳 서울에서 공연으로 만나 나의 목소리까지 실어 보내게 되다니. 그 뒤틀린 나무의 오랜 신음과 아우성이 그제야 나의 묵은 기억 한구석에서 서서히 평온을 찾아 잦아들었다.

파이아키아의 중심에 놓인 것이 뭐냐고 누가 묻는다면 나는 타르코프스키의 「희생」이라고 말할 것이다. 이곳에는 실로 다양하고도 많은 물건들이 있지만 그 상징적인 중심에는 마치 한 그루 우주나무처럼, 또는 끝내 하늘에 닿지 못하는 바벨탑처럼, 타르코프스키의 「희생」필름이 쌓아 올려져 있다. 아닌 게 아니라, 「희생」은 믿음으로 죽은 나무 한 그루를 살리는 영화였다.

러시아 감독 안드레이 타르코프스키는 내게 영화의 첫사랑 같은 인물이다. 그 이전에도 물론 영화를 즐겨 보았지만 타르코프스키의 작품들을 접하면서 영화를 완전히 새롭게 보기 시작했다. 경이로운 세계의 발견이었다.

「희생」의 셀룰로이드 필름을 우크라이나에서 구했다. 동서양의 귀한 영화 필름들을 수십 년간 보관해온 수집가로부터였다. 필름의 양이 워낙 많고 무거워서 배송받는 데도 어려운 점이 많았는데, 전체 두 박스 중 절반을 담은 한 박스만 도착하고 감감무소식이어서 한동안 애를 태우기도 했다. 분명히 두 박스를 함께 보냈다는데, 구천을 떠돌다가 왔는지, 무려 한 달 뒤에야 나머지 한 박스가 도착했다. 잃어버릴 뻔했던 내 반쪽.

필름 상태가 비교적 좋은 편이지만 이걸 곧바로 영사기에서 돌릴 수는 없을 것이다. 하지만 안드레이 타르코프스키의 마지막이 그대로 담긴 이 유작이자 걸작을 내가 있는 곳에 필름의 형태로 간직하고 싶었다. 「희생」의 필름은 모두 17롤인데, 크기에 따라서 마치 탑을 쌓듯 정성스레 쌓아 올렸다. 그리고 아크릴로 원통형 케이스를 따로 만들어 그 위에 씌웠다. 아침마다 여기서 정수기 물이라도 떠다 놓고 기도를 올려야 하는 걸까. (파이아키아에 방문하시는 분들, 이 「희생」탑에 동전을 던져 올리면 다시 이곳에 돌아올 수 있다는 전설이 전해져 내려온다고 하네요, 믿거나 말거나.)

파이아키아에 있는 각종 수집품들은 많은 경우 친필 사인이 담겨 있다. 당연히 안드레이 타르코프스키의 서명이 담긴 물품도 갖고 싶었다. 하지만 도무지 구할 수가 없었다. 딱 하나, 타르코프스키가 초청되었던 어느 영화제 포스터를 발견할 수 있었는데, 한쪽 귀퉁이에 남겨진 그의 서명은 너무 작고 희미했다. (사인까지도 겸손하신 분.) 그 포스터엔 그의 얼굴 사진조차 포함되지 않은 데다가 다른 참가자들의 사인들도 뒤섞여 있었기에 내키지 않았다. (사실은 비싸서 못 샀다.)

하지만 타르코프스키를 거의 숭배하다시피 하는 나로서는 달랑 탑 하나로 때울 수는 없었다. (언제는 파이아키아의 중심이고 심지어 우주나무라더니.) 하여 「희생」의 필름 탑 앞에 별도의 타르코프스키 섹션을 만들었다. (사인은 없지만) 타르코프스키의 인상적인 포스터가 있고, (그리고 사인은 없지만) 나무로 만든 「솔라리스」 포스터와 천으로 만든 「스토커」 포스터가 있으며, (역시 사인은 없지만) 모노 톤 시리즈로 제작되어 일렬로 놓으면 더 멋진 「이반의 어린 시절」 「안드레이 루블료프」 「거울」 「노스탤지어」의 아담한 포스터들도 있다. (이 또한 사인은 없지만) 심지어 「솔라리스」와 「스토커」의 깜찍한 배지도 있다. 그리고 무엇보다 (아아, 구차하다, 사인은 없지만) 타르코프스키의 영화들과 책들이 있다. 영화는 DVD로 그의 장편 영화 일곱 편과 단편까지 모두 갖추었고, 책은 국내에서 발간된 네 권과 외국에서 나온 열 권이 있다. 이쯤 되면 타르코프스키 님을 위한 작은 영토를 파이아키아에 마련해드렸다고 해도 될 것이다. (그래도 사인은 없.다. 없어요.)

첫사랑, 한 명 더 있다. 스웨덴 감독 잉마르 베리만이다. (첫사랑이 둘이라니.) 타르코프스키의 영화들에 빠져들고 있을 무렵, 베리만 역시 나를 사로잡았다. 흔히 '침묵 3부작'으로 거론되는 「겨울빛」 「창문을 통해 어렴풋이」 「침묵」을 연이어 보면서 깊은 충격을 받았다. 특히 「침묵」은 한동안 나를 깊고 어두운 침묵 속에 침잠하게 만들었다. 베리만이 세상을 떠났던 2007년의 가을엔 그가 마지막 나날들을 보낸 후 묻힌 스웨덴의 포뢰섬을 어렵게 찾아가기도 했다. 섬에 하나밖에 없는 교회 뒷마당에 그가 묻혀 있었다. 작고 검박하고 고요한 무덤이었다. 베리만다웠다.

「가을 소나타」를 찍던 촬영장에서 잉그리드 버그먼(똑같이 스웨덴 사람이고 똑같은 철자를 쓰는데도 주 활동무대가 달라서 영화 팬들에게 잉마르는 베리만이고 잉그리드는 버그먼이 됐다)과 대화를 나누던 모습에 베리만이 직접 붉은색으로 필적(스웨덴어라서 도통 뭐라고 적으신 건지 알 수가 없다. 역시 침묵 3부작의 거장답다)을 남긴 사진과 「겨울빛」 미니 포스터 사진을 힘들게 구했으니, 자, 이제 남은 건 「침묵」 포스터! (어디 계신지 침묵을 깨고 말씀해주소서.)

Sir LEW GRADE and MARTIN STARGER present

Autumn Sonata

a film by INGMAR BERGMAN with INGRID BERGMAN LIV ULLMANN
Also starring LENA NYMAN · HALVAR BJÖRK ● NEW WORLD PICTURES

NSS 780180

EIN FILM VON   INGMAR BERGMAN

Licht im Winter

Prädikat
besonders wertvoll

INGRID THULIN · GUNNAR BJÖRNSTRAND
MAX VON SYDOW · GUNNEL LINDBLOM

알프레드 히치콕의 서명이 담긴 사진을 구한 일은 내 수집의 역사에서 중요한 분기점이었다. 1963년 「새」를 발표했을 당시에 배우 티피 헤드런, 지니 러셀과 함께 히치콕이 직접 사인한 사진은 보자마자 너무나 갖고 싶었다. 히치콕의 사인이 있는 사진이나 포스터는 워낙 희귀했기에 비용을 포함한 여러 문제들이 있었는데 결국 홀리는 듯한 심정으로 챙겨 들고 말았다. 이후는 일사천리였다. 정말 정말 원하는 수집품이 있으면 한참 고민하다가도 '뭐, 히치콕도 질렀는데'라는 생각이 결국 떠오르는 것을 막을 수 없었다. 봉인이 해제된 후, 다시는 돌아갈 수 없었다. 그 결과가 바로 이 책이기도 하다. 그러니까, 이게 다 히치콕 감독님, 당신 때문(혹은 덕분)이에요.

히치콕을 내 첫사랑이라고 할 순 없다. 하지만 영화라는 세계 속으로 깊이 파고들어 갈수록 그가 얼마나 위대한지 점점 더 짙게 느껴졌다. 셰익스피어 이후의 영문학은 그에 대한 각주에 불과하다는 말이 있고, 서양철학사에서 플라톤이 차지하는 비중에 대해서도 화이트헤드가 유사한 발언을 한 적이 있는데, 스릴러의 역사에서 히치콕의 위치가 바로 그랬다. 내게 작품세계나 개인적인 삶 모두에서 히치콕이라는 아이러니와 수수께끼는 곧 영화예술 자체의 아이러니와 수수께끼로 이어졌다.

「새」 이외에 히치콕 작품 사진과 포스터로는 「현기증」 「이창」 「북북서로 진로를 돌려라」 「사이코」 「열차 안의 낯선 자들」 「찢어진 커튼」이 있는데, 전부 배우들이 사인을 했을 뿐 히치콕이 흔적을 남긴 것은 없다. (그러니 그때 지르길 얼마나 잘했수.) 파이아키아엔 히치콕과 베리만을 위한 코너가 따로 있어서 「새」의 사인본 아래 30편의 히치콕 영화 DVD와 일곱 권의 히치콕 관련 책들, 그리고 히치콕 기획전 때의 굿즈들이 놓여 있기도 하다.

하지만 수집은 바닷물 같은 거라서 마시면 마실수록 점점 더 목말라진다. 히치콕만 해도 그의 작품들 중 내가 가장 좋아하는 「오명」의 사인본이 없다. 그리고 프랑수아 트뤼포가 히치콕을 인터뷰한 책 『히치콕과의 대화』를 두 감독 서명본으로 구할 수 있다면 얼마나 좋을까. 정말 이 세계는 망망대해와도 같고, 나는 아직도 목마르다.

NORTH BY NORTHWEST

ALFRED HITCHCOCK'S
"Strangers on a Train"
GRANGER ROMAN WALKER

남들은 거의 처다보지도 않겠지만 내겐 유달리 중요한 수집품들도 적지 않다. 루마니아 출신의 종교학자 미르치아 엘리아데의 책이 그 한 예가 될 것이다. 대학 입시를 준비하면서 종교학을 생각하게 된 것은 종교학자 정진홍 교수의 책과 미르치아 엘리아데를 읽고 나서였다. 엘리아데는 방대한 업적을 남긴 학자이면서 틈틈이 소설을 발표한 작가이기도 했다. (그중에서도 『벵갈의 밤』을 좋아한다.)

엘리아데가 1967년에 발표한 소설 『노인과 관료들』을 사인본으로 구했다. 당시 엘리아데는 미국 시카고대 종교학 교수였는데, 펜으로 적은 헌정 문구로 미루어볼 때 아마도 이 책이 1979년에 영역된 직후 당시에 친분이 있던 '노리스와 수지' 커플에게 선물한 듯하다. 책장을 넘기면 "가장 최근의 루마니아 신화에 대해 소개드리며. 미르치아 엘리아데. 시카고 1980년 1월 15일"이라고 그가 직접 적어 넣은 글귀가 보인다.

이렇게 날짜가 직접 드러나면 나는 역사 속에서 그때쯤 무슨 일이 있었을지 곰곰 떠올려보다가 결국 참지 못하고 찾아본다. 엘리아데가 체류했던 미국의 경우, 리처드 기어가 출연한 영화 「아메리칸 지골로」가 크게 흥행하고, 마이클 잭슨이 부른 노래 「Rock with You」가 라디오에서 가장 많이 흘러나오던 때였다. 1980년 1월 15일의 차가운 겨울밤에 미르치아 엘리아데가 시카고의 한 극장에서 「아메리칸 지골로」를 보고 나오다가 때마침 근처 레코드 가게에서 흘러나오는 「Rock with You」의 멜로디를 무심코 따라 흥얼거리는 모습을 상상해본다. 도중에 흥이 좀 더 오르면 엘리아데는 코트 깃을 올려 세우며 기어이 마이클 잭슨의 스텝까지 살짝 밟는다. (엘리아데 선생님, 죄송합니다.)

『노인과 관료들』은 공산주의 지배하의 루마니아가 배경인데, 경찰이 교직에서 은퇴한 어느 노인을 의심해 취조하는 과정을 다룬다. 경찰은 노인이 수시로 늘어놓는 오래된 민담과 신화에 매혹되면서도 혹시 그 이야기에 어떤 정치적 함의가 있지 않을까 싶어 끊임없이 살펴려 든다. 인류의 오랜 신화와 공산주의 신화를 대비하는 이 소설에서 엘리아데가 친필로 언급한 "가장 최근의 루마니아 신화"란 추측건대 공산주의 체제하의 기술관료제를 뜻했

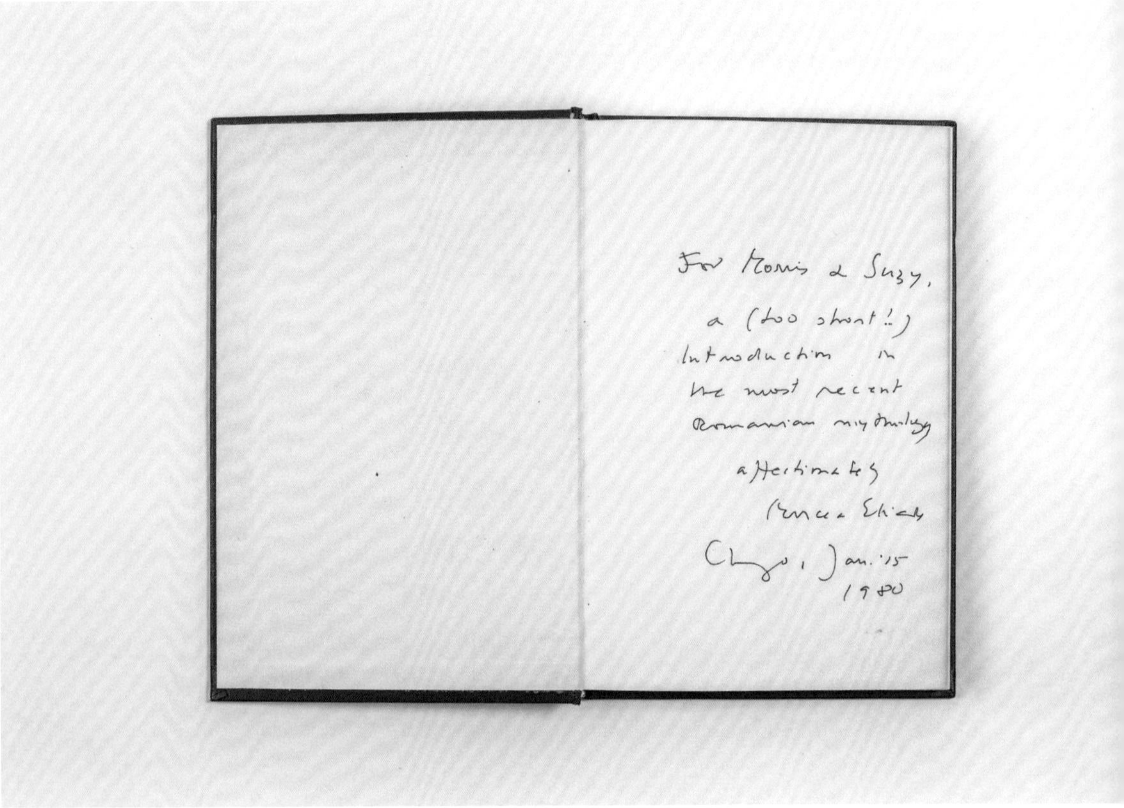

For Morris & Suzy,
a (too short!)
introduction in
the most recent
Romanian mythology

affectionately
Mircea Eliade

Chicago, Jan. 15
1980

던 것으로 보인다. 엘리아데는 내가 종교학을 택해 대학에 진학하기 한 해 전 세상을 떠났다. 직접 만날 수 있었다면 정말 좋았겠지만(엘리아데가 나오는 기이한 꿈을 대학 시절에 꾼 적도 있다), 그래도 그는 필적과 함께 파이아키아에 족적을 남겨준 셈이다. 마이클 잭슨의 스텝 대신에 말이다.

돌아보면 묘하게도 내 삶에서의 위기는 늘 10여 년 단위로 찾아왔다. 서른 즈음도 쉽지 않았다. 그때를 생각하면 시인 최승자와 배우 제니퍼 제이슨 리가 손을 잡고 함께 떠오른다. "이렇게 살 수도 없고 이렇게 죽을 수도 없을 때 서른 살은 온다"로 시작하는 최승자 시인의 「삼십세」의 시구는 당시 내게 흡사 주문(呪文) 같았다.

제니퍼 제이슨 리는 「브루클린으로 가는 마지막 비상구」「돌로레스 클레이븐」「숏컷」「돈 크라이 마미」 등 당시에 참 지독하고도 처절한 연기를 많이 했는데, 그중에서도 내가 가장 몰입했던 작품은 단연 「조지아」였다. 바닥까지 떨어져 허우적대는 제니퍼 제이슨 리의 영화 속 모습들을 보면서, 당시 난 영화 속 그녀가 흡사 내 몫의 고통 일부분을 대신 겪는 것처럼 받아들였다. 그때 배우는 대신 앓는 자라고 느끼기도 했다. 특히 짙은 스모키 화장에 담배를 거꾸로 물고 정면을 응시하는 이 사진 속 모습을 가장 좋아한다. 쏘핫하면서 쏘쿨하시다.

제니퍼 제이슨 리를 위한 자리를 만들어 잘 모셔둔 후, 그 아래엔 세 배우의 사진을 함께 배치했다. 제니퍼 제이슨 리 바로 아래에는 프랑스 배우 카트린느 드뇌브를 걸었다. 두 사진의 접점은 담배다. 「파비안느에 관한 진실」을 보신 분들이면 알겠지만, 카트린느 드뇌브는 담배를 정말 맛있게 피운다. 이 영화의 감독 고레에다 히로카즈는 드뇌브가 촬영장에서 담배 피울 시간을 지속적으로 요구했기에 아예 그런 상황을 시나리오 속에 적극적으로 녹여 넣었다고 말했다. 드뇌브 양옆은 「엑스맨」의 스톰(할리 베리)과 「킬빌」의 블랙 맘바(우마 서먼)다. 흡사 사찰 입구를 지키는 천왕들 같다. 든든하다. (아예 현관문 양옆에 둘 걸 그랬나.)

제니퍼 제이슨 리는 10대 시절 피비 케이츠와 함께한「리치몬드 연애소동」으로 처음 이름을 알렸다. 지금은 연기의 제왕 같은 엄숙한 위치이지만, 여기선 숀 펜의 극악무도한 너드 연기도 볼 수 있다. (원제에도 등장하는 학교 이름은 '리치몬드'가 아니라 '리지몬드'다. '연애소동'까진 그렇다 쳐도, 왜 리지몬드가 한국에 와서 리치몬드로 둔갑했을까. 설마 과자점 때문에?)

내가 중학생 때 한국에서 피비 케이츠의 인기는 대단했다. 당시 스프링이 달린 연습장은 연예인 사진을 표지에 끼워 넣어 판매했는데, 가장 인기 있었던 사람은 소피 마르소와 피비 케이츠였다. (최소한 그때 내가 다녔던 서울 성수중학교 근처의 문구점들에선 그랬다.) 우리 반은 소피 마르소 파와 피비 케이츠 파가 정확히 반반이어서 쉬는 시간마다 서로 삿대질을 해가며 열을 올렸다. (2년 뒤 고등학교에선 아이들이 주다스 프리스트 파와 블랙 새버스 파로 나뉘어 싸웠다. 애네들, 지금은 또 뭐로 편이 갈려 있으려나.)

저요? 삿대질로 맞서진 않았지만 당연히 피비 케이츠 파였죠. 그땐「리치몬드 연애소동」이란 영화가 있는지조차 모르는 채, 두 팔을 머리 뒤로 깍지 끼고서 웃고 있는 사진 속 피비 케이츠의 모습만 무작정 좋아했다. 그러다 곧 그녀를 잊었다.

세월이 흘러 문득 그때가 떠올라 피비 케이츠의 흔적을 찾아보았다. 10대 스타였던 피비(성이 아니라 이름을 불러줘야 팬이다)는 영화배우로서 이후 활동이 그다지 활발하지 못했기에 찾아내기가 쉽지 않았다. 친필 사인본 사진 몇 장을 발견했지만 성에 차지 않았다. 그때 그 연습장 표지의 바로 그 사진이어야 했기 때문이다. 그러다 드디어 만났다. (만날 사람은 만난다니까요.) 하지만 분명 같은 사진이고 멋진 모습인데도, 내 기억 속의 모습과는 차이가 좀 있었다. 기억 속 그녀는 그대로인데, 나만 나이를 먹어서일까. 어린 시절 놀던 골목길에 모처럼 찾아가 보면 이렇게 작았나 싶어지는 심정과도 비슷한 걸까. (비지엠은 동물원의「혜화동」.)

3
Pi
arch
ia

내 평생 가장 몰입했던 우상은 핑크 플로이드였다. 그들은 온통 내 10대 시절을 지배했다. 그때만큼은 아니지만, 지금까지도 계속 그들의 음악을 듣는다. 요즈음과 달리 현대카드도 인터파크도 고척돔도 없었던 그 시절, 핑크 플로이드 내한공연은 감히 꿈조차 꿀 수 없었다. 음반을 반복해서 듣다가 허전해지면 『월간팝송』 같은 잡지를 보면서 해외에서 펼쳐지는 그들 공연 관련 기사를 넋 놓고 읽었다.

그들의 가장 유명한 앨범 「The Wall」과 관련한 당시 월드 투어 기사를 보면 무대 위에 거대한 벽을 세우고 그걸 스크린처럼 활용하다 공연이 절정에 이르면 심지어 부수고 그 잔해 위에서 엔딩 곡을 부른다는데, 세상에, 이걸 직접 관람할 수 있다면 얼마나 좋을까. 대체 얼마나 제작비를 많이 투여한 고퀄리티 콘서트면 매진 사례 속에서도 적자가 엄청나 전 세계에서 딱 네 도시에서밖에 공연하지 못했고, 또 그 후 한동안 멤버들이 경제적 문제로 시달려야 했을까.

중학교 때 엄청 무리해서 처음 갔던 내한공연은 오스트레일리아 그룹 리틀 리버 밴드의 무대였다. 그땐 그들로도 감지덕지였다. 당시 그들의 대표곡 「The Night Owls」를 들으면서 부르르 떨었다. 내 마음속에선 리틀 리버 밴드가 아니라 그레이트 오션 밴드였다. 그런데 나는 오스트레일리아에 여러 차례 갔음에도 왜 그 유명한 그레이트 오션 로드엔 들르지 않았던 걸까, 문득.

핑크 플로이드의 음반을 들으면 아무것도 할 수 없었다. 가뜩이나 음울했던 사춘기에 그들의 음악은 나를 한없이 가라앉혔다. 마치 메카 쪽을 향해 때맞춰 절하며 기도를 올리는 무슬림처럼, 방바닥에 무릎을 꿇고 엎드린 후 두 손을 앞으로 내어 뻗고 그 위에 머리를 살짝 얹는 자세로 그들의 음악을 듣기까지 했다.

어머니는 그런 나를 걱정하셨다. (그 같은 모습을 보면 어떤 어머니가 걱정하지 않겠는가.) 당시

나는 내가 생각해도 좀 심각한 상황이었기 때문이다. 어느 날 학교에서 야간자율(일 턱이 있나)학습을 마치고 돌아와 여느 때처럼 밤에 핑크 플로이드 음반을 꺼내어 들으려 하다가 소스라치게 놀랐다. 수백 장 모아놓은 레코드판 (대부분은 값싼 해적판이었다) 더미가 군데군데 흐트러지고 비어 있었기 때문이었다. 나를 걱정하시다 못해 이대로 두어서는 안 되겠다 싶었던 어머니가 핑크 플로이드의 음반들을 버리신 것이었다. 당연히 심장이 요동쳤고 (어떻게 모은 음반들인데!) 피가 거꾸로 솟았다. 어머니에게 격렬하게 화를 냈지만, 이미 엎질러진 물이었다. (이후에 그거 처음부터 다시 모으느라 겪은 고생을 생각하면 지금도.)

하지만 이제 와서 그때 일을 떠올리면 모성의 절실함에 새삼 놀라게 된다. 어머니는 팝 음악을 전혀 모르시는 분이었는데, 내가 핑크 플로이드라는 사람들의 음악만 들으면 유독 더 심각해지고 어두워진다는 것을 대체 어떻게 아셨을까. 기본적으로 ABC 순으로 정리를 해두긴 했지만 군데군데 순서가 섞여 있는 음반들도 꽤 있었는데, 인터넷도 없던 시대에 그 많은 레코드들 중에서 어떻게 (열 장이 좀 넘는) 핑크 플로이드 음반만 골라 버리실 수 있었을까. (지금 물어보면 어머니는 기억도 못 하신다. "그러니까, 핑크 뭐라고?")

고등학교 때는 빈약한 영어 실력에도 불구하고, 난해하기로 유명한 핑크 플로이드 노래 가사들을 번역해보는 만용을 부려보기도 했다. 핑크 플로이드 앨범 중에서 내가 가장 즐겨 들던 음반인 「The Final Cut」 수록곡들을 전부 다 우리말로 옮겨보았다. 번역을 끝낸 후에는 타자기로 한 글자씩 타이핑했다. 서투를지언정, 그들의 가사를 직접 번역하고 타이핑해서 갖고 있고 싶었다. 내 성격상 버리진 않았을 테니, 어딘가에 처박혀 있긴 할 게다.

……지금 샅샅이 찾아보니, 있다! 나름 정성 들여 타이핑한 종이가 모두 다섯 장. 그러니까, '~습니다'를 '~읍니다'로 쓰던 원스 어폰 어 타임 인 코리아. 하나씩 찬찬히 읽어보니 딱딱한 직역에 심지어 고유명사를 고유명사인지조차 모르고 그대로 번역한 대목까지 눈에 띄어 화끈거리긴 하지만.

그러니 파이아키아 공사를 할 때, 핑크 플로이드 코너를 애초에 따로 준비한 것은 당연한 일일지도 모른다. 입구에 들어서자마자 가장 잘 보이는 곳에 핑크 플로이드 전용 공간을 아예 만들어두었다. 밴드의 리더이자 베이시스트인 로저 워터스가 서명한 베이스 기타 위엔 드러머 닉 메이슨이 서명한 드럼헤드와 드럼스틱이 매달려 있고, 그 위엔 바이닐 판을 파서 네 멤버의 모습을 새긴 핑크 플로이드 시계가 걸려 있다.

오른쪽 옆으로 시선을 돌리면 핑크 플로이드의 허다한 명곡들 중 특히 더 좋아하는 곡들을 따로 프린트해서 세워놓았다. (그 세 곡은, 듣다 보면 모든 것이 허무하게 느껴져 미칠 것 같아지는 「Brain Damage」, 세상에서 가장 가슴을 후벼 파는 색소폰 연주가 담긴 「The Gunner's Dream」, 메마르고 쓸쓸하게 바닥을 한없이 파고들어 가는 「Hey You」다.)

애절한 곡 「Wish You Were Here」는 보석함(까지 진짜로 마련할 수는 없잖아요) 모양의 상자 속의 크리스틸(이면 얼마나 좋겠어요) 같은 작은 유리병 안에 가사를 돌돌 말아 담아두었다. (유리병 속에 그리움을 담은 시구라니, 경 긔 엇더하니잇고!)

핑크 플로이드 머그컵도 두 개가 있다. 그중 하나에는 'Pink Freud-Wish Jung were here'라는 글귀와 함께 엉뚱하게도 프로이트의 얼굴이 그려져 있는데, 이건 핑크 플로이드와 지그문트 프로이트를 모두 아는 사람만 즐길 수 있는 유머다. 플로이드와 프로이트의 발음이 비슷한 것에 착안해, 헤어진 동료 시드 배릿을 그리워하는 핑크 플로이드의 노래 「Wish You Were Here」에서 'you'를 프로이트와 깊은 교유를 나누다 헤어진 'Jung(칼 구스타프 융)'으로 바꾸어놓았다. 그런데 융도 프로이트를 그리워할까.

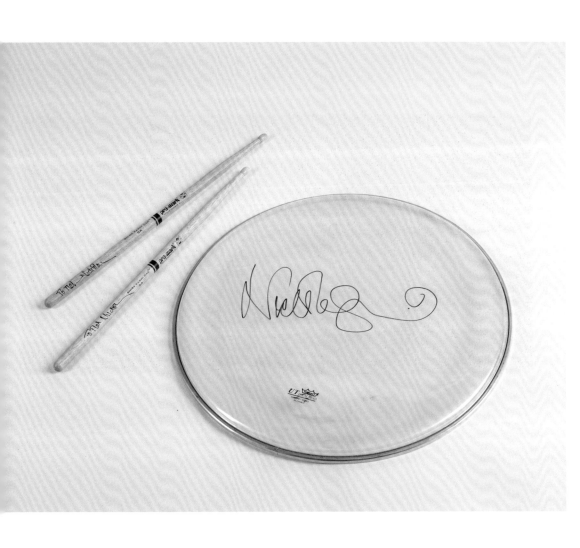

핑크 플로이드는 앨범 재킷에서 공연 때 쓰는 영상들까지, 팝의 역사에서 시각적 이미지를 가장 잘 활용한 뮤지션들 중 하나이기도 할 것이다. 그중 가장 유명한 이미지는 「The Dark Side of the Moon」이라는 대표 명반 커버 아트에 등장하는, 하얀색 빛줄기를 무지개 색깔로 나누는 삼각형 프리즘이다. (이 음반은 1973년부터 1988년까지 무려 741주 동안 빌보드 앨범 차트에 머무르는 어마어마한 기록을 남겼다. 지금 계산해보니, 이 음반 수록곡 중 내가 가장 좋아하는 곡 「Brain Damage」를 198만 2,994번 연이어 듣다가 끝내 '뇌 손상'을 입게 될 시간이고, 음반이 발표될 때 막 태어난 귀염둥이 아기가 중2병 때문에 흑화한 열다섯 살 괴물이 되어 부모 속을 후벼 파게 될 세월이다.)

영국의 디자인 그룹 힙노시스가 만들어낸 이 이미지는 워낙 유명해져서 이후 핑크 플로이드를 상징하는 핵심 아이콘이 되었다. 상황이 이쯤 되면 디자이너와 아티스트들, 그리고 금광을 발견한 장사꾼들은 가만히 있을 수 없다. 그리고 나처럼 코 꿴 팬은 뒤따라가며 허리도 펴지 못한 채 허겁지겁 줍줍하는 호갱님이 된다.

어디 보자, 나한테는 음반을 제외하고도, 버클과 나무상자와 마그네틱과 머그잔에서 소형 기타와 신발까지, 모두 19종의 핑크 플로이드 관련 물건이 있다. 핑크 플로이드 우표와 지폐도 있는데, 그중 하나는 무려 100만 달러짜리 미국 (가짜) 지폐다. 아직 혀를 차지 마시라. 이제부터다. 진짜는~ 60초 후에 공개합니다!

60초. (그사이에 핑크 플로이드의 67초짜리 곡 「Speak to Me」를 듣고 계시면 된다. 1분밖에 안 되는 곡 안에 심장박동 소리, 시계 소리, 금전등록기 소리, 잡담 나누는 소리, 환멸에 찌든 듯한 웃음소리, 헬리콥터 소리가 이어진 끝에 연거푸 질러대는 비명소리까지 다 담겨 있다. 그러니까 60초는 엄청나게 긴 시간이다.)

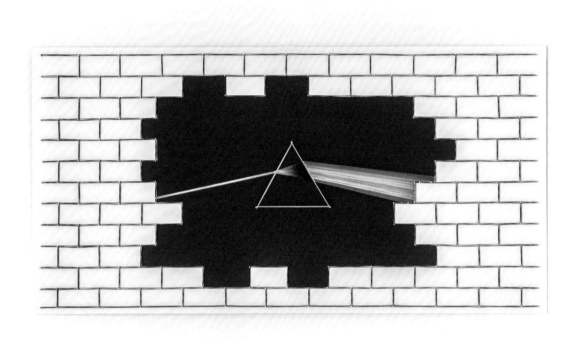

찰리 브라운이 스누피와 함께 나란히 앉아 삼각형 프리즘이 밤하늘에 펼쳐내는 우주쇼를 구경하고 있는 모습을 자갈 위에 그린 그림까지 있다. 그중에서도 가장 거창한 것은 우묵한 중앙 전시공간의 한가운데를 장식하고 있는 커다란 조형물이다. 핑크 플로이드를 상징하는 또 다른 핵심 이미지인 벽과 삼각형 프리즘을 조화시킨 이 작품은 일일이 작은 못을 수없이 박고 다양한 색의 수많은 실을 하나하나 감아서 만들어냈다.

핑크 플로이드와 관련된 가장 뿌듯한 수집품은 장도리와 벽돌이다. 웬 장도리와 벽돌이냐고 하시겠지만, 그들의 가장 널리 알려진 음반 「The Wall」을 떠올리면 곧 수긍이 갈 것이다. 그 앨범에서 핑크 플로이드는 교육에서 전쟁까지, 인간성을 가두거나 나누고 또 묻어버리는 다양한 제도와 사건의 폭력을 벽에 빗대어 형상화했다. 그리고 그 벽을 부수는 장도리의 이미지 역시 공연에서 적극 활용했다. (알란 파커 감독이 핑크 플로이드의 이 음반을 영화로 옮긴 「The Wall」에는 장도리들이 줄지어 행진하는 장면까지 나온다.)

장도리는 핑크 플로이드의 리더이자 베이시스트인 로저 워터스가 사인한 것이고, 벽돌은 드러머 닉 메이슨이 사인한 것이다. 먼저 로저 워터스 장도리를 어렵게 입수하게 된 후 기뻐 날뛰었는데, 세월이 흘러 우연히도 닉 메이슨이 서명한 벽돌까지 있다는 것을 알게 된 순간 흥분이 극에 달했다. 어떻게 해서라도 구해서 그 장도리와 그 벽돌을 나란히 두고 싶었다. 그래서 결국 어떻게 했다. 벽돌 역시 내 손에 들어오게 되었고, 그 둘은 지금 파이아키아에서 가장 빛나는 한 쌍의 커플이 되었다. 세상의 그 모든 폭력적인 벽들을 일거에 장도리를 휘둘러 허물어버리는 영웅적 과업을 마친 것만 같은 뿌듯함이었다. (이 기분, 토르도 모를 거야.)

이 정도니, 핑크 플로이드에 대한 책을 쓰려고 했던 적도 있었다. 국내에는 출간된 핑크 플로이드 책이 없으니, 영어로 쓰인 책을 여섯 권이나 구매하기도 했다. 심지어 기타도 못 치면서 핑크 플로이드 기타 연주교본집도 두 권을 샀다. (혹시 국내에 관련된 연주교본집이 있나 싶어 '연주교본집'이라고 일단 검색창에 쳐봤더니 사려 깊은 네이버 님께서 자동으로 '원주본죽'으로 바꾸어 검색해줬다. 왜 때문인지는 나도 전혀 모른다. 강원도 원주엔 모두 일곱 개의 본죽집이 있는 걸 알게 됐다. 연관검색어는 '원주 죽이야기'와 '원주 죽'이었다.)

자, 이제 준비가 다 됐으니, 핑크 플로이드에 대한 책은 쓰기만 하면 된다. (한 줄도 못 쓴 원고에 대해 모든 게으른 저자들이 그렇게 말한다.)

핑크 플로이드의 음반은 멤버들의 솔로 앨범까지 포함해서 정확히 113장을 갖고 있다. CD가 77장이고, LP는 (오래전 어머니가 버렸던 것을 다시 산 걸 포함해서) 36장이다. 10여 년 전 「배철수의 음악캠프」에 초대 손님으로 출연했을 때 핑크 플로이드를 가장 좋아한다고 말하다가 (참지 못하고) CD를 52장 가지고 있다고 덧붙인 적이 있었다. (그 순간 나를 쳐다보던 배철수 씨의 표정이 그때는 감탄이라고 생각했다.) 그러니 CD만 해도 그사이에 25장이 늘어난 셈이다. 14장짜리 박스세트를 입수했던 게 컸다.

36장의 LP 중 10장은 핑크 플로이드 멤버들이 직접 사인한 수집품들이다. 7장은 로저 워터스, 닉 메이슨, 데이비드 길모어가 단독 (혹은 그중 두 멤버가) 사인한 음반이지만(멤버 중 키보디스트 릭 라이트는 거의 사인을 하지 않았던 것 같다), 「The Piper at the Gates of Dawn」과 「Meddle」, 그리고 「The Wall」 앨범은 멤버 전원이 사인한 희귀템이다. (「The Wall」은 전원이 사인한 바이닐 외에 닉 메이슨 단독 사인의 CD도 있다.) 「The Piper at the Gates of Dawn」에는 데이비드 길모어의 사인 대신 초창기 멤버이자 핑크 플로이드를 사실상 만들었다고 할 수 있는 비운의 리더 시드 배릿의 사인이 포함되어 있어 더 귀하다.

판이 깔린 김에, 정말이지 마음껏 자랑했다. 지금 세어보니, 이 챕터에서 난 핑크 플로이드라는 단어를 모두 34번 썼다. (아, 이 문장에서 한 번 더 언급했으니 35번이다.) 이제 사방에서 혀차는 소리들이 들려오는 듯하다. (그리고 보니 그때의 배철수 씨도…….)

2002년 4월 2일 화요일 밤의 잠실올림픽 주경기장은 영원히 잊을 수 없을 것이다. 바로 '인 더 플레쉬'라는 타이틀로 로저 워터스의 내한공연이 펼쳐졌던 시공간이었다. 다른 멤버들 특히 데이비드 길모어도 굉장하지만, 핑크 플로이드에 대한 내 오랜 열광의 가장 큰 몫은 사실 로저 워터스의 것이었다. 그러니 로저 워터스의 솔로곡「Every Stranger's Eyes」부터 9부작에 이르는 핑크 플로이드의 대곡「Shine on You Crazy Diamond」까지, 플로어에 마련된 가장 좋은 자리 중 하나를 일찌감치 꿰차고 앉아서 그 공연을 대했을 때의 내 감정은 "악얏오와으홧헉흑후우웅" 정도로 간신히 적을 수 있을 뿐이다. 굳이 다르게 표현해 보라면 Σ★%#&!*%$&\∀♬♡∞라고 할 수도 있겠다. 그 두 표현 외에는 불가능하다. 핑크 플로이드, 나의 사랑. (결국 모두 38번.)

오늘도 평화로운 빨강 나라

4

Pi
arch
ia

브라질에 있는 나비 한 마리의 날갯짓이 미국 텍사스에 토네이도를 일으킨다는 말은 카오스 이론과 관련해 가장 자주 언급되는 표현이지만, 사실 나의 삶에선 빨간 안경이 나비의 날갯짓과 같은 역할을 했다. 빨간색을 원래 좀 좋아하긴 했다. 하지만 지금처럼 중증 빨강 성애자는 아니었다.

십수 년 전 오래 다니던 직장을 그만두고, 괜히 혼자 비애감에 젖어 (실은 게을러져서) 방바닥을 이리저리 굴러다니다가 그만 안경테를 부러뜨렸다. 안경테를 새로 맞추러 동네 안경점에 가서 이것저것 끼어보는데, 그날따라 이상하게도 빨간 안경테가 눈에 쏙 들어왔다. 호기심에 쓰고서 거울을 보니 의외로 괜찮아 보였다. (백수야말로 자뻑이 필요하다.)

중학교 2학년 때부터 안경쟁이로 살아왔지만 그때까지 내가 썼던 안경테는 거의 검은색이나 갈색, 기껏해야 은색이었다. 에이, 내가 어떻게 이처럼 튀는 빨간 안경테를 쓰겠어. 진열장에 다시 넣었다. 하지만 곧이어 스스로에게 반발심이 생겼다. 아니, 왜 안 돼? (거의 외않되?라고까지 표기하고 싶은 반발심이었다.) 직장까지 그만두었는데 대체 누구 눈치를 보는 거야. 결국 55,000원에 그 빨간 안경테를 샀다.

사고 난 후에도 한동안은 감히 끼지 못했다. 겨우 안경 하나 쓰는 데에도 용기가 필요했다. 그런데 일단 빨간 안경을 쓰게 되니 뭐랄까, 세상에 대한 오기 같은 게 생겨났다. 소심하게 움츠러들어 있던 내게 그 튀는 안경은 일종의 갑옷이 되었다. 다양한 모양의 빨간 안경들에서 7년간 방송했던 「이동진의 빨간책방」까지, 그로부터 모든 것이 변하기 시작했다.

하나만 계속 쓰는 줄 아시는 분들도 계시던데, 스티브 잡스의 검은색 터틀넥 스웨터나 마크 저커버그의 회색 후드티처럼, 빨간 안경만 해도 내겐 현재 13개가 있다. (허세로 그들과 비교만 한번 해봤는데도 갑자기 부유해진 것 같은 느낌이 든다.) 절반 정도는 샀고, 절반 정도는 선물 받았다. 빨간 선글라스는 물론이고 빨간 안경테를 올려놓는 빨간 부엉이 거치대와 길이 1미터가 넘는 초대형 목제 빨간 안경까지 있다. 매일 바꿔 낀다 해도 안경당 한 달에 이틀밖에 못 쓴다. 좀 더 부지런해져야 한다.

파이아키아의 기본 색상톤은 빨강과 하양이다. 어찌 보면 하양은 빨강을 돋보이게 하기 위해 바탕색으로 동원된 듯한 느낌도 든다. 정문이 빨간색이고, 실내를 안과 밖으로 구획 짓는 거대한 곡선 장이 빨간색이다. 냉장고와 사다리와 쓰레기통도 그렇다.

그러다 보니 내친김에, 아예 한쪽 벽면 전체를 '레드 존'으로 삼았다. 책과 음반과 각종 수집품들까지, 빨간 것들로만 채웠다.

파이아키아에 들른 사람들은 레드 존의 순도에 놀란다. 세상에 저렇게 빨간 책이 많냐며, 어떻게 빨간 책만 사서 모아놓았냐며 신기해한다. 빨간 책들만 집중적으로 사서 레드 존의 서가를 꾸민 것이 아니다. 장서가 2만 권이다 보니, 그중에서 그냥 빨간 책만 따로 빼어 꽂아놓으면 레드 존이 된다. (또다시 내친김에, 색색별로 책을 따로 꽂아 옐로 존 블루 존 블랙 존도 구성할까 생각했지만, 미치기 전에 그만 내치기로 했다.)

색채의 강렬함 때문일까. 레드 존을 보고 있으면 살짝 홀리는 기분이 든다. 그중 한 칸은 그림형제 동화 중 하나를 표현한, 하멜른의 사나이가 피리로 쥐들을 홀려서 몰고 가는 북엔드를 양쪽에 둔 채 꽂았다. 그 사이에 들어간 책들은 『인류학의 역사와 이론』 『인류학의 거장들』 『금기의 수수께끼』 같은 인류학 책들이다. 인류학에선 모으고 배열하는 일에 강박적으로 매달리는 인간군을 어떻게 파악할까.

이곳에 꽂혀 있는 200여 권의 책을 주욱 보면, 한국의 출판인들이 빨간색을 어떻게 여기고 있는지 짐작할 수 있다. 『에로틱 세계사』 『위험한 자본주의』 『러브, 섹스 그리고 비극』 『이기적 유전자』 『타고난 거짓말쟁이들』 『알코올의 야누스적 문화』 『미국의 거짓말』 『피의 문화사』 『레닌』 『복수의 심리학』 『불안하다고 불안해하면 더 불안해지니까』 『감각의 제국』 『세기의 악당』 『나의 살인자에게』 『당신을 위해서라면 죽어도 좋아요』 『심장은 마지막 순간에』 『권력의 종말』 『언어의 배반』 『과학의 미해결 문제들』 『대중 유혹의 기술』 『욕망할 자유』『폭력의 기억, 사랑을 잃어버린 사람들』…… 어후, 어질어질하다.

내 책도 하나 있다. 빨간 안경이 아예 표지에 디자인 요소로 들어가 있기도 한 『닥치는 대로 끌리는 대로 오직 재미있게 이동진 독서법』이다. 세상에서 끌리는 것과 재미있는 것은 전부 다 빨강빨강한가 보다. 닥치고 빨강!

레드 존에는 감독이나 배우의 친필 서명이 되어 있는 빨간색 포스터들과 빨간색 영화 사진들이 많다. 가장 큰 면적을 차지하고 있는 것은 「그랜드 부다페스트 호텔」이다. 초호화 캐스팅을 자랑했던 이 영화의 포스터에는 17명 배우의 얼굴이 담겨 있는데 내가 갖고 있는 사인본에는 7명의 배우와 웨스 앤더슨 감독의 서명이 담겨 있다. 배우들을 일일이 찾아다니며 나머지 열 개의 칸에도 사인을 전부 받는 미션을 클리어하고 싶지만, 아무래도 이번 생에는 힘들 것 같다.

다음 생은 「그랜드 부다페스트 호텔」 빈칸 채우기 미션만으로도 바쁠 것 같아 붉은 빛이 도는 「반지의 제왕」 포스터는 이번 생에서 좀 더 부지런을 떨어 감독과 출연진 모두가 참여한 것으로 간신히 구했다. 3부작 다 좋지만 그중에서도 2부인 「반지의 제왕 - 두 개의 탑」을 가장 높게 평가하는데, 배우들 얼굴을 담은 흔한 디자인이 아니라 중간계 지도를 담은 시크한 감각의 적황색 포스터라서 더욱 마음에 들었다. 이 포스터엔 피터 잭슨 감독과 비고 모텐슨, 일라이저 우드, 리브 타일러, 이언 매켈런, 케이트 블란쳇 등 정확히 20명이 서명을 남겼다.

알 파치노와 프랜시스 코폴라가 사인한 「대부」와 로버트 드니로와 마틴 스콜세지가 서명한 「분노의 주먹」 포스터는 나란히 두었다. 드니로 형님과 파치노 형님을 붙여놓으니 저절로 후끈해진다. 빨간색이 유독 잘 어울리는 영화들인 「록키 호러 픽처쇼」와 「서스페리아」 포스터도 있다. 「서스페리아」 포스터에는 시체가 천장에 매달려 있는 장면이 묘사되어 있어서 혹시 밤에 혼자 일할 때 좀 섬뜩하지 않을까 했는데, 자꾸 보니 뭐 그냥 모던하고 귀엽고 사랑스럽다. 영화「플래닛 테러」와 그걸 코믹하게 패러디한 애니메이션「심슨 가족」포스터까지 근처에 두었으니 붉은색이 지닌 강렬함과 섬뜩함도 충분히 중화되었을 것이다.「현기증」「레베카」「로마의 휴일」「애니 홀」같은 고전 영화 사진들은 한데 모아두었다.「지옥의 묵시록」과「디어 헌터」도 같이 묶일 수 있어서 나란히 전시했다.「열차 안의 낯선 자들」과「판의 미로」도 있다. 다른 작품들과 달리,「레드 스패로」는 좋아하는 영화가 아님에도 제니퍼 로렌스를 온통 붉게 담아낸 모습 자체가 매력적이어서 이곳에 모셨다.

신비하고 모호하며 섬뜩한「트윈 픽스」의 레드 룸에서 영화를 촬영하고 있는 모습을 작은 통 안에 담은 미니어처는 레드 존에 가장 잘 어울리는 소품 중 하나일 것이다.「트윈 픽스」의 이야기에서 미스터리의 핵심이 레드 룸에 있다면, 파이아키아 이야기에선 아이덴티티의 핵심이 레드 존에 있는지도 모르겠다. 이 모두를 한데 두고 보니, 빨강과 가장 강렬하게 어울리는 색은 검은색 같기도 하다. 역시 적임자 옆엔 흑임자.

THE ROCKY HORROR PICTURE SHOW

Give Yourself Over to Absolute Pleasure

TWENTIETH CENTURY FOX PRESENTS A LOU ADLER-MICHAEL WHITE PRODUCTION "THE ROCKY HORROR PICTURE SHOW"
STARRING TIM CURRY SUSAN SARANDON   BARRY BOSTWICK ORIGINAL MUSICAL PLAY MUSIC AND LYRICS BY RICHARD O'BRIEN SCREENPLAY BY JIM SHARMAN and RICHARD O'BRIEN

 MUSICAL DIRECTION AND ARRANGEMENTS BY RICHARD HARTLEY ASSOCIATE PRODUCER JOHN GOLDSTONE EXECUTIVE PRODUCER LOU ADLER PRODUCED BY MICHAEL WHITE

SOUNDTRACK AVAILABLE ON ODE RECORDS DIRECTED BY JIM SHARMAN   www.rockyhorror.com

HOUSECORE HORROR FILM FEST PRESENTS
SUSPIRIA
UN FILM DI DARIO ARGENTO
LIVE SCORE BY
GOBLIN
OCTOBER 2013 • EMO'S • AUSTIN TEXAS

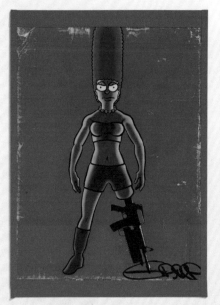

ROBERT RODRIGUEZ'S
PLANET
TERROR

"ANNIE HALL"

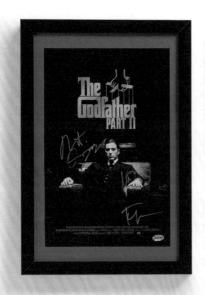

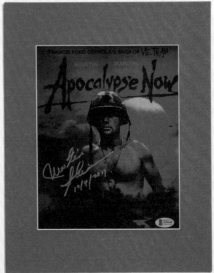

온통 붉은 재킷의 음반들도 있다. 앤틀러스, 비치하우스, 스완스. 모두 좋아하는 밴드다. 록 밴드 키스의 경우는 재킷이 아니라 레코드판 자체가 빨갛다. 뮤지션들은 주로 LP나 CD의 표지에 사인을 하지만, 가끔씩 이렇게 레코드판 위에 직접 서명을 남기기도 한다. (사인이 된 레코드판은 더 이상 들을 수 없을 테니, 추가로 구매할 수밖에 없다는 것을 겨냥한 살뜰 마케팅인 걸까.) 앨런 프라이스의 레코드판은 아예 붉은 하트 모양으로 되어 있다. (앨런 프라이스, 잘 모른다. 그냥 판 모양이 신기해서 샀다.) 레드 존 위쪽에는 부클릿이 빨간 CD 100여 장을 꽂아두었다.

빨간색 소품 중 단연 눈길을 끄는 것은 빨간 고양이일 것이다. 강렬하고 우아하다. 빨간색 선글라스와 빨간색 모나미 153 볼펜도 있다. (예전엔 필기구로 빨간색 모나미 153 볼펜만 썼던 시절도 있었다. 어둠 속에서 영화를 보며 이 볼펜으로 잔뜩 메모를 한 뒤 극장을 나서는 나의 손을 보고서 깜짝 놀라 후배가 소리를 지른 적도 있다. 온통 손가락을 붉게 물들인 빨간 볼펜의 흔적을 피로 착각했기 때문이었다.) 이 볼펜에는 내가 사인을 할 때 자주 써드리는 '시간을 견뎌낸 모든 것에 갈채를'이란 문구가 새겨져 있다. (내가 새긴 거 아니다. 선물 받은 거다. 그렇게 두꺼운 사람 아니다.)

레드 존에는 새빨갛고 커다란, 언뜻 보면 수류탄처럼 보이기도 하는 사과 모형도 있는데, 그 근처엔 변장한 왕비가 백설공주에게 독사과를 건네는 장면을 정교하게 잘라낸 한 장의 붉은 종이를 사과 모양으로 담아 표현한 작품도 있다. 붉은색 병뚜껑들로 랍스터를 만든 것도 있고, 붉은 철사로 나무 한 그루를 올린 것도 있다. 세상엔 재주 좋은 사람들이 참 많다.

해골 모양의 보드카 병도 있다. 이건 누군가가 보드카를 다 마신 후 빈 병에 「고스트 버스터즈」의 배우 댄 애크로이드 사인을 받은 것인데, 입수한 후에 내가 빨간 모래를 따로 사서 안에 부어 넣었다. 모래가 얼마나 들어갈지 몰라 100밀리리터 병으로 20개를 샀는데 11개를 썼다. 9개가 남았으니 이제 조금 더 작은 사인본 빈 병을 수집해야겠다. (개당 730원. 수집병이 깊어지면 모래 값까지 알게 된다.)

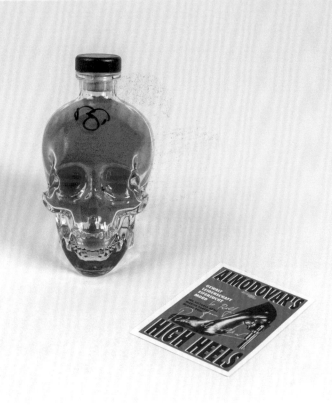

정성이 듬뿍 담긴 선물로 빼놓을 수 없는 것이 종이학일 것이다. 팬분들로부터 그런 선물을 받았다. 그것도 빨간색으로. 더구나 천 마리를. 세어봤다. 천 마리 맞다. 처음 셌을 때 숫자가 약간 안 맞아 기어이 다시 세어봤다. 모자라면 내가 접어서 채우려고 했다. 정확히 천 마리였다. 투명한 원통 모양의 아크릴 용기를 주문해서 넣었는데, 내 예상보다 종이학 천 마리의 부피가 적어서 위에 빈 공간이 좀 남았다. 학들도 넉넉히 숨들 쉬어야지들.

파이아키아 레드 존에는 학 천 마리가 산다. 랍스터도 살고, 부엉이도 살고, 고양이도 산다. 하멜른의 쥐들도 산다. 고양이와 쥐를 최대한 멀찍이 떨어뜨려 배치했으니 오늘도 평화로운 빨강 나라.

목이 말라서 준비한 것들

5
Pi
+
arch
×ia

기왕이면 특별한 수집품들을 갖고 싶었다. 수첩이나 블루레이 혹은 포스터에 사인을 받을 수도 있겠지만, 내가 아끼는 영화의 특성을 고스란히 드러내는 물건에 그 작품을 만든 사람들의 사인을 받으면 더욱 의미가 있을 것 같았다.

「기생충」을 대표하는 물건은 뭐니뭐니해도 수석일 것이다. 영화에 직접 등장했던 그 수석을 가질 수 있다면 정말 좋겠지만 그건 불가능한 일일 터이니 따로 수석을 구해야 할 것이었다. (「기생충」에 소품으로 쓰였던 수석은 하나로 보이지만 장면에 따라 모두 네 개를 사용했다고 한다. 한 개는 실제 수석이고 세 개는 가벼운 재질의 모조품이었다. 그중 실제 수석은 한국영상자료원의 한국영화박물관에 전시되어 있고, 나머지 세 개는 각각 봉준호 감독과 최우식 배우, 그리고 관련 스태프가 하나씩 갖고 있다고 들었다. 그러니까 송강호 배우도 가지지 못한 그 수석을 무슨 수로 입수한단 말인가.)

수석에 대해서는 전혀 몰랐기에 급하게 자료 검색을 한 후 구입에 나섰다. 수석의 다양한 종류들 중에서 산과 골짜기를 축소한 듯한 모양의 돌인 산수경석이어야 했다. 영화 속에서 나온 수석이 산수경석이니까. 처음엔 수석을 전문적으로 판매하는 곳에서 사려고 했는데 여의치 않아 결국 오늘만큼은 평화로워야 할 중고나라 카페에 접속했다. 며칠을 계속 검색한 끝에 마침내 딱 맞아 보이는 수석을 발견하고 연락을 취했다. 지하철 2호선 성수역에서 직거래를 하기로 했다.

60센티미터 길이에 10킬로그램이 넘는 그 큰 수석을 카트에 담아 직접 가져오신 분은 죄송스럽게도 여든 가까워 보이는 할아버지셨다. 비닐 쇼핑백에서 수석을 꺼내시던 할아버지께서 대뜸 내게 "돌을 좀 아시냐"고 질문하셨다. (수석인들은 그저 심플하게 '돌'이라고 표현하는 듯했는데, 그런 지칭에서 이상하게 전문가 포스가 넘쳐났다.) 전혀 모른다고 했더니 그럼 왜 구입을 하냐고 재차 물으셨다. 그런데 이 길고 이상한 수석 구입 사연을 지나다니는 사람들로 치이는 성수역 2번 출구 CU 앞 인도에 서서 수석 전문가에게 어떻게 간단히 이해시켜드릴 수 있단 말인가. 그냥 수석에 막 관심을 가지게 된 단계라고만 답변 드리고 서둘러

돈을 드린 후 (이젠 나도 수석인이니까) 돌을 받아 들었다. 정말 잘생긴 돌이었다. 90도로 몸을 꺾어 할아버지께 감사 인사를 드렸다.

그러다 봉준호 감독을 만나게 된 날, 끙끙대며 그 돌을 가져갔다. 그는 놀라면서도 한편으론 재미있다는 듯 멋지게 사인을 해줬다. 돌에 사인을 제대로 남기려면 어떤 필기구가 적당한지 몰라서 두 종류의 하얀색 펜을 가져갔는데, 첫 번째 것으론 제대로 쓰여지지 않는 바람에 첫 글자인 P만 다른 톤으로 여러 번 덧칠해야 했다. 그러자 봉준호 감독은 센스 있게 P자 둘레에 점선을 둘러 마치 의도된 머리글자인 것처럼 포장해주셨다. (역시 봉테일!) 그렇게 하니 파이아키아의 머릿글자 P처럼 보인다. (보여야 한다.)

사인을 하며 "이거, 꽤 비싸 보이네요? 값이 X원은 되겠는데요?"라고 했는데, 그보다 훨씬 싼 가격에 샀기에 그저 뿌듯했다. 얼마에 샀는지는 대답하지 않았다. "이 돌이요?"라고 포스를 실어 가볍게 반문한 뒤 (심플하게) 씨익 웃기만 했다. 수석에 사인을 해보는 것은 처음이라고 했다. (끼얏호!)

사실은 봉준호 감독을 만나러 가는 길에 하나를 더 가져갔다. (기회는 준비된 자만이 잡는다.) 미리 구해둔 아카데미 (모조) 트로피였다. 파이아키아에 돌아와 수석과 트로피를 중앙에 있는 진열장에 아래위로 나란히 올려두고서 흡족하게 고개를 끄덕이다가 멀리 왼쪽 벽을 보니, "동진님께"라는 말과 함께 봉준호 감독의 서명이 담긴 「기생충」 흑백판과 컬러판 포스터를 또 나란히 아래위로 걸어두었던 게 눈에 들어왔다. 「러브 액츄얼리」에서 마크가 줄리엣에게 (역시나 기회는!) 미리 준비해둔 종이 카드를 넘겨가며 오랫동안 간직해온 말을 전한 끝에 돌아서며 했던 마지막 대사가 떠올랐다. "이걸로 충분해."

박찬욱 감독을 뵐 때는 장도리를 준비했다. 그의 가장 유명한 영화 「올드보이」의 가장 유명한 소품이니까. (「박쥐」를 대표할 수 있는 링거병과 「올드보이」의 장도리 사이에서 잠시 고민했지만, 링거병은 아무래도 모양이 많이 빠질 것 같아 포기했다.) 파이아키아 근처 철물점에 들러 장도리 하나를 샀다. 사인하기 좋도록 밝은색의 나무 손잡이에 아무것도 적혀 있지 않은 것으로 골랐다. 모래 값과 돌 값에 이어 장도리 값도 알게 됐다. 8,000원이었다.

박찬욱 감독은 이런 정도의 사인은 익숙하다는 듯 여유로운 미소를 지으며 유장한 필체로 서명을 남겨주셨다. (링거병도 함께 가져올걸!) "이동진 선생께"라고 고색창연하게 적어주었다. (뭐, 대대손손 물려주어 고색창연해질 기념품이니까.) 사인한 장도리를 들고 장난스레 포즈까지 취해주셔서 (은근 포토제닉하시다) 웃음을 터뜨리며 기념사진을 찍기도 했다. 극 중에서 「올드보이」의 주인공 오대수는 그 이름대로 오늘도 대충 수습한다지만, 수집가는 오래전부터 철저히 준비한다. (수집가가 주인공인 영화가 나온다면 그 이름을 오철준으로 해야 할 듯.)

한국영화 포스터 중 가장 좋아하는 게 바로 「박쥐」 포스터다. (박찬욱의 최고작 역시 이 작품이라고 생각한다.) 이건 사실 「박쥐」의 메인 포스터도 아니다. 그럼에도 송강호와 김옥빈이 반대 방향으로 서로 얽혀 있는 이 강렬한 흑백 포스터를 꼭 파이아키아에 걸어놓고 싶었다. 기왕이면 심의 문제 때문에 김옥빈 씨의 다리 부분을 없애버리고 만 한국판 대신 원래 의도를 살린 영어판을 갖고 싶었다. 「아가씨」 라이브톡 행사를 위해 박찬욱 감독을 만났을 때 이 포스터 얘기를 꺼냈더니, 본인도 가지고 있지 않다고 했다. 아쉽지만 하는 수 없었다. 그런데 몇 달 후 어찌어찌 입수하셨다면서 잊지 않고 선물로 보내주셨다.

이 포스터는 파이아키아 정문을 열고 들어서면 곧바로 보이는 곳에 붙어 있다. (「박쥐」 포스터의 두 배우는 모두 카메라를 정면으로 바라보면서 찍혔기에 쳐다보는 사람과 시선이 정면으로 마주치게 된다. 들어서는 사람들은 송강호와 김옥빈 중 누구와 먼저 시선을 맞추게 될까.) 소수점 9,000자리까지 숫자가 적혀 있는 파이 포스터 바로 옆이다. 정해진 순서도 없이 불규칙하게 무한대로 뻗어나가는 파이 숫자의 강력한 자장에 있어서일까. 이 두 장의 큼지막한 포스터는 말 그대로 나의 해갈되지 않는 '갈증'(이 포스터엔 '박쥐'라는 한글 제목 대신 영문 제목 'Thirst'가 박혀 있다)을 그대로 증거하는 듯하다. 이게 업이로구나. 모으고 모으고 또 모아도, 여전히 목마르구나.

Winner
Asian Film Awards
Best Director
Winner
Kinema Junpo Awards
Best Supporting Actress
Winner
Mainichi Film Concours
Best Actor
Winner
Blue Ribbon Awards
Best Director
Best Supporting Actress
그 해 여름,
엄마의 비밀을 알게 되었습니다
마음이 닿을 때까지
걸어도 걸어도
歩いても
〈아무도 모른다〉 고레에다 히로카즈 감독 2009년 6월
ABE Hiroshi NATSUKAWA Yui YOU KIKI Kirin HARADA Yoshio
DISTANCE

20여 년 전, 눈이 펑펑 내리던 미국 유타주 파크시티의 어느 겨울날을 잊을 수 없다. 선댄스영화제가 열리던 그곳에 출장을 갔다가 안내 책자에서 간단한 시놉시스를 보고 이끌려 「애프터 라이프」(나중에 한국에서는 「원더풀 라이프」라는 제목으로 개봉했다)라는 작품을 보러 갔다. 취재차 보려던 두 편의 영화 사이에 시간이 어중간하게 떠서 때우려고 선택했던 건데, 그야말로 완전히 사로잡혔다. 데뷔작 「환상의 빛」은 한국에 소개되지 않았고, 이 두 번째 작품도 아직 한국에선 개봉 전이라 고레에다 히로카즈라는 감독 이름도 그때 처음 알았다.

극장을 나서자마자 급하게 신청해서 인터뷰를 했고, 일반 관객을 대상으로 한 GV 자리에까지 찾아갔다. 그 GV의 관객 질문 시간에 캐나다에서 왔다는 나이 지긋한 할머니가 객석에서 일어나, 자신은 질문이 아니라 감사의 인사를 하고 싶어 마이크를 잡았다고 운을 뗐다. 그러고선 그 영화에 등장했던 (어린 시절 빨간 구두를 신고 춤추었던 순간을 가장 멋진 기억으로 선택하는 극 중 인물이자 실제 그 기억을 가진 일반인이기도 한) 할머니 캐릭터를 거론하며 자신이 일평생 본 가장 아름다운 여성이었다고 말했다. 그러자 의자에 앉아서 듣던 고레에다 히로카즈 감독이 자리에서 일어나 허리를 굽혀 답례를 했고, 관객들은 가장 따뜻한 박수 소리로 다시 화답했다. 그 순간 「원더풀 라이프」는 내게 영원히 잊을 수 없는 작품이 되었다.

신인 감독이던 고레에다 히로카즈는 이후 「아무도 모른다」 「걸어도 걸어도」 「그렇게 아버지가 된다」 같은 작품들을 내놓으면서 점점 유명해졌고, 마침내 「어느 가족」으로 칸 영화제 황금종려상까지 받았다. 그 20여 년 동안 고레에다 히로카즈의 영화들을 적극적으로 지지했던 나는 '고빠'로까지 불리기도 했다.

그사이 나는 그를 모두 10여 차례 만났다. 내한할 때마다 하나씩, 「걸어도 걸어도」 포스터와 「아무도 모른다」 DVD와 「원더풀 라이프」 시나리오와 「파비안느에 관한 진실」의 '이동진의 라이브톡' 기념엽서에 사인을 받았다. 그의 작품들을 전부 DVD로 가지고 있지만 국내에 유일하게 개봉되지 않은 「디스턴스」는 없다고 무심코 말한 적이 있었는데, 그다음 해 내한하셨을 때 「디스턴스」 일본판 DVD를 직접 선물로 주셔서 감동한 적도 있다. 이창동 감독의 영화들을 특별히 좋아하는 그를 위해, 나와 감독의 대화가 코멘터리로 담겨 있는 '이창동 DVD 세트'를 나 역시 선물했다. (고레에다 히로카즈는 영화 역사상 가장 좋아하는 작품 베스트 10 리스트에 「밀양」을 포함시키기도 했다.) 그런데, 아직 뭔가 부족했다. 왜 아직도 목이 마를까. 뭐가 더 있어야 할까.

의자를 준비했다. 고레에다 히로카즈의 작품들 중 가장 좋아하는 「원더풀 라이프」는 결국 등장인물이 모두 의자에 앉아 자신의 인생에서 가장 소중한 기억을 떠올리는 영화다. 라스트 신에서 관객을 빈 의자에 초대하며 끝나는 영화다. 극장 의자에 앉아 영화를 다 보고 난 관객들이 저절로 영화의 마지막 장면에 등장하는 빈 의자로 옮겨 앉아 생각에 잠기게 되는 영화다. 그러니까 의자여야 했다.

그렇다고 커다란 진짜 의자를 가져가서 사인을 받을 수는 없었다. (사실 아주 잠깐 그럴까 고민하긴 했다.) 다육종처럼 아주 작은 식물이 담긴 화분을 올려놓을 수 있는 미니 벤치를 구입하기도 했지만 어쩐지 마음에 들지 않았다. 결국 (대대손손 물려줄 거니까) 고색창연하고 둥근 1인용 미니 의자를 골랐다. 「파비안느에 관한 진실」의 라이브톡이 열리기 직전, 대기실에서 오랜만에 만난 고레에다 히로카즈 감독과 대화를 나누다가 불쑥 가방에서 의자를 꺼냈다. 그냥 사인만 부탁드렸는데 이름뿐만 아니라 뭔가 추가로 더 의자 위에 직접 정성 들여 적어주셨다. "원더풀 라이프. 당신 인생에서 가장 소중한 기억 하나를 골라주세요." 역시 이런 분이니까 그런 영화를 만드시는구나.

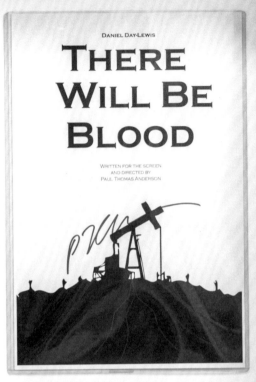

그의 작품들을 그토록 좋아하면서도, 폴 토머스 앤더슨 감독을 만났을 때는 왜 준비성이 없었을까. (그러니까 내 준비성은 본성이 아니라 반복된 실패와 후회 끝의 각성이다.) 오래전 「매그놀리아」가 베를린 영화제에서 상영되었을 때, 그를 인터뷰하고도 사인을 받지 못했다. 시간이 워낙 촉박한 인터뷰였기 때문이다.

기회를 놓친 자는 망망한 대양에서 서핑을 한다. 이건 준비성이 없었던 데 대한 일종의 형벌이기에, 바위를 끊임없이 밀어 올려야 했던 시시포스처럼, 어제 들어갔던 사이트들을 오늘 들어가고 또 내일 들어간다. 그렇게 오랜 시간에 걸쳐 같은 사이즈로 구한 그의 친필 사인 포스터 네 개(「부기 나이트」「매그놀리아」「데어 윌 비 블러드」「팬텀 스레드」)를 파이아키아에 함께 걸어두었다. 그걸로도 모자라서 「마스터」의 티저 포스터와 「데어 윌 비 블러드」 시나리오까지 구했다. 나는 벌을 제대로 받아야 한다.

GV 같은 행사를 위해 감독이나 배우들을 만나다 보면 의외의 선물을 받기도 한다.「파수꾼」의 감독과 배우들이 전부 서명한 야구공이 그렇다. 야구공이 중요한 소품으로 쓰인 이 영화의 첫 GV 진행을 맡았었는데, 행사 직전 윤성현 감독과 이제훈 박정민 서준영 배제기 등의 배우들이 야구공 하나에 함께 사인을 해서 선물로 준 것이다. 이때 서명했던 분들은 당시로선 풋풋한 신인들이었지만 그로부터 10여 년의 세월이 흐르는 동안 어느새 한국영화를 든든히 짊어지고 나가는 존재들이 되었다. 수집품도 나이를 먹고 세월을 겪는다. 그리고 와인처럼 더 깊어진다.

호소다 마모루 감독은 내한 GV 때 내게 「괴물의 아이」 주인공 쿠마테츠를 직접 그려서 선사했다. 그것도 무대 위에서 나와 대화를 나누다가 즉석에서 아크릴 판에다가. 그가 그림을 그려주는 몇 분 동안 객석 곳곳에선 탄성과 함께 부러워 죽는 사람이 속출했다. 더 좋아하는 「늑대아이」나 「시간을 달리는 소녀」의 캐릭터를 그려주셨다면 더욱 감격스럽긴 했겠지만. (정말 끝이 없다.)

6

Pi

arch

ia

공포영화는 좋아하는 작품이 있더라도 관련된 뭔가를 수집해서 전시하기가 좀 그렇다. 관심을 가지고 찾아보면 공포영화에 실제로 사용되었던 모조 신체의 일부분 (이렇게밖에 표현할 수 없다) 같은 것들이 꽤 있지만, 이렇게 불그죽죽한 것들을 구해서 벽에 걸어놓을 순 없지 않은가. '레드 존'에도 이런 것들은 안 된다. (빨간색은 좋아해도 불그죽죽한 색은 좋아하지 않는다.) 슬래셔 무비의 효시인 「할로윈」의 살인마 마이클 마이어스의 식칼 같은 물건들 역시 그렇다. 공포영화는 아니지만 실로 무시무시했던 「노인을 위한 나라는 없다」의 악당 안톤 쉬거의 캐틀건(압축공기를 사용하는 도살용 공기총)이라면 딱 좋겠는데, 그걸 구할 순 없었다. 「서스페리아」 포스터 정도로는 좀 약한데, 혐오감을 주지 않으면서 뭐 좀 쌈박한 게 없을까.

그러다 발견한 콩 수프 통조림에 눈이 번쩍 뜨였다. 이건 그냥 콩 수프 통조림이 아니다. 가장 유명한 공포영화 중 하나인 「엑소시스트」와 밀접하게 관련되어 있는 통조림이고 주연배우 린다 블레어가 사인한 통조림이다. 「엑소시스트」에서는 악령에 사로잡힌 린다 블레어가 신부를 향해 토사물을 쏟아내는 악명 높은 장면이 있는데, 그때 대신 사용한 게 바로 노르스름한 'Amy's split pea soup'라는 제품이었다. 이 통조림 위에 린다 블레어가 사인과 함께 '악몽 꾸지 마세요(Sweet dreams)'라는 글귀를 남겼다. 호러 주인공다운 재치가 아닐 수 없다. (그런데 「엑소시스트」를 보고 난 후에도 이 완두콩 수프를 먹을 수 있을까.)

아무래도 호러에 유머가 결합되면 좀 더 너그러워지게 된다. 코믹 공포영화 중 에드거 라이트의 「새벽의 황당한 저주」를 매우 좋아하는데, 두 주연 배우 사이먼 페그와 닉 프로스트의 서명이 크리켓 배트에 나란히 담겼다. 나는 이 두 콤비가 함께 등장하는 것만 봐도 웃긴다. 영국 크리켓 리그에서 사용하는 공식 배트인 J. Salter & Sons 제품인데, 극 중 이 두 주인공은 좀비들이 몰려오자 엉겁결에 근처에 있던 크리켓 배트를 쥐고서 맞서 싸운다. 크리켓 배트를 처음 봤다. 크리켓 경기 규칙도 전혀 모른다. 그래도 굉장히 튼튼해 보여서 좀비 때려잡기에는 제격이라는 사실만큼은 확신할 수 있었다.

호러 장르의 대표적인 빌런 캐릭터 10명을 담아낸 마트료시카도 눈길을 끈다. 이 10명의 크기에 따른 순서는 내가 지정해서 주문했는데 「양들의 침묵」의 한니발이 가장 크고, 마이클 마이어스(할로윈), 고스트페이스(스크림), 프랑켄슈타인, 제이슨 부히스(13일의 금요일), 처키(사탄의 인형), 페니와이즈(그것), 프레디 크루거(나이트메어), 직쏘(쏘우), 레더페이스 순서다. 사실 각각의 크기는 내게 덜 흉측하게 생각되는 순서라고도 할 수 있을 텐데, 그러고 보면 나는 레더페이스의 모습을 가장 끔찍하게 여기는 것 같다. 사람의 얼굴 가죽으로 만든 가면을 뒤집어쓰고 다니는 살인마라니.

스티븐 스필버그의 초기작 「죠스」 디오라마도 좀 적나라한 것으로 구했다. 배송된 상자를 열어보니 칼을 들고 맞서는 피투성이 남자 피규어가 따로 떨어져 있어서 어디에 두어야 하는지 잠시 망설였는데, 알고 보니 선박 위에 올라온 죠스 입속에 몸의 절반을 통째로 끼워 두어야 하는 것이었다.

「엑소시스트」통조림이나 「새벽의 황당한 저주」크리켓 배트처럼, 좋아하는 영화를 대표할 수 있는 재치 있는 소품에 배우나 감독의 사인이 제대로 되어 있으면 가급적 손에 넣으려고 애쓴다. 마블의 아버지인 스탠 리가 직접 스파이더맨을 그려 넣은 야구공이나 「인디아나 존스」의 해리슨 포드가 서명한 갈색 페도라, 또는 「록키」의 실베스터 스탈론이 사인한 빨간색 권투 글러브가 대표적이다.

「데이라잇」이란 영화 개봉을 앞두고 일본 도쿄에 가서 실베스터 스탈론과 인터뷰를 하기 직전에 악수를 나눈 적이 있는데, 몸은 예상보다 작았고 손은 생각보다 컸다. 스탈론이 예의 바르게 내 손을 쥐었음에도 전해져오는 악력은 상당했다. SBS TV 「금요일엔 수다다」를 진행할 때 게스트로 나왔던 마동석 역시 그랬다. 손으로 스스로를 알려오는 사람들이 있다.

「포레스트 검프」와 관련해서는 톰 행크스가 사인한 탁구 라켓을 갖고 있다. 「사운드 오브 뮤직」으로는 에델바이스 꽃씨가 어떤가. 「E.T.」의 실제 예고편 필름 롤도 있다. 특별히 「스타워즈」의 팬이라고까지 할 수는 없겠지만 그래도 워낙 유명한 프랜차이즈이니, 오리지널 3부작에서 다스 베이더를 연기했던 데이비드 프로우즈가 서명한 다스 베이더 가면과 마크 해밀이 사인한 루크 스카이워커 피규어 정도는 갖췄다. 해리슨 포드, 마크 해밀, 캐리 피셔가 함께 사인한 사진도 있다.

그렇다면 마블이나 DC의 각종 슈퍼히어로 피규어들은? 그거 일단 손대기 시작하면 패가망신의 지름길이어서 일찌감치 포기했다. 이번 생은 그보다 더 좋아하는 영화들 관련한 수집만으로도 충분히 벅차다.

슈퍼히어로 영화 중에서 가장 좋아하는 작품은 단연 크리스토퍼 놀런의 「다크 나이트」다. 영화에 실제로 쓰였던 소품들도 좀 모았는데, 그중에는 「다크 나이트」에 직접 사용되었던 것도 있다. 바로 조커 역을 맡은 히스 레저가 호기롭게 불태운 100달러짜리 (모조) 지폐다. 극 중에서 타다 남은 지폐들 중 한 장을 구했는데, 엄연히 보증서가 있는 진품이다. 다만 「다크 나이트」의 그 장면에서 100달러 지폐들이 엄청 높이 쌓여 있었던 것을 떠올리면 이 한 장을 손에 쥐었을 때의 기쁨이 금방 초라해지긴 한다. 투 페이스 하비 덴트가 계속 던져 대는 앞뒤가 똑같았던, 그러나 결국 흠집이 나는 바람에 앞과 뒤가 달라져버린 동전도 있는데, 이건 실제 사용된 소품이 아니라 그냥 기념품이다.

쿠엔틴 타란티노의 「장고」에서 직접 쓰였던 100달러짜리 지폐도 있다. 19세기를 무대로 한 이 사극에서 당시 루이지애나 은행이 발행한 지폐로 설정된 소품이기에 현재의 100달러 지폐와 사뭇 달라 이채롭다.

스티븐 스필버그가 연출한 「라이언 일병 구하기」의 소품들은 큰맘 먹고 세트로 구했다. 극에서 배우들이 실제 착용했던 철모와 군복 그리고 수류탄이다. 상륙작전이 펼쳐졌던 노르망디 해변의 모래를 담은 작은 병도 함께 두었다. 알폰소 쿠아론의 「칠드런 오브 맨」에서 경찰 역을 맡은 배우가 썼던 베레모도 있어서 잘 모셔두었다. 정작 오래전 내가 군복무를 마치고 전역할 때 가지고 나왔던 군복 한 벌과 군화 한 켤레는 어디다 뒀는지조차 기억나지 않지만.

"SAVING PRIVATE RYAN"
Prop Helmet

Saving Private
Ryan
A-21044

"Saving Private Ryan"
Starring TOM HANKS
1998, DreamWorks Studios

좀 더 정색하고 수집한 영화 관련 실제 소품에는 찰리 채플린이 서명한 자동차 번호판이 있다. 매카시즘을 풍자한 코미디 「뉴욕의 왕」에서 채플린은 감독과 주연을 함께 맡았는데, 극 중에서 그가 탔던 택시의 번호판으로 사용되었다. 알 파치노가 직접 몰고 다녔던 자신의 오토바이 친필 사인 번호판도 있는데, 이 번호판을 단 오토바이는 그의 대표작 중 하나인 「형사 서피코」에 등장하기도 했다.

영화에 나온 소품은 아니지만 텔레비전 미니 시리즈에서 맥가이버 역을 맡았던 리처드 딘 앤더슨이 사인한 미네소타의 「맥가이버」 번호판도 있는데, 맥가이버 관련 소품이라면 누구나 그렇듯 나 역시 '맥가이버 칼'이 먼저 떠올라 오래 아쉬워하다가 마침내 맵시 좋은 친필 서명 스위스 아미 나이프를 손에 넣는 쾌거를 이루기도 했다. 로라 던이 서명한 「쥬라기 공원」 번호판도 있다. 물론 번호판보다는 자동차가 더 갖고 싶긴 하다. 예를 들어 제임스 본드 역할을 해온 다니엘 크레이그가 서명한 애스턴 마틴 실물 자동차라든가, 라든가, 라든가……

「와호장룡」 검술 대결 장면에서 사용되었던 칼도 입수했다. 사실 「와호장룡 2(와호장룡 - 운명의 검)」에서 주연 배우 양자경이 썼던 칼도 함께 나와서 둘 중 어느 것을 손에 넣어야 하나 고민하다가 전자의 칼을 선택했다. 아무리 주인공이 쓰던 소품이라도 「와호장룡」은 무조건 오리지널이어야지, 격 떨어지게 무슨 아류 속편이란 말인가. 그런데 사실은 후자의 칼이 훨씬 더 비싸긴 했다. (이솝 이야기에서 '여우와 신포도' 내용이 어땠더라…….)

실제 사용된 소품은 아니지만 실물 사이즈로 딱 500개만 제작되었다는 (늘 그런 식이죠) 「가위손」의 가위손도 구했다. (전 세계 곳곳에 흩어져서 미소 짓고 있을 499명의 다른 호구분들께 심심한 동지애를.) 「엑스맨」의 매그니토 투구는 내가 출연하는 방송 프로그램의 피디분이 파이아키아에 놀러왔을 때 선뜻 가져다준 선물이었다. (출연자가 무엇에 군침을 흘리는지 너무나 잘 알고 계신 진정한 방송인!) 「가디언즈 오브 갤럭시」에 딱 어울렸던 소품 '어썸 믹스 테이프'의 카세트테이프 복제품과 「메멘토」에 계속 등장하는 폴라로이드 사진들을 다시 프린트한 기념품도 작지만 눈길을 끈다. 성냥으로 떠오르는 두 작품 「영웅본색」과 「패터슨」을 포함해 영화 성냥 30종을 모으기도 했다.

edward
SCISSORHANDS™

「블라인드 사이드」에서 미식축구엔 천재적 재능을 갖고 있지만 학업성적은 엉망인 고교생 주인공 퀸튼 애런이 C-를 받은 역사 시험지 소품처럼, 뭔가 재미있는 수집품들을 좋아한다. 「50/50」에서 조셉 고든 레빗이 병원에 가서 검사를 받을 때 사용했던 소품인 플라스틱 통도 그렇다.

뮤지컬 영화 「시카고」에서 르네 젤웨거가 유죄 판결을 받은 사실을 보도하는 데 쓰였던 극중 신문은 어렵게 구했다. 그런데 이 신문을 파이아키아 중앙 장식장 뒤편에 세워놓았더니 약간의 문제가 생겼다. 르네 젤웨거가 유죄임을 크게 인쇄한 글자로 알리는 신문 헤드라인 'GUILTY'가 언젠가부터 마치 나의 과도한 수집벽을 힐난하는 단어처럼 보이기 시작한 것이다. (네, 저도 알고 있어요.)

시나리오로는 로버트 알트먼의 「숏컷」과 크시슈토프 키에슬로프스키의 「레드」, 리처드 링클레이터의 「비포 선라이즈」와 폴 토머스 앤더슨의 「데어 윌 비 블러드」를 감독 사인본으로 갖고 있다. 네 편 모두 감독이 직접 각본까지 쓴 탁월한 작품들이다. 「대부」는 실제 영화 필름들을 잘라 만든 액자 형태로 있다. 종이 위의 활자에서 출발해서 셀룰로이드 필름에 도착하는 영화의 여정을 생각하니 자못 신비롭다.

History Test
Week 8

Name **Michael Oher**

C—

1) Where did the Battle of Waterloo take place?
   a. Yorkshire
   b. Southern Ireland
   c. South of Brussels in Belgium
   ⓓ Germany

2) Name the combatants in the Battle of Waterloo?

Napoleon Vs Duke of Wellington Marshal Blucher Prince of Orange

3) Two days before the Battle of Waterloo, on the 16th of June 1815 Napoleon and his army of 68,000 had already defeated an army of 84,000 Prussians. Where did that battle take place?
   a. Quartre-Bras
   ⓑ Ligny
   c. Wavre
   d. Charleroi

4) There were various types of French cavalry involved in the battle. Which of these could be called the heavy (armored) cavalry?
   a. Lancers
   b. Hussars
   c. Cuirassiers
   ⓓ Explorers

5) The evening before Waterloo, Napoleon had spent at Genappe at the Caillou farm. All night it had been raining. As a consequence of that bad weather the terrain was soaked and troop movements were slow. What other factors slowed down progress.

Cormunication getting from Napoleon to

hrs Generals

6) The Battle took place on a Sunday. Napoleon had been relatively slow to start it. How long did it last? 9 hrs

7) What kind of troops were available to Napoleon for his 'Belgian Campaign' after his return from Elba and during his 'One Hundred Days' come back'?
   a. Mainly well-trained profeasional soldiers from Europe
   b. Just survivors from his Russian Campaign
   ⓒ Mainly French and international volunteers
   d. Mainly French conscripts of the 1815 levy and veterans of previous levies.

8) What was the terrain like?

BEFORE SUNSET
By
Richard Linklater
Julie Delpy
Ethan Hawke

Final Shooting Script 9/25/03

MIRAMAX
FILMS

and

MARIN KARMITZ

Present

RED

by
KRZYSZTOF KIESLOWSKI

Preliminary Press Notes

RUNNING TIME: 96 minutes
RATING: R

Press Contact:

Cynthia Swartz
Miramax Films - NY
212 941 3800

Gigi Semone
Peggy Siegal Co. - NY
212 512 5060

375 Greenwich Street • New York, NY 10013-2338
Tel: (212) 941-3800   Fax: (212) 941-3949

There Will Be Blood

Final Shooting Draft
By
Paul Thomas Anderson

Final Shooting Draft
THERE WILL BE BLOOD

특정 영화를 대표하는 한 장면을 솜씨 있게 표현해낸 작품들에도 끌린다. 우주에서 표류하는 라이언 스톤(샌드라 불럭)을 포착한 「그래비티」 작품은 우주복 외의 바탕이 모두 검은색이어서 더욱 아득하다. 끝이 존재하지 않는 공간에서의 끝없는 표류라니, 생각만 해도 막막하다.

사망진단을 받은 후 관에 들어 있는 채로 땅속에 묻혔다가 나중에서야 홀로 깨어나게 되는 것을 어린 시절에 가장 끔찍한 상황으로 반복해서 상상하곤 했는데, 옴짝달싹할 수 없는 관 속에서와 그야말로 텅 빈 우주 공간에서의 상황 중 어느 것이 더 두려울까 생각해보기도 했다. 그런 생각으로 가슴이 답답해져오면, 우산을 들고 경쾌하게 날아가는 메리 포핀스 작품을 보면 된다.

사인본을 그렇게 모으면서도 한국 배우들에겐 지금까지 거의 사인을 받지 않았다. 좋아하는 우리 배우들이 정말 많고 일과 관련해서 만날 기회도 적지 않은 편이었지만 그저 왠지 쑥스럽고 민망했다. 그런데 그럴 필요가 없다는 생각을 하게 됐다. 조금씩 나이가 들어갈수록 좋으면 좋다고 말하는 사람이 좋고, 나 역시 그런 사람이 되고 싶다. 그래서 이 책을 마무리하는 동안 그런 기회가 생기면 곧바로 실행에 옮기기 시작했다. DVD나 블루레이 혹은 포스터에 받는 것도 좋겠지만, 기왕이면 그 배우를 대표할 수 있는 물건에 받으면 더 좋겠다 싶었다.

강동원이라는 배우를 생각하면 가장 먼저 우산이 떠오른다. 확고한 스타덤에 오르게 된 초기작 「늑대의 유혹」에서부터 「엠」 「검은 사제들」 「1987」까지 적잖은 출연작들이 우산과 함께 떠오른다. 그래서 두 연인이 우산을 들고 있는 낭만적인 인물상을 구했고, 우산 부분에 사인을 받았다. 강동원 씨는 자신의 영화에서 우산이 중요하게 등장하는 장면이 그렇게 많았는지 몰랐다며 새삼 흥미로워했다. 그러면서 우산의 칸마다 하나씩 영화 네 편의 제목을 적고 나서 사인을 해주었다. 앞으로 우산을 드는 연기를 하는 영화를 찍게 되면 그때마다 나머지 칸들도 하나씩 채우겠다는 농담까지 센스 있게 덧붙여서.

정우성이라면 관련된 물건으로 오토바이(비트)와 말(좋은 놈, 나쁜 놈, 이상한 놈)이 먼저 떠오른다. 둘 다 탈것이라는 점에서 공통점이 있는데 잠시 고민하다가 오토바이로 골랐다. 「비트」에서 두 팔을 벌리고 오토바이를 타던 정우성의 모습은 1990년대 한국영화가 그려낸 청춘의 핵심 이미지일 테니까. 사인을 부탁하며 준비해간 오토바이 미니어처를 내미니까 「비트」에서 타고 다녔던 혼다 CBR임을 단번에 알아챘다. "사인을 정말 많이 했지만 오토바이에 하는 것은 처음"이라면서 서명뿐 아니라 「비트」의 가장 유명한 대사까지 적어주었다. "나에겐 꿈이 없었다"는 극 중 문장 대신 "나에겐 꿈이 있었다"는 문장으로 위트 있게 살짝 바꿔서.

이정현의 연기라면 이젠 「성실한 나라의 앨리스」가 가장 먼저 떠오른다. 그 영화에서 대단했으니까. 극 중에서 오토바이 헬멧을 착용하고 나오는 모습이 바로 떠올라 주문했다. 영화에서와 같은 빨간색으로. 너무 크면 좀 곤란하니까 아동용으로. 헬멧을 내밀자 크게 웃던 이정현 씨는 즐거워하면서 다정하게 서명을 남겨주었다. 그런데 들뜬 상태여서 그랬던 건지 나도 모르게 헬멧을 두 개나 주문했다는 사실을 배송받은 후 알게 됐다. 반품할까 하다가 그냥 가지고 있기로 했다. 하나는 또 언제 사용하나. 배우가 빨간 오토바이 헬멧을 쓰고 나오는 영화 뭐 또 없을까. (파워레인저는 빼고요.)

그런데 이 속도면 아무래도 이 분야는 앞으로 수집품이 대폭 늘어날 듯하다. 이 책도 몇 년 뒤에 속편을 내야 하는 걸까.

애니메이션과 관련한 수집품들은 귀여운 것들이 많아서 파이아키아의 주방 뒤쪽 전시공간에 함께 두었다. 픽사의 쟁쟁한 애니메이션들 중에서도 가장 좋아하는 게 「업」이어서, 이 작품의 감독 피트 닥터가 등장 캐릭터들 중 하나인 거대한 새 케빈을 직접 그린 후 사인까지 덧붙인 그림을 손에 넣었다. 그런데 피트 닥터가 단지 케빈뿐만 아니라 주인공인 칼 할아버지까지 그린 뒤 서명을 남긴 그림을 나중에야 다시 발견하게 되었다. 중복 수집이 되는 거라 고민을 좀 했지만 「업」은 워낙 좋아하는 작품이기에 결국 그 그림까지 함께 갖추게 됐다. 케빈이 워낙 희귀한 새이니까 멸종하지 않게 노아의 방주처럼 커플로 두는 것도 나쁘진 않을 것이다. (일단 수집을 하고 나면 이유는 나중에라도 생긴다. 컬렉터는 머리가 심장의 뒤를 허겁지겁 뒤쫓아가는 사람이다.) 이 둘만으로도 모자라서 집을 매달고 날아가는 형형색색의 풍선들을 단추로 표현해낸 작품과 그 모습을 모형 모빌로 만든 소품까지 추가로 갖추게 됐으니, 그때 나는 지나치게 업이 되었던 걸까.

지브리 스튜디오와 연관된 수집품으로는 「센과 치히로의 행방불명」의 두 캐릭터 아래 미야자키 하야오가 서명을 남긴 그림과 레코드판을 정교하게 커팅해서 「이웃집 토토로」와 「센과 치히로의 행방불명」의 메인 캐릭터들을 아로새긴 벽시계가 있다.

한국 애니메이션과 관련해서는 「마당을 나온 암탉」에서 제일 서늘한 장면을 담은 그림 액자와 「언더독」의 주인공 뭉치 인형이 있다. 뭉치 인형은 자태가 워낙 늠름하기에 아홉 대의 CCTV 카메라와 함께 힘을 합쳐 파이아키아를 잘 지키라고 입구 쪽을 바라보는 자리에 두었다. (저 눈썹 다부지게 올라간 것 좀 봐.)

오토그래프 컬렉터로서 특히 반기는 것은 작품이나 이벤트에 함께 참여한 많은 사람들이 모여 한군데에 직접 서명한 물품이다. 그런 면에서 좀 특별한 수집품이 있다. 「어벤져스」의 슈퍼히어로 25명의 서명이 한데 모여 있는 초슈퍼울트라그레이트마블러스앱솔루틀리익스트림파워 사인본 사진이 바로 그것이다.

개인적으로는 「어벤져스」보다 더 좋아하는 게 「엑스맨」 시리즈인데, 「엑스맨」 1편에 참여한 뮤턴트들이 서명을 남긴 시나리오도 내겐 의미가 깊다. (근데 이건 사인을 한 배우가 10명밖에 안 되니 소소해서 그저 부끄럽습니다.)

하지만 많은 이들이 함께 서명한 물품들 중에서 내가 가장 뿌듯해하는 수집품은 따로 있다. 100명이 넘는 영화배우들이 함께 사인을 남긴 샴페인 떼땅져의 6리터짜리 므두셀라 병이다. 알 파치노, 브래드 피트, 캐서린 제타 존스, 크리스천 베일, 글렌 클로즈, 제니퍼 애니스턴, 와킨 피닉스, 미셸 윌리엄스, 니콜 키드먼, 패트리샤 아퀘트, 르네 젤웨거, 로버트 드니로, 톰 행크스 등 모두 122명이 이 병 위에 직접 사인을 남겼다. (사인을 남긴 사람들 명단이 너무 길어서 ABC 순으로 나열할 때 컬렉터가 느끼는 번거로우면서도 뿌듯한 쾌감이란.) 더 흥미로운 것은 여기에 최우식, 이정은, 이선균, 박소담, 송강호의 사인도 함께 있다는 점이다. 아무리 6리터짜리 대형 병이라고 해도, 122명이나 참여하는 바람에 서명할 자리를 찾기 어려웠는지, 송강호 씨와 이정은 씨는 병마개 바로 밑부분에 간신히 사인을 남겼다.

2020년 2월에 개최된 아카데미 시상식에서 「기생충」이 거둔 엄청난 성공의 조짐은 그 20일 전에 열린 배우조합상(SAG) 시상식에서 결정적인 전조를 보였다. 일반적으로 배우조합상 수상자들의 영광은 그대로 아카데미까지 이어지곤 하는데, 여기서 「기생충」이 최고상에 해당하는 앙상블상을 받은 것이다. 이 특별한 샴페인 병은 바로 그 시상식의 이벤트 중 하나였다.

배우조합상의 스폰서였던 프랑스의 샴페인 회사 떼땅져는 당일 시상식장 입구에 므두셀라 병 두 개를 올려놓은 뒤 배우조합의 복지기금 마련을 위해 참석 배우들에게 서명해줄 것을 요청했다. 이 행사에서는 「기생충」의 출연진이 매우 중요한 참석자들이었기에 한국 배우들도 사인을 남기게 된 것이다. 그리고 그 두 병 중 하나를 내가 온라인 경매를 통해 차지하게 되었다. 긴 세월에 걸친 나의 수집 역사에서 가장 짜릿했던 순간들 중 하나였다. 한국영화 역사에서 기념비적인 영예를 누리게 된 「기생충」의 성과가 함께 담긴 수집품이라 더욱 기뻤다.

이 샴페인 병은 로저 워터스의 베이스 기타 옆에 전시해두었다. SAG가 발행한 진품 보증서와 브래드 피트가 이 병에 사인하고 있는 순간을 포착한 사진도 함께 붙여놓았다. 마개를 따지 않고 보기만 해도 취하는 이상한 샴페인 병이다. 내 삶에서 너무나 기쁜 나머지 특별한 방법으로 자축하지 않으면 견딜 수 없는 날이 찾아오면 이걸 따서 주위 사람들과 호기롭게 나눠 마시는 광경을 상상해보기도 하지만…… 아서라, 말아라, 만용이란다.

한데 모여 있지 않으면 한데 모으면 된다. 슈퍼히어로 장르에서 활약한 슈퍼빌런 중 가장 돋보이는 캐릭터가 있다면 바로 조커일 것이다. 이미 1960년대에 방영된 미국 텔레비전 시리즈 「배트맨」에서 조커 연기를 했던 세자르 로메로가 있긴 하지만, 극장용 영화로 한정해보면 이제껏 조커 역을 맡은 배우는 잭 니컬슨에서 히스 레저, 자레드 레토, 와킨 피닉스까지 모두 네 명이다. 흥미로운 것은 이 네 명의 배우가 모두 아카데미 연기상을 받은 뛰어난 연기력의 소유자들이라는 점이다.

잭 니컬슨은 만화적인 측면을 살려 기괴하고 우스꽝스러운 면모를 극대화하는 방식으로 조커를 연기했다. 히스 레저가 캐릭터라이징을 최대한 자제하면서 악이라는 관념 자체를 매우 흥미롭고도 일관된 톤으로 형상화했다면, 와킨 피닉스는 조커라는 캐릭터에 담겨 있는 역설적 비극성을 극적으로 살려낸 정서적 연기를 선보였다. 그리고 자레드 레토는…… 음, 이야기하지 말자. (사실 레토는 좀 억울하기도 할 것 같다.)

이 네 배우의 사인이 담긴 조커 사진을 한데 모아서 전시해놓으면 좋겠다는 생각이 들었다. 그래서 애초부터 배치를 염두에 두고 파이아키아의 서가에 가장 알맞게 놓을 수 있는 사이즈인 8×10인치 크기의 사진만 집중적으로 찾았다. 나란히 놓을 계획이니 같은 사이즈의 사진이라도 그 속의 인물 크기가 들쭉날쭉하면 곤란할 것이다. 그래서 얼굴 위주로 상반신만 보이는 단독 미디엄 쇼트 사진만 물색했다. 그렇게 몇 달이 걸려 네 장을 모두 모으는 데 성공했다. 수집품을 먼저 구해놓고 어디에 어떻게 둘지 고민하는 게 아니라, 전시 방식을 먼저 염두에 두고 나서 그에 따라 수집을 했던 드문 경우였다. 그런데 배치까지 마치고 나니 하필 내가 파이아키아에서 가장 오래 머물게 되는 내 책상 맞은편 쪽이라서 어두운 밤이면 아주 가끔씩 살짝 놀라기도 한다. 하얗게 그로테스크한 분장을 하고 있는 조커 한 명도 좀 긴장되는데, 무려 4인조라니요.

사실 히스 레저의 이력 중에 「다크 나이트」의 조커 못지않게 「브로크백 마운틴」의 에니스 연기를 좋아해서 그가 제이크 질런할과 함께 서명한 「브로크백 마운틴」 포스터도 구했다. 이 포스터는 「다크 나이트」 그리고 히스 레저의 첫 주연작인 「기사 윌리엄」 포스터와 나란히 한 액자에 큼지막하게 붙어 있는데, 각 포스터 밑엔 각각의 영화에서 히스 레저가 했던 대표적 대사들이 따로 금색 글씨로 박혀 있다. 「브로크백 마운틴」 포스터 밑의 대사는 에니스가 아픔으로 잭에게 건넸던 말, "그래, 넌 죄인일 수도 있겠지. 하지만 나는 기회조차 갖지 못했어"였다. 아픈 자와 더 아픈 자의 시리도록 아픈 사랑 이야기.

배치할 공간을 먼저 염두에 둔 경우로는 패러디에 가까운 유사 사진과 원본 사진을 함께 모아둔 세 가지 사례도 있다. 우선 블랙 위도우와 캡틴 아메리카가 「라라랜드」의 갈매기 춤을 추고 있는 팬아트 사진을 보게 되자 역설적으로 「라라랜드」의 원본 사진을 구해야겠다는 결심이 들었다. 「라라랜드」의 2인무 장면은 사실 너무 유명해서 오히려 수집하기에 멋쩍은 감이 있었는데, 코믹한 패러디 사진을 만나게 되자 오히려 함께 전시하면 재미있겠다는 판단이 생겼던 것이다. 두 번째로는 동물학자 제인 구달이 침팬지와 키스하는 사진을 본 후에 1968년에 나온 오리지널 「혹성탈출」에서 찰턴 헤스턴이 침팬지(연기를 한 배우 킴 헌터)와 키스하는 사진을 함께 찾아 나섰다.

그리고 세 번째로는 「더 굿 무비」라는 프로그램에 출연하고 있을 때 「마션」을 패러디한 내 사진을 제작진으로부터 선물 받은 후에 실제 「마션」의 원본 사진을 구했다. 「더 굿 무비」를 촬영할 당시 거의 콜라 중독이라서 쉴 때마다 들이켰던 나를 눈여겨보았던 제작진이 "마 션 - 반드시 콜라를 준비하라"라는 제목과 카피의 코믹한 패러디 사진을 센스 있게 만들어 주었던 것이다. (얼떨결에 제 옆에 굴욕적으로 서게 되신 맷 데이먼 님께 심심한 사과의 말씀을.)

이 세 쌍의 사진들은 전부 친필 사인이 되어 있다. (배우가 아닌 나는 물론 서명하지 않았다.) 그리고 여섯 장 모두 한자리에 전시해놓았다. 함께 나란히 붙여놓아야 제대로 살아나는 수집품들도 있다. 심지어 콜라조차 그렇다. (전시야말로 커플천국, 솔로지옥.)

「마션」과 관련된 패러디 사진은 콜라가 핵심 모티브라서, 이전에 또 다른 분으로부터 선물 받았던 내 이름이 한자로 쓰여 있는 코카콜라 병과 시간여행을 다룬 「백 투 더 퓨처 2」에 미래형 제품으로 디자인되어 등장했던 펩시콜라 병을 그 밑에 함께 두었다.

「백 투 더 퓨처 2」의 배경이 된 미래는 개봉 당시 시점으로 30년 후였던 2015년이었는데, 실제로 2015년이 되자 이를 기념하기 위해 펩시는 극 중에서 등장했던 것과 똑같은 디자인의 콜라를 한정판으로 만들었다. 극 중에서 미래로 간 마이클 J. 폭스는 그 콜라를 50달러에 사서 마시는데, 펩시는 인심 쓰듯 20달러에 판매했다. 그 기회를 놓친 나는 나중에야 다시 그 콜라를 50달러에 샀다. 속이 쓰렸지만 심지어 가격조차 마이클 J. 폭스를 기념하는 지불이었던 셈이다.

존 웨인은 서부영화의 상징과도 같은 배우지만 제대로 좋아한 적은 없었다. 그럼에도 존 웨인과 관련해서 기념 메달과 그의 얼굴을 그린 접시를 갖고 있는 것은, 아버지 때문이다. 아버지는 서부영화를 특히 좋아하셨고, 당연히 존 웨인도 무척이나 좋아하셨다. 일흔이 되셔서야 처음 미국을 방문하시게 되어 함께 곳곳을 누비며 가족 여행을 하기도 했는데, 아버지가 가장 좋아하셨던 곳은 데스밸리와 모뉴먼트밸리, 그러니까 서부영화의 성지와도 같은 곳이었다. 특히 데스밸리의 황량한 풍경에 매혹되셨는데, 땅거미 지는 사막과 황야를 차로 벗어날 때쯤 이곳에 묻히고 싶다고 차 안에서 혼잣말 하시는 걸 듣기도 했다.

온통 복닥거리는 서울의 좁은 셋집들을 전전하면서 사셨던 아버지에게 말을 탄 채 광활한 황야와 사막을 호쾌하게 누비던 존 웨인은 어떤 존재였을까. 젊은 시절의 꿈들이 일찌감치 사라져간 후 세파에 시달려 표류하다가 문득 늙어버린 당신의 삶을 돌아보며 나지막하게 탄식하셨던 아버지는 왜 그토록 데스밸리에 사로잡히셨던 걸까. (그 한숨 소리를 오래도록 잊을 수 없을 것이다.) 메달과 접시에 새겨진 건장한 존 웨인의 영광을 보면서, 10여 년 전 세상을 떠나신 아버지의 긴 그림자를 떠올린다.

7
Pi
arch
ia

MBC TV「라디오 스타」에 출연한 적이 있다. 방송을 위해 작가분들이 내 작업실 파이아키아에 찾아와 한 시간가량 사전 인터뷰를 했는데, 온통 둘러싸인 게 수집품들이다 보니 관련된 이야기도 좀 했다. 녹화 며칠 전에 다시 전화를 걸어온 작가는 재미있을 것 같으니 방송국에 올 때 수집품 중 몇 점을 가져와달라고 부탁했다. 몇 점이라. 꼭 가져가야만 할 것 같은 게 주르륵 1,328가지나 떠오르는데, 그중 단 몇 개를 어떻게 고른단 말인가.

읍참마속의 심정으로 사랑스럽기 그지없는 후보 수집품들을 하나하나 소거하는 방식으로 줄이고 또 줄인 끝에, 크기가 작은 물건 위주로 그리고 (여기까지 읽어주신 분들이라면 짐작할 수 있듯 꺼내 들고 설명하는 순간 스튜디오 분위기가 뜨악해질 수 있는 것들이 부지기수인 상황에서) 남들이 간단히 알아챌 수 있는 것들 위주로 확정했다. 하여, 최종적으로 올드보이 장도리, 스파이더맨 야구공, 엑소시스트 통조림, 원더풀 라이프 의자, 비틀스 앨범, 알베르 카뮈의 책『전락』을 골랐다. 그리고 녹화 때 하나씩 들어 올리며 신나게 자랑질을 해댔다.

방송되는 날에 텔레비전을 보고 있자니, 내가 봐도 내 얼굴이 행복해 보인다. 아니나 다를까, MBC 관련 채널의 유튜브 영상 '수집왕 이동진의 수집품 자랑'에 가장 많은 추천을 받은 댓글들 중에는 "설명하시면서 되게 행복해 보이시네요" "다 이룬 성덕의 표정" 같은 코멘트들이 있었다. 이다지도 투명한 나.

「라디오 스타」출연은 방송 후 인터넷 커뮤니티들에서 작은 화제가 되었는데, 놀라웠던 것은 사람들이 가장 관심을 가지는 물건이었다. 의외로 알베르 카뮈의 사인본 『전락』의 반응이 가장 뜨거웠던 것이다. 이걸 알아주는구나. 컬렉터로선 매우 짜릿한 순간이다.

물론 카뮈의 사인본이 가장 두드러지긴 하지만, 파이아키아엔 다른 작가들의 사인본들도 적지 않다. 니코스 카잔차키스(그리스인 조르바), 호르헤 루이스 보르헤스(모래의 책), 이언 매큐언(속죄), 테드 창(당신 인생의 이야기), 폴 오스터(달의 궁전), 줌파 라히리(저지대), 응구기 와 티옹오(까마귀 마법사), 커트 보니것(명사수), 필립 로스(남자로서의 내 삶), 줄리언 반스(예감은 틀리지 않는다), 조이스 캐롤 오츠(멀베이니 가족), 마이클 온다체(잉글리시 페이션트), 빌 브라이슨(거의 모든 것의 역사) 등이 있는데 많은 경우 그 작가의 가장 좋아하는 작품 사인본이다. (응구기 와 티옹오는 『한 톨의 밀알』이나 『십자가 위의 악마』, 커트 보니것은 『제5도살장』, 필립 로스는 『에브리맨』의 사인본을 구하고 싶었지만 실패했다. 컬렉터들은 소장품들을 주욱 둘러본 후 3분간 뿌듯해한 뒤 57분간 가슴을 치는 사람들이다.)

무라카미 하루키의 경우는 『노르웨이의 숲』 사인본인데, 도쿄에 있는 그의 단골 재즈 바 'Dug'에 갔을 때 집어온 성냥과 함께 전시해놓았다. 주인 할아버지가 단골 하루키 얘기를 끝도 없이 늘어놓아 연신 고개를 끄덕이며 들었는데, 일어설 무렵에야 무라카미 씨께서 안 온 지 10년도 넘었다고 했다.

피카소에 대해 다른 저자가 쓴 책에 피카소가 서명한 것도 애지중지 보관하고 있다. 내가 갖고 있는 게 그에 대한 책이 아니라 그가 그린 그림이라면 얼마나 좋았을까. 이건 불가능한 일일 테니, 가슴 치는 것을 딱 1분만 더 연장한다.

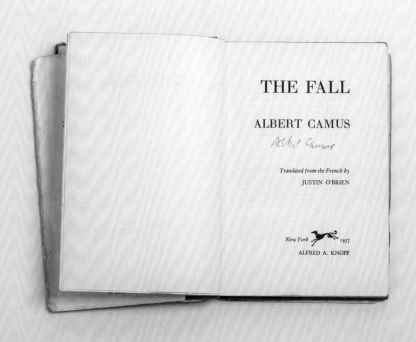

THE FALL

ALBERT CAMUS

Translated from the French by
JUSTIN O'BRIEN

New York · 1957
ALFRED A. KNOPF

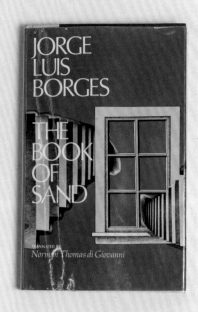

Un gran abrazo
de tu amigo
Picasso

PICASSO

연필을 사용한 알베르 카뮈를 제외하면, 작가들은 대부분 만년필이나 볼펜으로 서명을 했다. 커트 보니것의 사인은 위조가 불가능할 정도로 기기묘묘해 마치 외계어(이걸 어떻게 읽어야 커트 보니것이야?)를 보는 듯하고, 마이클 온다체의 사인은 처음엔 사인을 했다는 사실 자체를 몰라볼 정도라서 흡사 문장 기호(이런 글자체가 온다체?)처럼 보인다.

간단히 서명만 할 때가 많지만, 지인에게 선사할 때처럼 특별한 경우에는 추가적으로 문장을 적어주는 경우도 종종 있다. 폴 오스터는 "당신이 이 책을 읽기 30초 전이네요. '의심할 여지가 없죠'"라며 사인과 함께 소설 속 구절을 인용해 적어 넣었고, 피카소는 "친구로서 크게 포옹하며"라는 말을 따뜻하게 덧붙였다. 일반적으로 작가는 책의 속지에 사인을 하지만, 미국 최초의 노벨문학상 수상자인 싱클레어 루이스의 소설 『있을 수 없는 일이야』에는 특이하게도 표지에 서명이 되어 있다. 이 소설을 연극으로 번안했을 때의 무대 미술을 담당한 스태프에게 싱클레어 루이스가 직접 사인해 선사한 책인데, 이름 밑에 1938년 10월 29일이라고 적혀 있다. 우연히도 1938년은 나의 어머니가 태어나신 해이니, 이제 이 책은 내게 두 가지 의미를 지니게 된다.

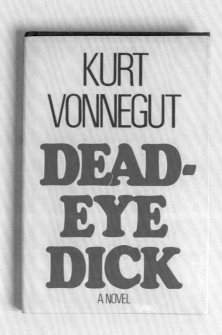

KURT VONNEGUT

DEAD-EYE DICK

A NOVEL

Kurt Vonnegut

Deadeye Dick

Delacorte Press/Seymour Lawrence

1992 WINNER OF THE BOOKER PRIZE
AND THE GOVERNOR GENERAL'S AWARD

MICHAEL ONDAATJE

The English Patient

MICHAEL
The Engl

Michael Ondaatje's fictio
highest praise – for its star
ness, its richness of image
binding quality of its lang
In the Skin of a Lion, was r
Canada and around the
English Patient, he gives us
est novel yet.

During the final mome
War, in a deserted Italian
together: a young nurse, w
last remaining patient; a
skills have made him one
as one of its casualties;
British army, who is a hor
English patient himself, w
turbulent love affair in th
before the war become c
these people's past and pre

Though set mainly in
rooms and gardens of a v
tive arcs back in time to C
the Blitz and the intricaci
the romantic and somer
desert exploration. As th
patient is gradually reve
stories emerge – one pas,

In *The English Patient* M
complex tapestry as he
diverse lives caught and
connected by the imperb
Lyrical and sardonic, poi
has all the resonant power
Ondaatje's finest work to

Books by Michael Ondaatje

PROSE

Coming through Slaughter 1976
Running in the Family (*memoir*) 1982
In the Skin of a Lion 1987
The English Patient 1992

POETRY

The Dainty Monsters 1967
The Man with 7 Toes 1969
The Collected Works of Billy the Kid 1970
Rat Jelly 1973
Elimination Dance 1976
There's a Trick with a Knife I'm Learning to Do 1979
Secular Love 1984
The Cinnamon Peeler 1992

ANTHOLOGIES

The Long Poem Anthology 1979
From Ink Lake: Canadian Stories 1991

THE ENGLISH PATIENT

a novel by

MICHAEL ONDAATJE

M&S

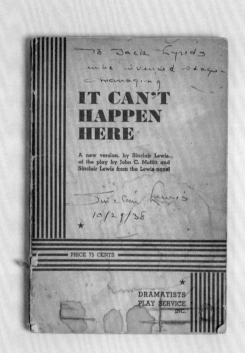

To Jack Lynds
who invented stage-
managing

IT CAN'T
HAPPEN
HERE

A new version, by Sinclair Lewis,
of the play by John C. Moffitt and
Sinclair Lewis from the Lewis novel

Sinclair Lewis
10/29/38

★

PRICE 75 CENTS

★

DRAMATISTS
PLAY SERVICE
INC.

한때 헤르만 헤세에 몰입했던 터라 그의 책을 사인본으로 사고 싶었지만 여의치 않아서 그가 서명을 한 그림엽서를 대신 구했다. 한 장짜리 그림엽서이긴 하지만 헤르만 헤세의 동상 사진이 담겨 있는 데다가 서명 역시 또렷해 사인본 책의 가치에 뒤지지 않아 보인다. (컬렉터는 자신부터 속일 줄 알아야 한다.)

캐나다 작가 얀 마텔의 경우는 『파이 이야기』 서명본과 함께 그가 직접 적어 넣은 글귀로 빼곡한 카드를 샀다. 내용을 읽어보니, 좋은 글을 쓰려면 어떻게 해야 하는지를 세 페이지에 걸쳐 자세히 조언했다. 시간과 정성을 들여 이렇게까지 자상하게 적어주었는데, 이걸 그냥 홀라당 넘겨버린 카드의 임자는 어떤 사람일까. 나야 감사하지만.

HERMANN HESSE

---

① writing is hard work. And some good
books require effort on your part. So
don't be lazy. But it still should
be, at the end of it, a joy.

5) Writing is also about thinking
and feeling. So always try to keep
your mind and your heart OPEN.
Learn to listen. Try to feel what
others are feeling.

There, I hope that helps.
Perhaps one day I'll read a book
you've written!
Yours truly,

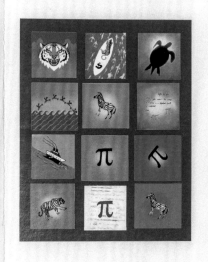

Designed for Yann Martel
by Gillian McConnell

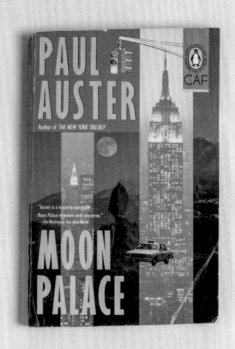

사인본이라고 해서 다 비싼 것은 물론 아니다. (컬렉터는 눈이 빠르고 발이 부지런해야 한다.) 『달의 궁전』의 경우, 앞서 말한 재치 있는 구절이 함께 적힌 귀한 서명본을 푼돈으로 구입했다. 오래전 텍사스의 작은 도시 아처시티를 여행할 때 한적한 거리를 한가하게 거닐다가 한산해 보이는 동네 서점에 한걸음으로 들어갔다.

여행을 다닐 때 나는 현지의 서점과 묘지는 가급적 들르는 편인데, 그날도 마찬가지였다. 손님 하나 없는 서점에선 새 책과 헌책을 같이 팔고 있어서 이리저리 책들을 들추며 구경하고 있었는데, 세상에나 (빙고!) 한쪽에 쌓여 있는 오래된 헌책들 속에 폴 오스터 소설 중 내가 가장 좋아하는 『달의 궁전』의 사인본이 있었다. 두근대며 주인에게 값을 물어보니, 오 마이 갓, (4딸라도 아닌) 투 달러라는 게 아닌가. 이게 그날 점심 대신 간단히 때운 핫도그 하나 값이라니. 혹시라도 주인이 알아보고 거래를 번복할까 싶어, 손에 집히는 대로 다른 헌책 두 권과 함께 계산했다. 모두 6달러. (그 나머지 두 권은 현재 어디 있는지도 모른다.) 지금도 이 책을 보고 있으면 어디선가 핫도그 냄새가 슬그머니 풍겨오면서 입가에 슬며시 침이 고인다. 내게 『달의 궁전』은 꿀맛보다 더한 환상의 머스터드와 케첩 맛이다.

김중혁

경북 김천에서 태어나 계명대 국문과를 졸업했다. 2000년 문학
과사회에 중편소설 '펜귄뉴스'를 발표하여 작품활동을 시작했
다. 소설집 '펜귄뉴스' '악기들의 도서관, 장편소설 '좀비들'이
있다. 2008년 단편소설 '엘리베이터,로 김유정문학상을, 2010년
단편소설 '1F/B1,로 제1회 젊은작가상 대상을 수상했다.

표지 원본 일러스트 김중혁
design 표지 임태이 원윤 오진이

이 동진 님, 노세요.

똥.. 2011.8.15.
김중혁

??

똥... 2011.7.
김중혁

국내 작가들의 사인본은 내가 직접 받았다는 점에서 더욱 각별하다. 이전에도 이런저런 기회가 생기면 좋아하는 작가의 책에 사인을 받기도 했지만, 아무래도 「이동진의 빨간책방」이라는 도서 관련 팟캐스트 방송을 7년간 했던 덕이 크다. 「빨간책방」은 독자로서 나의 사심이 담겨 있기도 했던 방송이었는데, 덕분에 애독하던 작가분들을 초청해 즐겁고 유익한 대화를 나눌 수 있었다. 그리고 방송이 끝나면, 물론 준비해둔 책을 내밀고서 사인을 받았다. SBS FM의 「이동진의 그럼에도 불구하고」나 MBC FM의 「이동진의 문화야 놀자」 혹은 「이동진의 꿈꾸는 다락방」처럼, 지난 10년간 내가 디제이를 했던 라디오 프로그램들에 작가분들이 출연할 때도 마찬가지였다.

그렇게 김승옥 김애란 김연수 김영하 김중혁 성석제 신경숙 윤대녕 은희경 이기호 정유정 천명관 한강 황정은 등 작가들의 서명이 담긴 책들을 꽤 많이 갖게 되었는데, 사인을 해줄 때 써주는 글귀에 담긴 작가마다의 개성에 눈길이 가기도 한다. "항상 건강하세요"나 "만나서 반갑습니다"처럼 비교적 평범한 글귀도 있지만, "건강 기원, 문학 만세, 이동진 님도 만세" "단 한 사람 그대 이동진 님" "우리, 자꾸 만나요"처럼 유머나 정감이 듬뿍 담긴 재치 있는 글귀도 많다. 사인을 받는 사람 입장에선 아무래도 후자 쪽이 더 기쁘다.

김중혁 작가는 거울에 비친 것처럼 본인 이름의 좌우를 뒤집어서 서명하는 특기를 자랑하는데, 『미스터 모노레일』의 경우 캐릭터가 통통 튀며 노는 모습을 직접 그려놓고서 그 옆에 "이동진 님, 노세요"라고 적어주기도 했다. 그 사인을 해준 날은 2011년 8월 15일. 공휴일이기도 해서 그 문장을 주문처럼 되뇌며 원 없이 통통 놀았다.

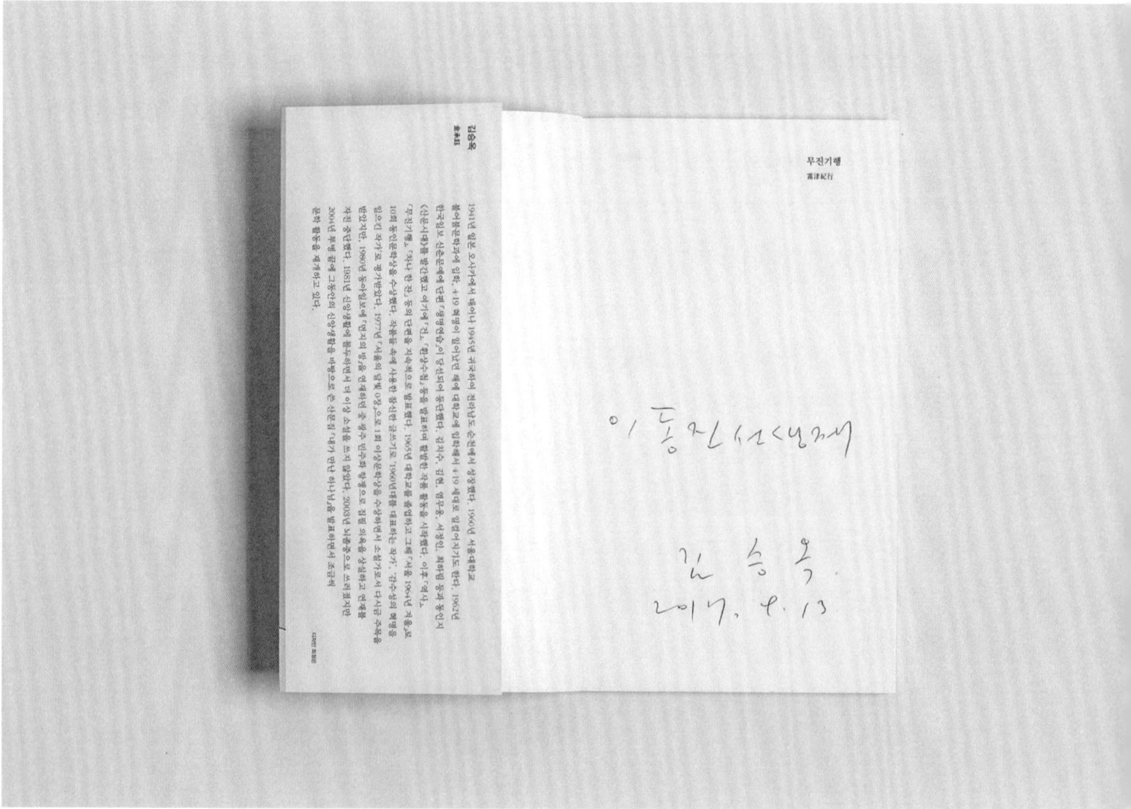

이동진 선생께

김승옥
2017. 9. 13

김승옥 작가는 따로 거명해야 한다. 10대 시절을 유달리 어렵게 통과했는데, 그때 그는 핑크 플로이드와 함께 내가 몰두함으로써 몇 년을 지탱하게 해준 버팀목이었다. 핑크 플로이드나 김승옥은 밝고 맑은 하늘의 희망을 노래하는 작가나 뮤지션이 아니라 어둡고 탁한 우물을 응시하는 우울한 시선의 예술가들이었지만, 나는 그들의 심연에 기꺼이 몸을 던져 깊숙이 가라앉은 뒤에야 역설적으로 다시 수면 위로 헤엄쳐 나올 힘을 얻곤 했다. 슬플 때면 코미디 영화를 관람하거나 댄스곡을 들으며 친구들과 어울리려는 사람이 있는가 하면, 아예 비극적인 영화를 보거나 처절한 노래를 들으며 홀로 방바닥을 긁는 사람도 있다. 나는 후자다. 틀어박혀야 하고 파고 들어가야 한다.

가장 힘들었을 때 했던 게 바로 김승옥의 소설 「무진기행」을 필사하는 것이었다. 방에 틀어박혀 한 문장 한 문장 밤마다 정성 들여 옮겨 쓰다 보면 어느덧 날이 밝기 시작했고, 그러면 혼곤히 쓰러져 토막잠에 빠져들곤 했다. 그리고 보니, 이승우의 소설 『지상의 노래』 주인공도 세상과 격리된 산속 작은 방에서 끊임없이 베껴 쓰고 옮겨 적으며 세월을 견딘 사람이었다.

이승우 작가에 대한 팬심은 벌써 30년을 한참 넘었다. 그사이에 세월을 따라 그의 책이 나올 때마다 거의 대부분 따라 읽었지만 팬심이 식은 적은 없었다. 파이아키아를 만들고 서가에 책 2만 권을 일일이 꽂으면서 문득 깨닫게 된 사실인데, 한 작가의 책을 스무 권 이상 읽은 경우는 오로지 이승우밖에 없다. 그의 작품들은 전혀 질리지 않았다.

김승옥 작가와는 달리 이승우 작가는 여러 차례 만날 수 있었다. 만날 때마다 한 권씩 책에 사인을 받았다. 소설과 에세이를 합쳐 이승우의 책들을 30권 넘게 갖고 있기에 앞으로 한참 더 만나도 된다. 더구나 오랜 세월 꾸준히 쉬지 않고 작품 활동을 하시는 작가답게 계속 신작도 쓰실 테니까. 「이동진의 빨간책방」에 출연하신 날, 방송이 끝난 후에는 제작진과 함께 노래방까지 동행해주셨다. 심지어 마이크를 잡고 노래까지 하셨다. (이승우 작가와 노래방까지 가본 사람, 문단에도 거의 없을걸?)

처음부터 그랬던 것은 전혀 아니다. 오래전 일간지에서 영화 담당 기자로 일하던 시절, 어느 오후에 문학 담당 기자인 후배로부터 전화가 왔다. 1층에서 이승우 작가를 인터뷰하고 있으니 내려와서 인사라도 하라는 것이었다. 이전까지 그를 한 번도 만난 적이 없었지만, 주위 사람들에게 연신 그의 작품들을 열정적으로 권하고 또 선물해왔기에 그 후배 기자 역시 내가 열혈 팬인 걸 알고서 그렇게 귀띔해준 것이다.

신이 나서 1층으로 달려 내려갔더니 이승우 작가가 계셨다. 허리를 꺾어 폴더 인사를 드리고 뭔가 말을 하려 했는데 나도 모르게 목소리가 심하게 떨리기 시작했다. 이승우 작가는 나를 알고 있었다면서 미소를 지으며 덕담을 건네주셨다. 할 말은 태산처럼 많은데 제대로 말을 할 수가 없는 상황이 블랙홀 근처의 시간처럼 한없이 느리게 흘러가고 있을 때, 보아하니 진짜 팬인 것 같은데 함께 기념사진을 찍으라고 사진기자 선배가 권했다. 이승우 작가도 응해주서서 결국 몇 장 찍었다.

스스로 자부하는 열혈 팬답게 당시에 막 나온 이승우 작가의 소설집 『사람들은 자기 집에 무엇이 있는지도 모른다』를 구입해 회사의 내 책상에 놓아두고 있던 터라, 사인을 받으며 자신이 더없이 기특하기도 했다. '이동진 선생님'이라고 적어주셨는데, 과외 아르바이트를 했을 때를 제외하면 나이 서른을 갓 넘긴 그때까지 누군가에게 '선생님'으로 호칭된 것은 처음이었다.

며칠이 지나 사진기자 선배가 그날의 전리품을 전해주었다. 이승우 작가와의 투샷 사진이었다. 그런데 사진 속 내 모습이 심해도 너무 심했다. 어쩌면 그리도 비굴해 보일 수가! 선배에게 다시 찾아가서 조심스럽게 따졌다. 내겐 나름 중요한 사진인데 찍어주신다고 먼저 말해놓고 이런 사진을 건네시면 어찌 하나요.

선배는 점도 높은 측은지심 원액에 두 시간 이상 담가둔 듯한 눈으로 한동안 나를 바라보더니 아무 말 없이 암실에 들어갔다 나와서 뭔가 내게 툭 건넸다. 그날 찍은 나머지 사진들이었다. 그런데 충격적이게도, 내게 주었던 사진이 그나마 가장 나았다. 나머지는 말 그대로 목불인견 수준이었다. 두 손은 파리처럼 비비고 있었고, 얼굴은 좌우 비대칭으로 일그러져 있었으며, 눈꼬리는 심하게 처져 있었다. 선배의 하해와 같은 은덕에 곧바로 인사를 꾸벅하며 돌아섰다. 그 참담한 B컷들 속에서 기어이 한 장 건져 올려주신 자애로운 선배님이시여. 그래도 이후 한동안은 그 사진을 간직하긴 했다. 지금은 없다. 나는 나의 무의식이 해치운 일을 기억하지 못한다.

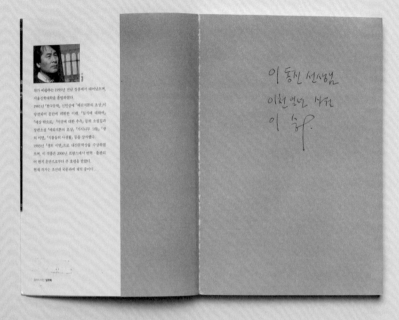

작가 이승우는 1959년 전남 장흥에서 태어났으며,
서울신학대학을 졸업하였다.

1981년 『한국문학』 신인상에 「에리직톤의 초상」이
당선되어 문단에 데뷔한 이래, 『일식에 대하여』,
『세상 밖으로』, 『가군에 대한 추측』 등의 소설집과
장편소설 「에리직톤의 초상」, 「거시나무 그늘」, 「생
의 이면」, 「식물들의 사생활」 등을 상자냈다.

1993년 「생의 이면」으로 대산문학상을 수상하였
으며, 이 작품은 2000년 프랑스에서 번역·출판되
어 현지 문단으로부터 큰 호평을 받았다.

현재 작가는 조선대 국문과에 재직 중이다.

이 동진 선생님

이천언년 사월

이 승우.

이승우는 내게 정말 중요한 이름이어서 따로 코너를 만들고 싶었다. 책 사인본을 주욱 늘어놓기보다는 특별하게 팬심을 기념하고 싶었다. 내가 기억하고 있는 이승우 소설 속 문장들을 떠올려보았고, 각각의 문장에 맞는 수집품들이 뭐가 있을지 곰곰 생각했다. 이후 어렵게 말을 꺼냈는데 흔쾌히 승낙해주셨고 각 하단에 소설 제목과 서명도 덧붙여주셨다.

『사랑의 생애』를 시작하는 문장인 "사랑하는 사람은 사랑의 숙주이다"는 커다란 빨간 안경의 알에 적혀 있다. ("이동진은 빨간 안경의 숙주이다"라고 고쳐 읽기 금지.)『지상의 노래』는 "세상은 더 이상 그들의 믿음과 소망을 간섭하지 않았다"는 문장으로 끝나는데, 까마득한 계단 끝에서 세상과 격리된 채 놓여 있는 듯한 집을 병 위에 형상화한 작품과 딱 맞아 보였다. (마치 그리스의 메테오라에 있는 절벽 위 수도원처럼 보이기도 한다.)

"기억이란 신화의 공간이다"라는『생의 이면』구절은 미국 아이다호를 여행할 때 샀던 감자 요리 모형에 두었다. (기억의 뿌리에는 수없이 되풀이해서 함께 나누어 먹었던 소박한 음식들, 소울푸드가 놓여 있을 게다.) 할리우드 스타들이 평범한 버스를 타고 어딘가로 가고 있는 나무판에는 "어쨌거나 사람은 불빛을 향해 가게 되어 있는 법이다"라는『그곳이 어디든』의 문장이 매치되어 있다. (이상하게도 이 문장을 대하면 슬퍼지거나 평화로워진다.)「이동진의 빨간책방」애청자로부터 선물 받은 빨간책방 나무판에는 "이방인은 자주 오래 멈춰 서 있는 자이다"라는 구절이 담겼다. (하얀 글씨가 흡사 빛을 내고 있는 느낌이다.)

"사람들은 자기 집에 무엇이 있는지도 모른다"는 그 자체로 이승우 작가의 책 제목이기도 한데, 이 문장이 적혀 있는 작은 궤짝을 열어보면 와인병에서 책까지 수많은 미니어처 물건들이 칸칸이 빼곡하게 박혀 있다. (이 문장엔 컬렉터로서의 자기반성을 담았다.) 그리고『캉탕』의 책 표지에는 "생의 이면에서. 이동진 님께"라는 말이 적혀 있는데『생의 이면』은 가장 좋아하는 이승우 소설이라 특별히 그렇게 부탁드렸다. (30권이 넘는 책들 중에서 여백이 많고 하얀 커버를 가진 책을 골라서 일부러 그 표지에 사인 받았다.) 한데 모아놓으니 그저 자랑스럽다. 아아, 성덕의 쾌거여. 환희에 빛나는 생의 정면이여.

살아 계셨을 때 이청준 작가나 박완서 작가, 이문구 작가의 사인을 받았더라면 얼마나 좋았을까. 이문구 작가는 뵌 적이 없지만, 다른 두 분은 한 번씩 만난 적도 있었는데.

만화를 즐기는 편은 아니다. 어릴 적에도 그랬다. 형이 만화방을 순례했던 지독한 만화광이어서였을까. 그에 대한 반작용이었을 수도 있다. (어머니는 나만큼은 필사적으로 지키고 싶어 하셨다.) 이현세나 허영만의 작품 몇몇을 재미있게 본 적도 있지만 그뿐이었다. 그렇기에 신문사에 다니던 시절, 복도에서 이현세 작가를 우연히 보자마자 꼭 사인을 받아야겠다고 생각했다. 당시까지 내가 좋아한 극소수 만화가 중 한 분이셨으니까. 그날 이현세 작가는 인터뷰 직후 복도에서 홀로 시간을 보내고 계셨는데, 한가해 보이셔서 말 붙이기 편했다. 그냥 사인을 요청드린 건데, 내가 가져간 A4용지에 당시 갓 출간한 작품의 주인공 캐릭터 그림을 정성 들여 꽤 오래 그려주셨다. (역시 인생은 타이밍!)

웹툰도 사실 많이 보지 못했는데, 윤태호와 강풀은 예외였다. 두 분은 「이동진의 빨간책방」에 초대해 『미생』과 『조명가게』를 소재로 방송을 하기도 했다. 두 분을 함께 만났던 날, 모임이 끝날 무렵 강풀 작가의 작업실에 잠시 들렀다. 뭐든 남에게 주기를 좋아하는 정 많은 강풀 작가는 여행 갔을 때 사온 거라면서 100달러짜리 지폐가 연속으로 그려진 두루마리 화장지를 꺼내 대여섯 명의 모임 참석자들에게 하나씩 선물했다. (대체 어디 여행을 다녀오셨길래.)

그 화장지 자체로도 재미가 있었지만, 거기서 만족한다면 컬렉터가 아니지. 곧장 가방에서 네임펜을 꺼냈다. (언제나 몇 개씩 들고 다닌다. 사인 받을 곳의 색깔에 따라 융통성 있게 대처할 수 있도록 흑색과 은색 세트로.) 그러곤 즉석에서 그 화장지에 360도로 돌려가며 사인을 받았다. 그렇게 해서 강풀과 윤태호가 나란히 그림을 그리고 사인을 덧붙인 세계 유일의 화장지가 탄생하였다. 아무리 급해도 이 화장지, 절대 못 쓴다. 차라리 100달러짜리 지폐를 쓰겠다.

없던 마법도 기어이

8

Pi
+
arch
×
ia

소중히 여기는 수집품이라고 꼭 사인이 담겨야만 하는 것은 당연히 아니다. 책 관련 수집품 중에 그런 게 특히 많다. 책을 미술 재료로 삼아서 창의적으로 탈바꿈시킨 작품들을 개인적으로 무척 좋아하는데, 이런 작업을 하는 세계 각국의 아티스트들은 주로 고서나 버려진 낡은 책들을 재활용하는 방식을 사용한다.

책 두 권으로 거대한 협곡을 만들어낸 오른쪽 위 작품은 책장 하나하나를 단층처럼 표현해 장엄한 느낌까지 준다. 바닷가로 휴가 온 청년이 아침에 일어나 방갈로 앞 해안 절벽에 서서 호쾌하게 소리치고 있는 듯한 풍경을 담아낸 그 아래 작품은 활용된 책이 충분히 두꺼워 절벽 아래 깊은 바닷물이 온통 넘실대고 있을 것만 같다. 재료가 된 책은 불-영 사전인데, 실로 섬세하게도 해안과 모래사장에 해당하는 부분엔 각각 이 사전에서 오려낸 프랑스어 단어 '해안(Plage)'과 '모래(Sable)'를 설명한 부분이 배치되어 있다. 전날 널어놓은 듯한 빨랫줄 위의 빨래들 역시 '드레스(Robe)'와 '속옷(Lingerie)' 단어 부분을 잘라내 만들었다.

낡은 성경 아홉 권으로 만든 다음 페이지 위 작품에는 '이제 어디로 가지?'라는 제목이 붙어 있다. 까마득한 절벽 위에서 가톨릭 사제가 들고 있던 가방 세 개 중 두 개를 깔고 앉은 채 갈 곳을 몰라 망연자실해 있는 곳에는 '천국'과 '지옥' 사이 '연옥'이라는 표지판이 붙어 있다. 심플하면서도 창의력이 돋보이는 그 아래 수영장 작품의 제목은 '인피니티 풀'이다. 풀장에 모두 11명이 있는데 사람을 하얀색으로 만든 반면 물은 검은색 마분지로 표현해서, 제목 그대로 무한한 공간감이 느껴진다. 수영장을 표현한 또 다른 미니어처도 있어서 그 옆에 함께 두었다.

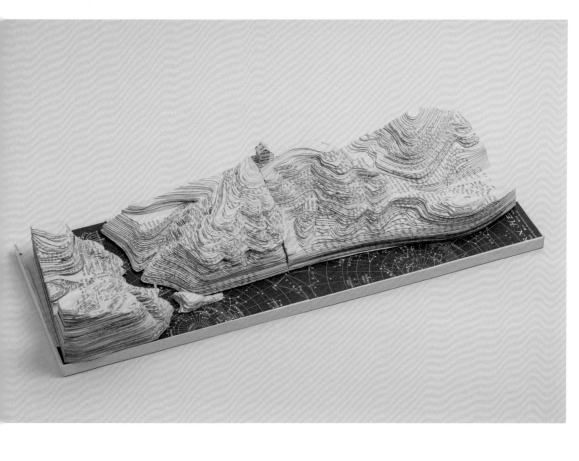

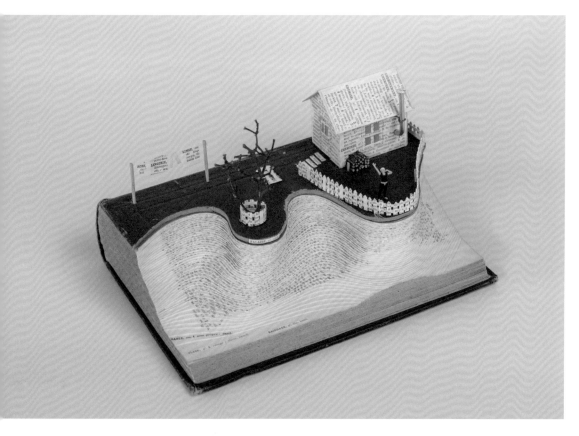

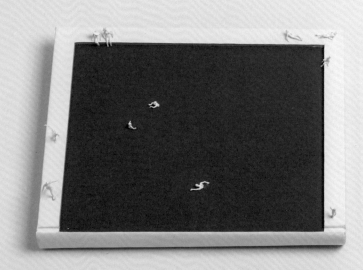

아예 책 페이지들을 오려내고 다듬어 붙여서 새롭게 작품을 만들어내기도 한다. 다음 페이지에 나오는 신데렐라가 왕자의 성에 막 들어서는 광경을 표현한 작품을 보면 더없이 사랑스럽다. 이런 걸 만들다 보면 없는 수전증도 생길 것만 같은데 말이다. 다 쓰고 난 병에 책장을 솜씨 있게 붙여서 '마법을 찾으세요'라는 글귀를 새겨낸 작품은 언뜻 평범해 보이지만, 안에 들어 있는 스위치를 켜면 신비한 불빛을 비춰내 감탄이 절로 난다. 신데렐라를 그려낸 작품 역시 성 내부의 조명을 따로 켤 수 있는데, 파이아키아의 모든 불을 끄고 이 둘만 밝힌 채 동화적인 감흥에 젖어본 적도 있다. 이런 짓을 하다 보면 없는 마법도 기어이 찾아낼 수 있을 것만 같다.

'더 나은 미래를 꿈꿀 동안 날 지켜줘요'라는 타이틀을 붙인 그 옆 페이지의 작품은 제목 그대로 혼곤히 잠든 사람을 마치 가로등 같은 책이 든든하고 편안하게 지켜주는 듯하다. 같은 책 여러 권을 붙이고 속을 파낸 채 내부를 따스한 기운이 감도는 방처럼 꾸며낸 그 아래 작품들도 미소 짓게 만든다. 책과 집과 가로등이라니, 참 평화로운 풍경들이다.

책이라는 물건은 모양까지 참으로 훌륭하다는 생각을 한다. 책 자체의 직사각형 형태가 가로와 세로의 비율이 가장 조화롭게 여겨진다는 황금비율(1:1.618)에 가깝고 크기도 적당해 안정감을 주는 한편, 안팎(표지와 속지)이 다른 데다가 한쪽으로만 펼쳐지는 좌우 역시 달라 역동적인 면모도 있다. 이처럼 전형적인 책의 형태를 바꿔서 책의 입체적인 질감을 강조한 북 아트들을 보다 보면 그 시각적 신선함으로 한 권의 책이 그 자체로 하나의 세계라는 생각이 절로 든다.

1939년에 발간된 해부학 교재를 재구성해 마치 박물관의 전시실 하나를 보는 것 같은 위쪽의 작품이나, 정원 꾸미기에 대한 책을 정교하게 잘라내서 책의 내부를 독특한 느낌으로 조망하게 만든 아래쪽의 작품, 혹은 글씨가 인쇄된 페이지들과 그림이 담긴 페이지들을 교묘하게 파냄으로써 한눈에 전체 이야기를 읽어낼 수 있도록 만들어낸 뒤 페이지의 위쪽 작품이 대표적일 것이다. 이렇게 창의적으로 변형된 책들을 대하면, 책을 읽는 '독서'가 아니라 책을 보는 '관서'라는 말도 가능할 것 같다.

책의 배 쪽을 부조처럼 새겨낸 작품들은 볼수록 신기해서 작업하는 광경을 보고 싶다. 아주 작긴 하지만 한국도 명확히 표현되어 있는 세계 지도를 새긴 책은 말 그대로 책이 하나의 세계라는 선명한 비유다. 이 작품 아래에는 '방랑벽(Wanderlust)'이라는 단어도 새겨져 있는데, 아닌 게 아니라 일하다 지치면 파이아키아 안의 서가 사이를 하릴없이 오가며 나만의 방랑벽으로 일종의 재충전을 하곤 한다.

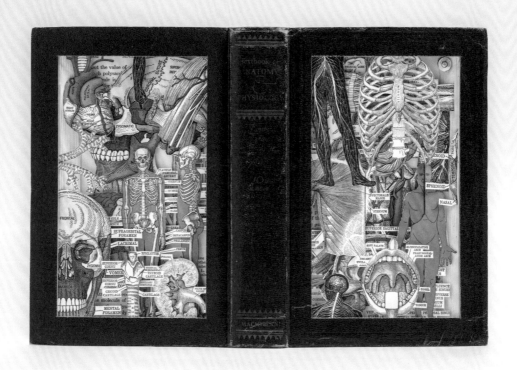

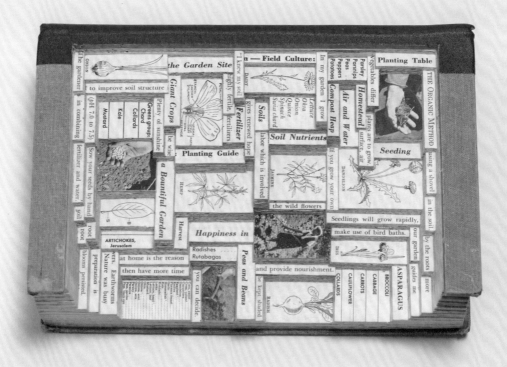

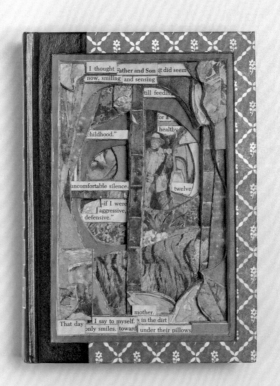

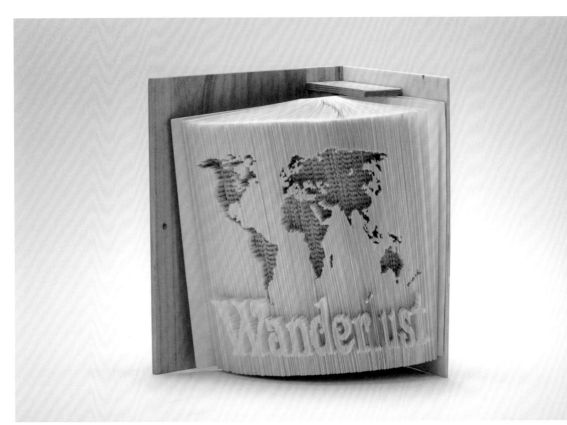

다음 페이지에 나오는 에밀리 디킨슨의 시집을 우아한 공간으로 탈바꿈시킨 작품은 신비롭다. 표지에 둥근 창을 내고 사다리를 만들어 걸쳤기에 내부가 보이는 책 속으로 곧장 들어갈 수 있을 것만 같다. 흑과 백이 단정하게 분점한 그곳은 검박한 은둔자로 살면서 하루 한 편의 시를 써나갔던 에밀리 디킨슨의 세계처럼, 단단하면서 동시에 자유로워 보인다. 그러고 보니, 책과 사다리도 서로 잘 어울리는 물건들이다. 파이아키아에도 사다리가 세 개 있다. 천장까지 닿은 책장 높이에 따라 서로 다른 사다리를 옮겨가며 자주 오르내린다. 작업실에서 등산하는 기분, 잘 모르실 거다.

『톰 소여의 모험』에서 허클베리 핀과 톰 소여가 작은 배를 타고 미시시피강을 탐험하는 장면을 책 위로 옮겨낸 작품은 책장으로 표현해낸 물결이 흥미롭다. 그리고 바닷가 모래사장 풍경을 통째로 와인 잔 안에 담은 풍경은 보기만 해도 대리만족이 되는 듯하다. 작품을 주문할 때 간이 비치 체어 위에 녹색 책 한 권을 만들어달라고 했다. 의자 뒤에 꽂힌 안내판에는 'PIARCHIA 11SEP2019'라고 적혀 있는데, 그 날짜는 공사를 다 마치고 파이아키아에 내가 들어간 날, 말하자면 파이아키아의 생일이다.

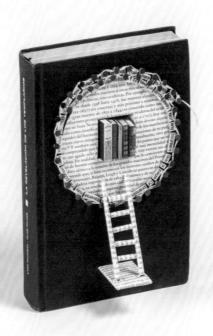

THE ADVENTURES OF

Tom Sawyer

책을 바닥에 뉘어놓고 아예 땅처럼 쓰는 작품들도 있다. '사랑의 나무'라는 타이틀이 붙은 오른쪽 위 작품은 보기만 해도 화사해지고 평화로워진다. 나무에 소녀가 기대 앉아 편안하게 책을 읽고 있다. 전철을 탔을 때 혹시라도 책을 읽고 있는 사람을 보게 되면 그게 무슨 책인지 알고 싶어져서 괜히 힐끔거리기도 하는데, 이 소녀는 무슨 책을 읽고 있을지 궁금해진다. 나무 위 피어난 하트 모양의 열매도 전부 책장으로 만들었다.

아버지가 아들의 썰매를 끌어주고 있는 겨울 풍경을 펼친 초소형 책장 위에 올려낸 것도 있다. 펼쳐진 책의 2차원 세상과 올려진 책의 3차원 세계가 직각으로 서로 기대며 다정하게 잇대어 있다. 다음 페이지에 나오는 열린 책 위에 소담스런 정원과 작은 다리까지 갖추고 지붕엔 담쟁이 넝쿨을 이고 있는 집은 동화 속 풍경 같다.

책을 재료로 삼아서 과일이나 동물 같은 것들을 입체적으로 만들어내기도 한다. 딸기와 레몬과 배와 버섯, 부엉이와 고양이와 개와 사슴과 두더지가 함께 모여 있는 풍경이 참 평화롭다. 주문할 때 딸기에는 비틀스 노래 제목인 「Strawberry Fields Forever」, 레몬에는 풀스 가든의 곡 「Lemon tree」의 가사인 'All that I can see is just another lemon tree'라는 글귀를 따로 부탁해 꼭지에 매달았기에 더 사랑스럽게 여겨진다.

그게 누구든, 책을 읽고 있는 모습을 보면 기분이 좋아진다. '책을 읽고 있는 나'는 스스로 마음에 드는 몇 안 되는 내 모습들 중 하나다. 그래서인지 책을 읽거나 들고 있는 누군가를 담아낸 조각품들도 좋아한다. 그게 부엉이든 개구리든 코끼리든 직업적으로 책에 집중하는 교수든 상관없다.

아무리 그래도 그게 내가 키우는 고양이 소미라면 분명 더욱 좋을 것이다. 그런 작품도 있다. 다음 페이지의 팬으로부터 선물 받은 미니어처 작품으로, 『필름 속을 걷다』에서 『영화는 두 번 시작된다』까지 내가 쓴 책들을 샴 고양이인 소미가 빨간 안경을 쓴 채 읽고 있는 실내 풍경이 귀엽게 담겼다. (소미야, 눈이 더 나빠지면 안 돼.)

소파 위에 앉아 책을 읽고 있는 여인의 페이퍼 마쉐는 책장으로 만든 질감이 두드러지는 데다가 인물의 표정이 드러나지 않아 오히려 선명하다. 목재 조각 속 창가에 기대어 앉아 책을 읽는 소녀를 볼 때마다 나도 그렇게 하고 싶어지기도 한다. 실제로 종종 그렇게 한다. 그렇게 하려고 창가의 서가를 파고 들어가 만든 자그마한 독서 공간이 파이아키아에 있다. 그 안에 들어앉아서 책을 읽으면 제대로 폼이 난다.

요 몇 주는 소년이 엎드려 책을 보고 있는 1미터가량의 커다란 석재 조각품을 놓고 고민을 하고 있다. 스타카토로 한 음절씩 끊어가며 "사 지 마, 사 지 마"라고 사람들이 외쳐대는 환청이 지금 사방에서 밀려온다.

그렇다면 책이 책을 읽는 모습은 어떨까. 책 속에 들어앉은 책이 책을 읽고, 그 책이 다른 책을 읽고, 그 다른 책이 또 하나의 책을 읽는 모습이다. 하나의 책에 다섯 권의 책이 꼬리를 물듯 모여 있는 광경이라니.

책에 둘러싸여 살고 싶다. 2만 권의 책을 채워 넣고도 모자라서, 파이아키아의 구조나 모양을 아예 책처럼 디자인해볼까 생각해본 적도 있다. (그때 말려주셨던 분들께 감사드립니다.) 천국을 도서관의 형태로 상상했던 보르헤스를 떠올려본다. 거기에 더해 나에겐 보르헤스의 사인본 책까지 있다.

9

Pi
arch
ia

핑크 플로이드 다음으로 많은 수집품이 있는 뮤지션은 단연 비틀스다. 비틀스의 팬으로서 그들의 음악이 시작된 곳이자 멤버들의 고향인 영국 리버풀에 들렀던 일은 잊지 못할 추억으로 남아 있다. 어린 시절 존 레논의 친구들이 살았던 고아원 '스트로베리 필즈'는 굳게 닫힌 녹슨 철문에 팬들이 남긴 감사의 낙서가 가득했고, 폴 매카트니가 등하교를 위해 걸어다녔던 통학로 '페니 레인'에는 떠들썩하게 서로 어깨를 쳐가며 집으로 향하는 교복 차림의 아이들이 여전히 있었다.

리버풀 시절 비틀스 활동의 중심지였던 매튜 스트리트에서는 멤버들의 이름이나 히트곡 제목에서 상호를 따온 가게들이 한 집 건너 하나씩 눈에 띄었고, 런던으로 진출해서 세계적인 스타로 발돋움하기 전의 비틀스가 모두 274번이나 공연을 했던 술집 '더 캐번'에선 비틀스의 노래가 아직도 끊이지 않고 흘렀다. 그 여정의 끝인 비틀스 박물관 '비틀스 스토리'에서는 그들의 그 모든 영광과 환희, 권태와 슬픔까지도 고스란히 이야기로 남아 있었다.

리버풀 여행이 끝날 무렵 내 가방은 열쇠고리와 배지에서 연필과 컵까지, 비틀스 관련 기념품들로 가득 찼다. 그중에서 유독 돋보이는 비틀스 마트료시카는 철자를 비틀어(그 '비틀' 아님!) 밴드의 이름을 따온 딱정벌레(beetle)까지, 모두 다섯 개의 인형으로 이뤄져 있다. 같은 모양의 나무 인형들이 순서대로 차곡차곡 안에 들어갈 수 있는 마트료시카는 그 특성상 각 인형의 크기가 그 모델의 상대적 인기를 그대로 반영하기 마련인데, 비틀스 마트료시카의 경우는 존 레논, 폴 매카트니, 조지 해리슨, 링고 스타, 딱정벌레의 순이다. 혹시나 싶어 지금 검색을 좀 더 해보니, 현재 나와 있는 비틀스 마트료시카는 단 하나의 예외도 없이 전부 그 순서다. 폴 매카트니와 존 레논 중 누가 더 음악적으로 뛰어난지 누구를 더 좋아하는지는 비틀스 팬들 사이에서 영원한 난제가 되어 있는데, 기념품의 냉정한 논리로는 레논의 승리인 셈이다. (나는 과거엔 레논파였고, 현재는 매카트니파다.) 그렇다고 매카트니 형님, 너무 슬퍼하지 마세요.

Let Me Take You Down

The Story Of The Greatest Band In The World

Official Souvenir Guide

오르골이 남아 있기 때문이다. 그 유명한 「애비 로드」 음반의 횡단보도 장면 속 네 멤버의 모습을 아로새긴 네 개의 오르골 세트를 갖고 있는데, 각각 레버를 돌려가며 흘러나오는 노래를 들어보니 「I Wanna Hold Your Hand」(존 레논), 「Yesterday」(폴 매카트니), 「Let It Be」 (조지 해리슨), 「Hey Jude」(링고 스타)다. 레논과 매카트니가 말 그대로 공동 작곡한 「I Wanna Hold Your Hand」를 제외하면, 전부 다 폴 매카트니의 노래들이다. 존 레논이 그려진 비틀 스의 또 다른 오르골도 있는데, 거기서도 흘러나오는 곡은 레논이 아닌 매카트니의 노래 「Hey Jude」다. 이쯤 되면 철자를 딱 하나만 바꿔보면 그대로 「Hey Jude」 가사가 되는 상황 이다. "Hey, Dude. Don't be afraid. Take a sad song and make it better~" 내 생각에 전 세계 오르골에서 흘러나오는 음악의 3분의 1은 비틀스 노래일 것 같다.

George Harrison

Yesterday,
All my troubles seemed so
far away
Now it seems as though
they're here to stay
Oh I believe in yesterday

Paul McCartney

Oh please say to me
You'll let me be your man
And please say to me
You'll let me hold your hand
Now, let me hold your hand
I want to hold your hand

(쓰다 보니 이번엔 또 레논에게 미안해져서 다시 레논부터.) 존 레논의 삶은 드라마틱했다. 그 정점은 40세 생일을 얼마 지나지 않은 1980년 12월 8일, 팬을 자청하던 사람의 총에 맞아 죽은 마지막 순간에 놓여 있다. 내가 구한 1980년 12월 10일자 영국 신문『데일리 미러』는 32페이지 중 8페이지를 존 레논 관련 기사로 채웠다. 1면의 머리기사 제목은 "영웅의 죽음 – 존 레논 뉴욕에서 총에 맞아 사망"이었다. "무슨 짓을 한 건지 알고나 있어? – 경비원이 외쳤다"와 "그럼요, 내가 존 레논을 쏘았죠"라는 제목을 단 사건 기사들이 마치 대화하듯 2~3면을 누볐고, "오직 사랑이 필요할 뿐" "비틀스로 태어나서 스타덤을 기피하는 운명으로" "음악이 끝난 후의 정적" 같은 제목의 추모 기사들이 지면 곳곳을 장식했다.

스물을 막 지난 나이에 전 세계적으로 엄청난 인기를 누린 행운아였지만 사실 그는 일평생 자신이 버려졌다는 느낌에서 헤어 나오지 못했다. 비틀스 해산 직후엔 떠들썩한 논란의 중심에 섰고 한동안 은둔생활을 하기도 했다.

존 레논을 생각하면 처연해진다. 그의 부모가 차례로 떠난 후 이모와 함께 10대 시절을 보냈던 집 '멘딥스'를 방문했을 때도 그랬고, 오노 요코가 '스트로베리 필즈'라고 명명하며 센트럴 파크에 조성한 그의 추모 공간을 찾았을 때도 그랬다. 그렇기에 그의 별세 소식 직후에 영국 왕립우정국이 발매한 존 레논 추모 봉투와 나중에 나온 기념주화, 그의 솔로 히트곡 제목「Imagine」이 새겨진 작은 돌을 한데 모아두었다. 나보다 더 뜨겁게 비틀스를 사랑하는 팬으로부터 존 레논 하모니카와 향수를 선물 받기도 했다.

Wednesday, December 10, 1980   12p

JOHN LENNON
shot dead
in New York
Dec 8 1980

DEATH
OF A
HERO

MURDERED SUPERSTAR. One of the last pictures of ex-Beatle John Lennon, taken in New York three weeks ago.

Please turn to page two and three

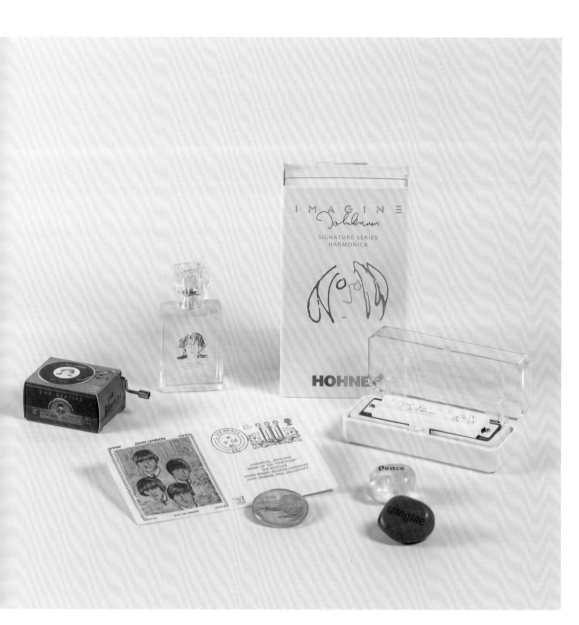

폴 매카트니의 삶 역시 굴곡이 있고 또 슬픔이 있었지만, 그래도 그는 참 행복한 사나이로 여겨진다. 2015년 올림픽주경기장에서 열렸던 내한공연 티켓이나 'We love you, Paul'이라고 크게 적혀 있는 기념 스카프는 비틀스 팬으로선 실로 감격적인 순간의 증거 같은 것이어서 잘 모셔두었는데, 그날 콘서트를 보며 생생하게 느꼈던 것은 매카트니가 사람들로부터 사랑을 받는다는 게 무엇인지 너무나 잘 아는 예술가였다는 점이다. 곡과 곡 사이에서 미소 지을 때마다 일흔세 살의 그는 여전히 귀엽고 매력적이었다.

조지 해리슨과 관련한 기념품으론 그의 명곡 「While My Guitar Gently Weeps」를 테마로 그린 페인팅 스톤이 있다. 그런데 지금 확인해보니 링고 스타와 관련된 기념품은 따로 없다. 비틀스와 관련된 책을 모두 일곱 권 가지고 있는데(이런 종류의 책은 무지막지하게 비싸서 그중 『비틀스 앤솔로지』의 정가는 98,000원이고 『더 비틀스 솔로』는 59,000원이다), 존과 폴과 조지에 대한 책은 다 따로 있음에도 링고에 대한 책은 역시 없다. 이젠 존 레논보다 링고 스타에게 더 미안해져서 (팬이란 내내 사랑을 쏟으면서도 미안해하고 자책하는 사람이다) 슬그머니 비틀스 오르골 세트의 진열 순서를 바꿔 링고 스타의 것을 가장 앞으로 옮겨두었다.

Best Wishes
Pete Best.

City of Liverpool
**PENNY
LANE** L18

장식장의 비틀스 섹션에는 좀 튀어 보이는 수집품이 두 개 있다. 피트 베스트가 서명한 초기 비틀스 사진과 페니 레인 표지판이다. 피트 베스트는 비운의 비틀스 멤버다. 비틀스가 음반사 EMI의 오디션을 받았을 때 드러머였던 그는 프로듀서 조지 마틴에 의해 축출되었고 링고 스타가 그 자리를 차지하게 되었다. 드럼 실력이나 태도를 문제 삼은 해고였지만 다른 멤버들과의 갈등이 근본적인 원인이었다는 분석도 있다.

문제는 그가 쫓겨나고 난 직후에 이어진 비틀스의 성공이 경이로운 것이었다는 사실이다. 피트 베스트는 눈앞에서 놓친 영광에 일평생 괴로워했고, 자살 기도까지 했다. 이후 이런 저런 음악 활동을 했지만 거의 빛을 보지 못했고, 결국 평범한 공무원으로 살아갔다.

그런데 역설적인 것은 폴 매카트니나 링고 스타 못지않게 피트 베스트가 사인을 많이 남겼다는 사실이다. 그가 서명한 비틀스 음반이나 사진, 혹은 기타가 정말 많다. 당연한 일이겠지만, 다른 멤버들이 서명한 것에 비해 훨씬 싸고 구하기도 쉽다. 그와 관련해 내게도 링고 스타 대신 피트 베스트가 들어가 있는 초창기 비틀스 사진과 페니 레인 표지판이 있다.

자신이 포함되어 있는 초창기 비틀스 사진은 그렇다 쳐도, 자신이 간여한 적도 없는 비틀스의 전설적인 음반들이나 페니 레인 표지판 같은 곳에 사인을 요청받아서 서명할 때마다 그는 어떤 심정이었던 걸까.

stereo

ST 5093

tower

PiNK FLOYD

핑크 플로이드에도 시드 배릿의 사례가 있다. 기여도가 낮았던 피트 베스트와 달리, 기타와 보컬을 담당했고 작곡도 전담하다시피 했던 시드 배릿은 음악적으로 사이키델릭 성향이 강했던 초창기 핑크 플로이드의 심장 같은 멤버였다. 블루스 연주자 핑크 앤더슨과 플로이드 카운슬의 이름을 따와서 핑크 플로이드라는 밴드명을 지은 사람도 배릿이었다.

하지만 약물중독과 정신질환으로 결국 일찌감치 탈퇴에 이르게 된 그는 이후 약간의 솔로 활동을 거쳐 평생 은둔자로서 살았다. 그가 탈퇴한 후 7년이 지나서, 거대한 성공을 거두게 된 핑크 플로이드가 「Wish You Were Here」 음반을 녹음하고 있을 때 스튜디오에 시드 배릿이 들렀지만 그사이 모습이 폐인에 가깝게 완전히 변해 멤버들 중 누구도 알아보지 못했던 사건은 핑크 플로이드와 관련한 가장 마음 아픈 일화 중 하나가 됐다. 핑크 플로이드는 시드 배릿에 대한 추억과 죄책감이 뒤섞인 듯한 그 앨범에 그의 이름 철자(Syd)를 딴 9부작 대곡 「Shine on You Crazy Diamond」를 넣기도 했다.

시드 배릿은 피트 베스트와는 정반대로 거의 서명을 남기지 않았다. 그러니 그가 주도했던 핑크 플로이드의 데뷔 음반 「The Piper at the Gates of Dawn」을 다른 멤버들뿐 아니라 시드 배릿의 사인까지 함께 담겨 있는 것으로 구했을 때 내가 얼마나 짜릿했을까. 커버 아트의 사진에서 오른쪽 위가 시드 배릿이다. 물론 그의 얼굴을 확인해주시는 김에 그 밑 서명까지, 앗싸, 추가로 봐주시면 더 좋고.

수집가들은 비틀스 멤버들의 흔적에 열광한다. 음악과 영화와 책을 통틀어 비틀스만큼 가장 많은 사람들로부터 가장 강력하게 추앙된 대상이 없기 때문이다. 게다가 나처럼 컬렉터 자체가 비틀스 팬이라면 더더욱 그럴 것이다. 그러니 비틀스와 관련된 희귀품이나 그들이 직접 사인한 것들은 구하기 어려울 수밖에 없다.

오랫동안 벼르다가 비틀스 음반 두 장이 한꺼번에 어느 온라인 경매 사이트에 올라온 것을 보았을 때 굳게 마음을 먹었다. 그들의 데뷔 앨범 「Please Please Me」와 사실상 마지막으로 녹음한 앨범 「Abbey Road」였는데, 더 갖고 싶었던 것은 후자였다. 팬으로서 그 앨범을 더 좋아하기도 했지만, 무엇보다 네 멤버 모두가 서명을 남긴 음반이었기 때문이다.

하지만 「Abbey Road」 앨범은 결국 손에 쥐는 데 실패했다. 결국 포기한 뒤 그 직후에 곧바로 이어진 비틀스 네 멤버 중 3인의 사인이 담긴 「Please Please Me」 경매에 뛰어들어 대리만족 전과를 올렸다. 이제야 비로소 컬렉터로서 어깨에 힘 좀 줄 수 있게 되었다.

힘 좀 줄 수 있을 줄 알았다. 그런데 자꾸 빠져버린 존 레논의 서명이 환상통처럼 아프게 다가왔다. (컬렉터는 울타리 안의 아흔아홉 마리 양보다 잃어버린 한 마리 양을 더 생각하는 사람이다. 이렇게 쓰고 보니 예수님은 뭘 모으셨을까 궁금해진다.) 비틀스 해산 이후의 존 레논 솔로 앨범 「Imagine」조차 내가 갖고 있는 것은 레논이 아니라 그의 아내 오노 요코가 대신 서명한 버전이었다. 같은 그룹 내에서도 상대적으로 사인본을 구하기 쉬운 사람이 있고 어려운 사람이 있는데, 비틀스의 경우는 매카트니가 전자에 속하고 레논은 후자에 속한다.

그러다 비틀스 해산 50주년을 맞아 대대적으로 펼쳐진 기념 경매에서 결국 한풀이 득템을 하고야 말았다. 그간 온라인 경매에서 겪었던 경험들을 떠올려가며 내 나름대로 치열하게 머리를 쓴 끝에 예상보다 훨씬 더 싼 가격에, 빙고! 따낼 수 있었기에 더욱 감격스러웠다.

그건 바로 비틀스의 역사적인 셰이 스타디움 공연에서 네 멤버 모두가 서명한 티켓이었다. 훗날 존 레논이 비틀스 경력의 정점으로 언급했던 1965년 8월 15일 셰이 스타디움 콘서트는 뮤지션이 스타디움 무대에 선 최초의 공연으로 역사에 기록되었다. 그러니까 비틀스의 정점은 광복절이었던 셈이다.

비틀스가 공연장에 입장하는 순간 5만 6천 명에 이르는 청중이 일제히 엄청난 함성을 지르는 바람에 경비를 맡은 사람들이 귀를 막는 장면으로 유명한 바로 그 공연이다. 이날 네 멤버는 팬들이 내지르는 거대한 함성에 콘서트 내내 서로가 연주하는 소리를 전혀 들을 수가 없었고, 맨 뒤에 포진했던 드러머 링고 스타는 박자를 타며 움직이는 존 레논의 엉덩이를 보면서 간신히 드럼을 쳤다는 전설적인 후일담이 남아 있다. 뉴욕 메츠의 홈구장이었던 셰이 스타디움은 시설 노후로 2009년에 철거되었다. 이젠 셰이 스타디움 좌석 역시 수집의 대상이어서 고가에 거래되고 있는데, 이런 것까지 모으다니 참 컬렉터들이란 알 수 없는 사람들이다. 내가 할 말은 아니지만.

철거되기 몇 달 전에 열린 셰이 스타디움 마지막 공연의 마지막 무대에 선 사람은 바로 폴 매카트니였다. 그때 그가 부른 마지막 곡은 흘러가는 대로 순리에 맡기라는 뜻의 「Let It

Be」였으니 너무나 절묘해서 청중들로선 잊기 힘든 순간이 되었을 것이다.

내가 입수하는 데 성공한 손바닥 반 정도밖에 되지 않는 작은 티켓에는 비틀스 네 멤버 사진이 새겨져 있는데 레논은 그 위에 검은색 펜으로, 나머지 세 멤버는 파란색 펜으로 서명을 남겼다. 티켓의 좌석 번호는 70섹션의 F열 1번이다. 집요하게 검색을 해보니, 무대를 바라보는 맨 앞 왼쪽 중간쯤의 아주 좋은 자리였다. 그런 좋은 자리에서 관람을 하고 네 멤버의 사인까지 받은 걸 보니 아마도 보통 관객은 아니었을 것이다. 꿈같은 비틀스 전 멤버 사인 티켓을 드디어 손에 쥐게 되자 1965년 8월 15일 일요일 저녁 8시의 그 자리를 상상했다. 빛바랜 서명들을 곁들인 오래된 종잇조각에서 어마어마한 함성이 들려오는 것 같은 희귀한 경험. 이젠 진짜 힘 좀 줄 수 있게 됐으니, 이걸로 비틀스 컬렉팅은 끝이다, 끝. (정말?)

10
Pi
arch
ia

만일 정말 좋아하는 뮤지션을 만나서 잠시 이야기를 나눈 후, 여유롭게 사인 받을 기회가 생긴다면 어디에 받고 싶은가. 물론 가장 보편적인 곳은 음반 위이겠지만, 그 뮤지션이 주로 연주하는 악기에 받으면 더 특별하지 않을까.

사이먼 앤드 가펑클이 함께 사인한 펜더 어쿠스틱 기타는 특히 애착이 간다. 장식장에 넣어두니 제대로 빛이 난다. 파이아키아에는 음악 관련 수집품들을 전시하는 곳을 따로 마련했는데, 장식장을 디자인할 때 사이먼 앤드 가펑클의 이 기타와 로저 워터스의 베이스 기타가 서로 마주 보면서 중심을 차지하도록 맞춰서 짰다. "스카보로 페어에 가시나요. 거기 살고 있는 이에게 내 얘기를 해주세요. 한때 그 사람은 나의 진실한 사랑이었답니다." 파이아키아의 붉은 의자에 앉아 이 어쿠스틱 기타를 부드럽게 튕기며 사이먼 앤드 가펑클의 노래 「Scarborough Fair」를 흥얼거리는 광경은 상상만으로도 뭉클해진다. 자, 이제 기타만 배우면 된다. (또 어느 세월에.)

가장 좋아하는 드러머는 칼 파머다. 에머슨 레이크 앤드 파머 시절의 칼 파머야말로 전설이었지만, 개인적으로 제일 즐기는 그의 연주는 그룹 아시아의 노래 「Heat of the Moment」에서 펼쳐진다. 10년 묵은 체증도 내려가게 만드는 드러밍이 있다면 바로 이런 것일 게다. 칼 파머의 사인이 담긴 레모 드럼 스킨은 사이먼 앤드 가펑클의 기타 위, 가장 잘 보이는 위치에 모셔두었다. 드럼 스틱은 그린데이의 세 멤버가 나란히 서명한 것이 있다. 칼 파머의 드럼 스킨과 사이먼 앤드 가펑클의 기타 사이에는 케니 로저스가 무대에서 사용한 탬버린을 놓아두었다. 멜라니 사프카가 서명한 미니 탬버린도 함께 있다.

빌리 조엘과 엘튼 존이 함께 서명한 피아노를 본 적이 있다. 두 사람 모두 피아노로 대표되는 아티스트들이고(빌리 조엘은 「Piano Man」이라는 노래로 스타덤에 올랐다), 그 피아노는 실제로 두 사람이 함께 연주하기도 했던 것이어서 정말 갖고 싶었다. 하지만 무지막지하게 비싼 그 피아노를 구입할 방법은 없었다. 결국 내 식으로 욕구를 변형해 성취했다. 바로 빌리 조엘이 사인한 미니 피아노다. 미니어처 피아노이긴 하지만 매우 정교하게 잘 만들어서 사진만 보면 진짜 피아노 같다(고 우겨본다). 뭐, 피아노가 중요한가, 그 위에 남겨진 사인이 중요하지. (사인은 진짜라니까요.)

음악 장르와 스타일은 완전히 다르겠지만, 이 뮤지션들이 이 악기들을 가지고 모여 함께 연주하는 광경을 상상해본다. (대체 어떤 종류의 음악이어야 할까.) 폴 사이먼이 기타를 연주하고 로저 워터스가 베이스를 치는 가운데, 빌리 조엘과 칼 파머가 피아노와 드럼으로 합세하는데 중간에 살짝 케니 로저스와 멜라니 사프카가 더블 탬버린(그런 게 있긴 한가)으로 끼어든다. 아, 이런 밴드라면 싱어도 있어야지. 마이크를 잡는 사람은 에미넴이어야 한다. 갑자기 웬 래퍼냐고? 내가 가지고 있는 마이크에 사인을 한 장본인이 에미넴이기 때문이다. (에미넴의 사인은 무슨 화폐 기호 같다. 그래서 일찌감치 막대한 부를 축적할 수 있었던 걸까.)

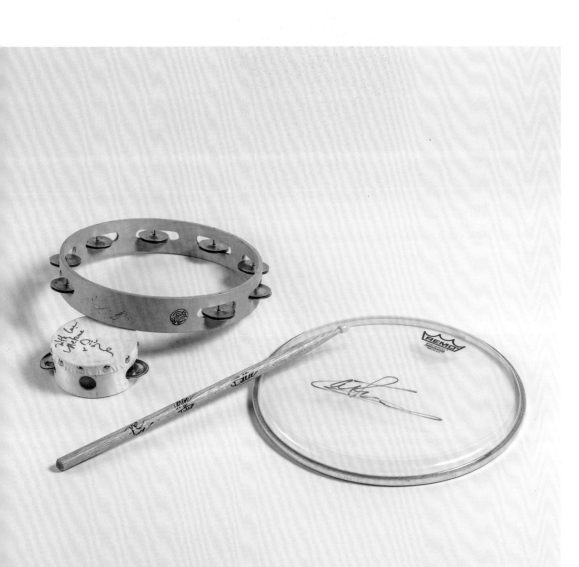

장식장의 한 칸은 퀸의 몫으로 두었다. 프레디 머큐리를 포함한 멤버들 모두가 서명한 그들 최고작 「A Night at the Opera」 음반을 전시해둔 바로 아래쪽이다. 4인조 밴드 퀸의 실제 악기 편성을 미니어처로 펼쳐놓았는데, 프레디 머큐리가 주먹 쥔 오른손을 장쾌하게 위로 뻗으며 노래하는 피규어도 함께 세팅했다.

그리고 퀸의 잊을 수 없는 명곡 「Bohemian Rhapsody」의 음파를 나무에 새긴 패널은 그 뒤에 두었다. 워낙 드라마틱하고 기승전결이 뚜렷한 곡이기도 하지만, 이렇게 파형으로 표현된 노래를 한눈에 바라보고 있자니 음악에도 생로병사가 있고 생명이 있는 듯 여겨진다. 사샤 기트리는 "당신이 모차르트의 음악을 들을 때, 그 뒤에 이어지는 침묵 역시 모차르트의 음악이다"라고 한 적이 있다. 패널 위에 새겨진 「Bohemian Rhapsody」의 파동이 절정부에서 격렬히 몸부림친 후 긴 꼬리를 남기며 사그라든다. 나는 파동을 삼키고 끝내 평평해진 나무판의 오른쪽 끝부분을 보면서 프레디 머큐리가 남긴 긴 침묵을 떠올린다. 갑작스러웠고 충격적이었던 그의 죽음 소식 이후의 멍한 그리움 역시 퀸의 음악일 것이다.

AUSTRIA.

JOHANN STRAUSS.

COMPOSER.

BORN OCT. 25, 1825, VIENNA. AMONG HIS OPERETTAS ARE "INDIGO" (1871), "DIE FLEDER-
MAUS" (1874), "EINE NACHT IN VENEDIG" (1883). AMONG HIS WALTZES ARE "THE BLUE DANUBE",
"WIENER BLUT", "MORGENBLÄTTER", "ROSEN AUS DEM SUDEN", DIED JUNE 3, 1899 IN VIENNA.

THE STAMP WAS ISSUED TO COMMEMORATE THE 50TH ANNIVERSARY OF THE DEATH OF STRAUSS.

파이아키아를 방문하는 사람에 따라서는 비틀스 네 멤버 사인 티켓보다 더 놀라곤 하는 게 요한 슈트라우스의 사인이다. 「아름답고 푸른 도나우강」의 바로 그 오스트리아 작곡가다. 그가 세상을 떠난 해가 1899년이니, 그리고 함께 수집한 그의 사후 50주년 기념우표가 1949년의 것이니, 만년필로 고풍스럽게 남긴 이 사인은 당연히도 19세기의 산물이다. 내가 수집한 사인으로는 가장 오래된 것이다. 21세기 대한민국 서울의 내 작업실에서 숨 쉬고 있는 19세기 오스트리아 빈의 작곡가 필적이라니. 가끔씩 일하다 말고 파이아키아의 전시물들 사이를 넋 놓고 이리저리 헤매듯 다니며 훑어볼 때가 있는데, 그럴 때면 서로 다른 시간들이 한 공간에 채집되어 저마다 깜빡이고 있는 것 같은 느낌이 들기도 한다. 제각각 서로 다른 과거의 시간에서 출발해 우주의 머나먼 공간을 거쳐 이곳 지구에 당도해 함께 반짝이고 있는 밤하늘의 그 별들처럼. 별 하나 슈트라우스 하나, 별 둘 레논 둘, 별 셋 카뮈 셋.

서태지가 사인한 포스터도 있다. 선물 받았다. 서태지 8집의 두 번째 싱글음반인 「8th Atomos Part Secret」 포스터인데, 서태지가 2009년에 사인을 하다가 실수를 하는 바람에 뒷면에 다시 또 서명을 더했기에 더욱 흥미로워진 듀얼 사인본이다. 출연했던 방송 프로그램의 뒤풀이 모임을 파이아키아에서 한 적이 있었는데(떡볶이만큼은 진짜 잘 만든다고 이전에 하도 허풍을 떨었던 탓에 그날 작은 주방에서 떡볶이를 연이어 요리해내느라 정신이 없었다), 그때 내가 수집품들을 열 올리며 자랑하던 걸 긍휼히 여기던 피디분께서 나중에 무려 서태지 사인 포스터를 선물해주신 거다. 역시 병과 수집벽은 소문을 내고 다녀야 한다. 하긴, 수집벽도 병이니까.

라디오헤드의 곡들 중 가장 좋아하는 노래는 「Creep」도 「Paranoid Android」도 「Fake Plastic Trees」도 아니다. 「Climbing up the Walls」다. 그러니 물론 내가 생각하는 그들의 최고 앨범은 이 곡 외에도 「Exit Music」 「Karma Police」 「Paranoid Android」 같은 명곡들이 함께 수록되어 있는 「OK Computer」다. 라디오헤드가 2012년 지산밸리 록페스티벌에 찾아와 펼친 공연은 환상적이었다. 하지만 콘서트가 끝난 후 좁은 도로로 한꺼번에 빠져나오는 인파에 갇혀 차 안에서 보내야 했던 그 긴 시간은 실로 끔찍했다. 그야말로 천국과 지옥이 동전의 양면이었던 날이었다.

「Climbing up the Walls」는 우울함을 기본으로 깔고 있는 라디오헤드의 노래들 중에서도 가장 음울한 축에 속할 것이다. 기분이 많이 가라앉으면 나는 이런 노래를 일부러 골라 듣는데, 어두운 방에서 이 같은 곡에 몰두하다 보면 그야말로 방바닥을 파고들고 또 파고든 끝에 지구 반대편 아르헨티나의 어느 골방으로 나갈 것만 같다. (그 골방의 주인은 또 어떤 곡을 듣고 있을까.)

이 노래 가사는 음울하다 못해 기이하고 좀 오싹하기도 한데, 그건 라디오헤드의 리더 톰

요크가 예전 정신병원에서 임시직으로 일할 때의 경험에서 소재를 가져왔기 때문이다. 듣다 보면 누군가 내 머릿속에 들어와 있는 것 같은, 사람의 분열적인 상태를 그린 핑크 플로이드의 명곡 「Brain Damage」의 반대편 시점에 놓인 노래처럼 여겨지기도 한다. 나도 이 두 곡을 연달아 듣지는 않는다. 진짜 어두운 우주 저편, 안드로메다까지 가고 싶진 않기 때문이다. 내겐 아르헨티나까지가 한계다.

라디오헤드 멤버들이 사인을 남긴 「Climbing up the Walls」의 그런 음습한 가사가 담긴 악보가 내게 있다. 심지어 파이아키아에 들어서자마자 가장 잘 보이는 벽의 한가운데에 걸려 있다. (작업실에 들어왔으니 긴장해서 일해야죠.) 그 아래엔 정반대의 온도와 감각을 담은 록시 뮤직의 쾌락 찬가 「Love Is the Drug」 악보가 리더 브라이언 페리의 서명과 함께 걸려 있다. 타노스는 아니지만 균형을 잡아야 한다. (저도 살아야죠.)

사람에 따라서는 록음악 역사상 최고 명곡으로 꼽기도 하는 레드 제플린의 노래 「Stairway to Heaven」 가사는 자갈 위에 그려진 것으로 갖췄다. 시적인 가사를 마치 하늘로 올라가는 계단처럼 (「스타워즈」의 오프닝 자막 연상 금지!) 적어놓아서 간단한 소품이지만 마음에 쏙 들었다. "반짝이는 것은 모두 금이라고 확신하는 여인이 있었어요. 그리고 그녀는 이제 천국에 이르는 계단을 사려고 해요." 가사의 시작 부분만 읽어보아도 후반부 로버트 플랜트의 포효하는 보컬과 지미 페이지의 화려한 기타 솔로, 존 보넘의 폭발하는 드러밍까지 연이어 들리는 듯하다. 근처에는 이 노래가 담겨 있는 레드 제플린의 4집이 1집과 함께 사인본으로 전시되어 있는데, 두 명반은 우열을 가리기 어려워 앞뒤로 겹쳐놓은 뒤 시간을 두고 교대로 전시하고 있다.

CLIMBING UP THE WALLS

Words and Music by
Thomas Yorke, Jonathan Greenwood, Philip Selway
Colin Greenwood and Edward O'Brien

Love Is The Drug

Words and Music by Bryan Ferry & Andy Mackay

T'ain't no big thing
To wait for the bell to ring
T'ain't no big thing
The toll of the bell
Aggravated - spare for days

I roll downtown the red light place
Jump up bubble up - what's in store
Love is the drug and I need to score
Showing out, showing out, hit and run
Boy meets girl where the beat goes on

Stitched up tight, can't shake free
Love is the drug, got a hook on me
Oh oh catch that buzz
Love is the drug I'm thinking of
Oh oh can't you see
Love is the drug for me

Late that night I park my car
Stake my place in the singles bar
Face to face, toe to toe
Heart to heart as we hit the floor
Lumber up, limbo down
The locked embrace, the stumble round

I say go, she say yes
Dim the lights, you can guess the rest
Oh oh catch that buzz
Love is the drug I'm thinking of
Oh oh can't you see
Love is the drug, got a hook in me
Oh oh catch that buzz
Love is the drug I'm thinking of
Oh oh can't you see
Love is the drug for me

히피 운동의 정점에서 열렸던 우드스탁 페스티벌은 음악 마니아들에게 역사적인 이정표이고 꿈의 축제다. 1969년 8월 15일(비틀스에 이어 또다시 세계가 함께 경축하는 광복절!)에 시작되어 현재의 수많은 뮤직 페스티벌의 원형이 된 이 3일간의 축제는 음악으로 하나가 되고 저항운동의 상징이 되는 해방 공간(때로는 난장판)을 만들어냈다.

무려 50만 명이 운집한 이 페스티벌의 전경을 무대에서 찍은 사진에는 참여한 뮤지션들 중 그레이스 슬릭, 폴 캔트너, 조니 윈터, 제리 벨레스, 신시아 로빈슨 등 모두 16명이 서명했다. 사진 속 무대는 스태프들이 공연을 위해 세팅을 하고 있는 상황이라 텅 빈 모습인데, 흡사 이곳에 서게 될 뮤지션들이 서명을 통해 무대를 미리 꽉 채운 듯 여겨진다. 아쉽게도 우드스탁 최고의 스타였던 지미 헨드릭스나 재니스 조플린의 서명은 포함되지 않았다.

당시 우드스탁 전 공연을 볼 수 있는 3일권 실제 티켓도 구했다. 하루권은 8달러, 금토일 3일권은 24달러였다. 당시 미국 뉴욕 언저리에 살고 있었다면, 아마도 나 역시 3일권을 사 들고 그들 속에 섞여서 밤낮으로 소리 지르지 않았을까.

대중음악 역사에 남는 초대형 이벤트로 빼놓을 수 없는 게 1985년 「We Are the World」 프로젝트일 것이다. 당시 대기근으로 고통을 겪고 있던 에티오피아를 비롯한 아프리카 돕기 기금 마련을 위해 마이클 잭슨과 라이오닐 리치가 함께 작곡한 곡에는 당대 최고 팝스타들이 대거 참여해 거대한 성과를 냈다. 너무 크게 성공해서 그렇지, 그 자체로 매우 뛰어난 이 명곡(그래미를 휩쓸기도 했다)이 담긴 음반을 수집하려면 참여 뮤지션들의 서명이 대거 담긴 것이라야 했다. 그래야 모두가 함께 모여 만든 그 음반의 취지에도 부합할 테니까.

결국 우여곡절 끝에 라이오닐 리치, 빌리 조엘, 홀 앤드 오츠, 폴 사이먼, 도나 서머, 디온 워윅 등 14명이 사인한 음반을 구했다. 희귀 수집품을 집중적으로 취급하던 로스앤젤레스의 전문점에 들렀다가 따로 액자에 담겨 있는 음반을 발견했는데, 내겐 상당히 부담스러운 가격이었기에 며칠을 사이에 두고 두 차례 찾아가서 깎아줄 것을 요청해보았지만 그때마다 주인은 친절한 표정을 지으면서도 단 1센트도 깎아주지 않았다. 나 역시 "뭐, 그럼 많이 파시고요"(이걸 영어로 어떻게 말하더라)라면서 쿨하게 미소 지으며 돌아서면 됐겠지만, 그럴 수 없었던 내가 밉다. 패배한 내가 결국 계산을 하자 주인은 승리자의 미소를 과장되게 지으며 "이제 당신은 팝의 역사를 소유하게 되신 겁니다"라는 돈 한 푼 안 드는 덕담을 건넸다. 컬렉터의 조급함을 한눈에 꿰뚫어볼 줄 아는 진정한 프로페셔널이었다.

어린 시절 팝에 한참 빠져들었을 때, 국내의 팝 전문 잡지들을 읽다 보면 수시로 외국의 잡지들이 인용되는 걸 볼 수 있었다. 이를테면 미국의 『롤링 스톤』이나 『빌보드』, 영국의 『멜로디 메이커』나 『뉴 뮤지컬 익스프레스』 같은 것들이다. 이 잡지들을 실제로 읽어보게 된 것은 서른을 훌쩍 넘겨서였는데, 자못 신기했다. 그 잡지들 중 일부라도 갖고 싶었다. 그냥 산다면 별 의미가 없을 테니, 기왕이면 톰 웨이츠나 데이비드 보위 같은 뛰어난 뮤지션들이 표지 모델로 나와서 사인까지 직접 한 것으로다가.

그래서 그런 것들을 실제로 구했습니다! 톰 웨이츠가 표지모델인 1985년 10월 19일자 『뉴 뮤지컬 익스프레스』의 인터뷰 헤드라인은 그가 출연했던 영화 제목 「럼블피쉬」를 비틀어 그의 중얼거리는 듯한 어투를 표현해낸 '멈블피쉬(Mumblefish)'다. 그리고 데이비드 보위가 표지모델인 1984년 10월 25일자 『롤링 스톤』의 인터뷰 헤드라인은 그가 당시에 발표했던 음반 「Let's Dance」를 패러디한 '렛츠 토크(Let's talk)'다. 그러니까 한국의 아저씨뿐 아니라 영국도 미국도 힙스터들도 인싸들도 모두모두 아재개그를 하고 있다는 말씀. 다시는 아재개그를 비웃지 마시라.

NEW MUSICAL EXPRESS
19 October 1985   45p   US $1.95 (by air)   ISSN 0028-6362

MUMBLEFISH!

TOM WAITS
NETTED BY
GAVIN MARTIN

MAD MAX
DAVID STEEL
FOLK DEVILS
ICICLE WORKS
JIMMY GREAVES

Rolling Stone

DAVID BOWIE
Let's Talk

VIETNAM:
THE SEQUEL
With Our Boys in
Central America

TOM WOLFE
'The Vanities'

PLUS...
Herbie Hancock
Lindsey Buckingham
The MTV Awards

널리 알려진 밴드는 아니지만 영국 그룹 스컹크 아난시를 좋아한다. 특히 그로테스크한 이미지를 내세우는 음반 커버 아트 속 모습에도 불구하고 강력한 창법 못지않게 지적인 작사 능력을 지닌 리드 보컬리스트 스킨은 무척 멋지다. 그래서 그들이 1997년 미국 투어를 하고 난 후 어느 자선경매에 내놓은 신발에 눈길이 갔다. 스킨이 직접 신고서 무대를 누빈 신발이라니, 스컹크 아난시 공연을 볼 기회가 없었던 내겐 충분히 매력적인 수집품이었다. 심지어 값이 싸서 횡재하는 기분까지 들었다. 유명하지 않지만 훌륭한 아티스트들의 관련 물품을 습득할 때면 "요걸 모르시지?" 싶은 마음에 더욱 즐거움이 은밀해지면서 짙어진다.

한 달 후 신발이 도착해서 설레는 심정으로 포장을 뜯었다. 수집가들의 해피 타임, 언박싱의 시간이여. 맵시 있는 필라 운동화였다. 스킨은 신발 안쪽 깔창 위에 사인을 했고 다른 멤버들은 겉에 했다. 신발 뒤쪽에는 'USA TOUR 97', 바닥에는 'Skunk'라고 친절하게 추가로 적어놓았다. 수집품으로서 정말이지 완벽했다. 인간에게 후각만 없었더라면.

박스를 뜯자마자 은은하게 풍겨오는 냄새에 곧바로 후회했다. 수집품이 내내 신고서 미국 전역을 누빈 신발이라는 점을 좀 더 고려해야 했다. 아무리 훌륭한 아티스트라고 해도 그 신발에서 어떻게 땀 냄새가 나지 않을 수 있을까. 우연히도 밴드명까지 스컹크와 독거미를 합친 스컹크 아난시였다. 이걸 대체 어쩐다. (셰이 스타디움 의자를 수집하는 사람과 스컹크 아난시의 신발을 수집하는 사람 중 더 이상해 보이는 건 누굴까.) 그래도 스킨이 직접 신고 무대를 누벼 그들 공연의 일부를 훌륭히 떠받쳤던 예술용품 아닌가. 냄새가 아예 없다면 오히려 진품이 아니지 않은가.

고심 끝에 탈취제를 뿌리고 오픈된 장식장 아래 칸에 두었다. 이전에 구해두었던 그들의 라이브 CD를 그 위에 살짝 올려두었다. (팔자에도 없이 뚜껑 신세가 되어버린 음반이여.) 그리고 그동안 살까 말까 망설였던 핑크 플로이드 신발을 추가로 구매해서 장식장 반대편에 서로 마주 보듯 배치했다. 그렇게 새롭게 매칭을 한 후 9개월, 모든 것이 조화롭게만 보인다. 심지어 이젠 전혀 냄새가 안 난다. (코를 대고 맡아봤다는 얘기다.) 이렇게 물건과 물건을 남긴

사람과 물건을 알아본 사람이 하나가 된다. 좋은 수집품은 시각과 청각과 촉각뿐 아니라 후각까지 통합한다. (그래도 미각만큼은 제외된다.)

나만의 수집품을 찾아다니다 보면 아주 가끔 머리카락까지 거래하는 것을 목격하게 된다. 마릴린 먼로나 존 레논, 커트 코베인이나 밥 말리 같은 사람들의 머리카락 몇 가닥씩(주로 전용 미용사가 수거했다는 머리카락들이다)을 보증서와 함께 전시해 파는데, 그게 진품인지의 여부를 떠나서 근본적인 거부감이 든다. 수집 대상의 한계는 어디까지일까.

보이그룹이나 걸그룹을 특별히 좋아하진 않는다. 라디오 디제이로서 몇 년간 음악 프로그램을 진행해온 덕에 운 좋게 받을 수 있었던 마마무 오마이걸 트와이스 슈퍼주니어 EXID iKON 등의 사인 CD를 간직하고 있고, 기회가 닿을 때 모아둔 뉴 키즈 온 더 블락 백스트리트 보이스 원 디렉션 등의 사인본 음반이 있을 뿐이다. (아, 이 정도면 좋아하는 거구나.) 그래도 보이존과 뱀프스는 꽤 즐기는 편이다. 특히 보이존은 그들의 노래 「No Matter What」 때문에라도 아끼지 않을 수 없다.

삶의 위기라고 할 수 있는 상황에 부닥칠 때마다 어쩐 일인지 「No Matter What」의 후렴구 가사가 떠오르는데, 그 부분을 홀로 반복해서 부르다 보면 곧 결연한 마음이 된다. "난 내가 믿고 있는 걸 부정할 순 없어요. 난 내가 아닌 사람이 될 수는 없죠(I can't deny what I believe. I can't be what I'm not)." 한 번씩 따라 불러들 보시라. 기분에 물기가 더해져 좀 감상적으로 되는데 다음 순간 역설적으로 주먹에 불끈 힘이 들어간다.

내겐 그런 노래가 한 곡 더 있는데, 영국 밴드 임브레이스의 「My Weakness Is None of Your Business」다. 사실 원래 가사 속 의미로는 이 제목 속 문장엔 한탄 같은 감정이 담겨 있는데, 난 그걸 세상과 마찰이 일어나는 상황에서 "내가 약하다고 해서 당신이 상관할 바는 아니에요"라는 결기 어린 심정을 담아 일부러 바꾸어 되뇜으로써 비장해지곤 한다. 거기에 더해 빨간 안경까지 쓰고 나서면 전투력이 배가된다.

보이존은 다섯 멤버 중 로넌 키팅과 함께 그룹을 이끌던 리드 보컬리스트 스티븐 게이틀리가 요절하는 바람에 멤버 전원이 함께 서명한 음반 같은 것을 발견하기 쉽지 않다. 그래서 그 다섯의 서명이 그대로 담긴 티셔츠를 발견했을 때 망설이지 않았다. 물론 모셔둘 뿐, 입고 다니진 않는다.

미국 밴드 플레인 화이트 티스 멤버들이 서명한 티셔츠를 발견했을 때, 정말 재미있다고 생각했다. 그룹 이름이 '아무것도 쓰여 있지 않은 하얀 티(Plain White T's)'인데 그렇게 아무것도 새겨져 있지 않은 흰 면티에 멤버들이 서명을 한 물건이기 때문이었다. 더구나 플레인 화이트 티에 플레인 화이트 티스가 사인을 남김으로써 더 이상 그 옷은 플레인 화이트 티가 아닌 게 되어버리니, "모든 크레타 사람들은 거짓말쟁이다"라는 크레타 철학자 에피메니데스의 자기모순적 패러독스처럼 그 역설까지도 흥미롭다. 그런데 막상 구하고 보니, 그다지 적절해 보이진 않는다. 직접 바라보는 사람에게 이걸 왜 수집했는지를 알리려면 이 문단에 설명한 내용을 일일이 말해줘야 하는데, 어떤 농담이 왜 재미있는지를 길게 설명하는 것만큼 따분한 일도 없을 테니까. 에피메니데스는 이 상황에 대해 뭐라고 말할까.

레너드 코언의 목소리를 사랑한다. 정말이지 레너드 코언의 음색과 음악은 팝 역사를 통틀어 유사한 예가 없을 것이다. 그의 목소리는 곧 그의 음악이고 그의 시다. 거기엔 쾌락을 좇았던 마약쟁이이고 열정적인 사랑꾼이면서 어둠 속에서 언어를 골랐던 고독한 시인이고 은둔생활을 하는 선불교 수도승이기까지 했던 생의 모든 무게가 퇴적층을 이루고 있다. 나는 오랫동안 그의 노래에 심취했고, 그의 전기『아임 유어 맨』을 읽고 나서 더욱 몰두하게 되었다.

코언은 2016년 세상을 떠났다. 그가 별세하기 19일 전에 나온 유작 앨범「You Want It Darker」때 그의 모습은 맑고 깊다. 이젠 그의 얼굴이 곧 그의 목소리이고 그의 삶이다. 그리스의 스트링 아티스트가 세상을 떠날 무렵의 코언 얼굴을 고스란히 담아낸 작품을 처음 마주 대하자 감동이 밀려왔다. 5킬로미터에 달하는 딱 한 줄의 검은 실과 5천 개의 못만으로 옮겨낸 그 작품은 코언의 음악처럼 단순하고 검박하며 절실했다. 얼마나 많은 밤이 이 작품에 소요된 걸까.

가늘지만 끝내 끊어지지 않은 실과 그 실을 부분부분 지탱하며 붙들어 맨 못들로 남겨진 코언이 이제 모든 불을 끈 채 어둠의 일부가 되어버린 이 밤의 파이아키아 허공을 정적 속에서 응시한다. 한밤에 그런 모습을 우두커니 서서 바라보고 있자니, 어떻게 된 일인지 그보다 5년 먼저 세상을 떠나신 아버지의 모습이 겹쳐 보인다. 레너드 코언이 남긴 마지막 앨범 중 장중한 표제곡「You Want It Darker」에서 그는 노래를 한다기보다는 고백을 하고 구두점을 찍는 순간을 준비한다. "영광이 당신의 것이라면 나의 것은 부끄러움이 되겠지요. 당신은 더 짙은 어둠을 원하니, 우린 불꽃을 끕니다. 여기 제가 있어요. 저는 준비되었습니다."

레너드 코언은 32세에 첫 음반을 발표했고 82세에 마지막 음반을 냈다. 파이아키아엔 막 시작하던 시절의 서른두 살 코언과 어느덧 떠나려던 무렵의 여든두 살 코언이 마주 보고 있다. 그사이에 고여 있는 것은 50년의 세월이다. 어쩌면 영겁일 것이다.

크레셴도로 고조되는 음악처럼

11
Pi
arch
ia

영화와 관련한 가장 일반적인 수집품은 영화 사진이나 포스터에 배우나 감독이 서명한 것들이다. 그중 포스터는 제대로 전시했을 때 가장 빛이 나는데, 다른 한편 결정적인 약점도 있다. 면적을 많이 차지한다는 점이다. 그게 책이든 음반이든 DVD든 아니면 다른 무엇이라도 한 공간 안에 전시하게 되는 것들은 대개 벽 같은 세로 면에 걸어두거나 꽂아두거나 세워두게 된다. 문제는 특정 공간 안에 벽과 같은 세로 면은 한정되어 있다는 점이다. 게다가 포스터는 크면 클수록 보기가 좋은데, 그렇게 되면 전시할 수 있는 공간의 상당 부분을 잡아먹을 수밖에 없게 되는 단점이 생긴다.

그러니 기껏 모으고도 전시조차 할 수 없어서 파일첩에 끼워 넣어 사장시키는 비극을 맞지 않으려면 선택과 집중을 잘해야 한다. 꽂아놓을 책장 공간이 부족해서 일단 박스에 넣어두기 시작하면 그 책은 더 이상 보지 않게 되듯, 포스터나 사진 역시 걸어둘 곳을 찾지 못해 하나둘씩 파일첩에 보관하기 시작하면 곧바로 생기를 잃게 된다. 수많은 실패 사례를 통해 알게 된 한숨 나오는 지식이다. 지금 알고 있는 걸 그때도 알았더라면.

파이아키아의 공간을 설계할 때, 온통 책장으로 뒤덮은 벽면들 중 두 곳은 포스터와 사진을 걸어둘 전용 게시판으로 만들었다. 그중 한 곳은 레드 존으로 사용하고 있고(이걸로 벌써 절반이 날아갔다), 또 한 곳은 내 책상 뒤에 포스터와 OST 음반 등 각종 영화 관련 전시물을 붙여두는 장소로 활용 중이다. 그 두 곳으로 관련 수집품을 다 소화할 수 있냐고? 그래서 결국 곳곳에서 파고 들어가며 게릴라전을 벌이고 있다.

일반적으로 벽에 내걸 수 있는 가장 큰 포스터의 규격은 세로가 1미터가량 된다. 파이아키아엔 이 사이즈의 포스터가 모두 열한 장 전시되어 있다. 이 중 샘 멘데스 감독과 출연 배우들이 함께 서명한 「1917」은 창고 문 앞에 붙어 있고, 리처드 링클레이터 감독과 줄리 델피 그리고 에단 호크가 사인한 「비포 선셋」은 에어컨 실외기가 매달려 있는 철문에 장식되어 있다. ('비포' 3부작은 다 좋지만 그중 가장 훌륭한 것은 역시 「비포 선셋」이다.) 볼 때마다 참 알뜰한 공간 활용이다, 라고 생각하련다.

김지운 감독과 정우성이 서명한 「좋은 놈, 나쁜 놈, 이상한 놈」 포스터는 회의용 테이블 옆의 별도 공간 맨 앞에 전시되어 있다. 포스터가 워낙 멋지긴 한데, 하단 3분의 1 정도는 가림막 때문에 보이지 않아 좀 아쉽다. 그래도 「좋은 놈, 나쁜 놈, 이상한 놈」 포스터는 상황이 나은 편이다. 그 바로 뒤에 살 곳을 찾지 못한 포스터가 수십 장 그야말로 (앞에서 썼던 표현을 재인용하면 생기를 잃은 채) 수납이 되어 있기 때문이다. 그곳을 지나다닐 때마다 마음이 아프다. (그래도 가끔씩 다른 포스터들과 순환시켜가며 빛을 보게 해줄게.)

「다크 나이트」는 작은 사이즈의 포스터를 갖고 있었지만, 대형 사이즈 포스터를 추가로 입수했다. 「다크 나이트」를 워낙 좋아하기도 하지만, 작은 사이즈엔 크리스천 베일 한 명만 사인한 데 비해 대형 사이즈 위에는 크리스천 베일, 히스 레저, 애런 에카트, 매기 질런할에 크리스토퍼 놀런과 한스 짐머까지 사실상 영화에 참여한 주요 인물 14명의 친필 사인이 모두 담겨 있어 훨씬 더 귀한 것이기 때문이다. 또한 전자는 배트맨의 앞모습이 전면에 드러나는 버전이지만 후자는 조커의 뒷모습이 전체를 지배하는 드문 버전이라서 더욱 눈길을 끈다. 이렇게 소중한 포스터인데도 최근에 구했기에 걸어둘 곳을 찾지 못해 이곳저곳 떠돌고 있다. 현재는 입구의 DVD 장식장 옆에 세워두었는데, 내일은 또 어디로 옮겨갈지 모른다. 아아, 조커여, 방랑의 빌런이여.

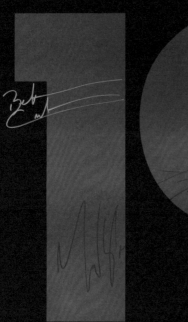

FROM THE DIRECTOR OF SKYFALL

TIME
IS THE
ENEMY

DECEMBER

What if you had a second chance
with the one that got away?

Ethan Hawke
Julie Delpy

**Before
Sunset**

www.beforesunset.com   THIS SUMMER   R

One map. Three villains. Winner takes all.

ORIENTAL WESTERN by KIM JEE-WOON

THE GOOD
THE BAD
THE WEIRD

CJ ENTERTAINMENT PRESENTS A BARUNSON / GRIMM PICTURES PRODUCTION
A KIM JEE-WOON FILM "THE GOOD, THE BAD, THE WEIRD" SONG KANG-HO LEE BYUNG-HUN AND JUNG WOO-SUNG
MUSIC DALPARAN, CHANG YOUNG-GYU EDITOR KWON YOO-JIN, CHO EUI-YOUNG COSTUME NAM NA-YOUNG PRODUCTION DESIGN CHO HWA-SUNG LIGHTING OH SEUNG-CHUL CINEMATOGRAPHY LEE MOGAE
PRODUCER MIKY LEE PRODUCER KIM JOO-SUNG, CHANG YONG-WOON SCREENPLAY CHOI JAE-WON, KIM JEE-WOON PRODUCED BY KIM JEE-WOON, KIM MIN-SUK DIRECTED BY KIM JEE-WOON
© 2008 CJ ENTERTAINMENT INC. & BARUNSON CO. LTD ALL RIGHTS RESERVED

세로 길이가 70센티미터 좀 넘는 꽤 큰 포스터들도 여덟 장 걸려 있는데, 어두운 골목길에서 강동원이 실루엣으로 올려다보고 있는 모습이 담긴 이명세 감독의 「엠」 포스터는 상당히 분위기 있다. 산뜻한 톤의 「라라랜드」 포스터엔 에마 스톤과 라이언 고슬링과 데이미언 셔젤 그리고 음악을 맡은 저스틴 허위츠의 사인이 함께 담겼다. 좀 더 작은 크기이지만, 스산하고 황량한 흑백 이미지의 「토리노의 말」 포스터는 바라보기만 해도 그 속으로부터 모래바람이 불어올 것만 같다. 「토리노의 말」 옆엔 기예르모 델 토로 감독과 더그 존스, 리처드 젠킨스가 서명한 「셰이프 오브 워터」 포스터를 붙여놓았다. 일러스트라서 한층 더 동화적으로 여겨진다.

세로 길이가 40센티미터 정도 되는 중간 사이즈 포스터들은 영화의 성격에 따라서 두 군데로 나눠 전시했다. 「바스터즈」와 「클락웍 오렌지」는 스타워즈 피규어들 위에 붙여놓았고, 「머니볼」 「보이후드」 「퍼스널 쇼퍼」 「지구 최후의 밤」은 비틀스 「Let It Be」 커버 아트처럼 네 장의 포스터가 각 멤버인 듯 4분할로 평화롭게 공간을 분유하면서 하나의 그룹처럼 보이도록 했다. 이 중 다섯 장의 포스터는 전부 감독이나 배우의 사인본이지만 「지구 최후의 밤」엔 서명이 없다. 전화번호를 알고 있다고 해서 김태용 감독 찬스를 쓸 수도 없고, 탕웨이와 비간 감독이 언젠가 함께 파이아키아를 방문해줄 날을 가망 없이 꿈꾸어야 하나.
사실 크기가 큰 것일수록 아무래도 오래된 작품의 포스터는 구하기가 무척 어렵다. 내가 갖고 있는 대형 포스터 대부분이 21세기 작품인 것은 그런 이유에서다. 설혹 크지 않다고 해도, 내가 너무나 좋아하는 F. W. 무르나우가 서명한 1927년작 「선라이즈」나 프레스턴 스터지스가 사인을 남긴 1941년작 「설리반의 여행」의 포스터를 구할 수 있다면 얼마나 좋을까. 만일 여분의 공간이 전혀 없는 상황이라고 해도 그 두 편이라면 아예 이불 커버(커버 아트?)에라도 넣어서 날짜에 따라 홀수 짝수 바꿔가며 매일매일 덮고 잘 의향도 있다.

세로 높이가 25센티미터 정도 되는 포스터들은 2000년을 기점으로 나눴다. 중앙 홀의 중심부에는 내가 특별히 아끼는 21세기의 걸작들 16편을 전부 감독 사인본으로 갖추었다. 공간이 비좁아 액자에 넣지 않고 클리어파일에 넣은 채로 양면테이프를 이용해 붙여놓았는데 걱정과 달리 제법 보기 좋다. 한 편 한 편이 전부 탁월한 작품인 데다가, 그 16편을 흰색부터 검은색까지 톤들이 점점 그러데이션 되도록 점층적으로 배치해놓았기 때문이다. 하얀 톤의 「아사코」와 「이다」에서 시작해, 푸른 톤의 「문라이트」와 「테이크 쉘터」, 노란 톤의 「캐롤」과 「엉클 분미」를 거치고, 검붉은 톤의 「노인을 위한 나라는 없다」와 「안티크라이스트」로 변해간 뒤, 검은 톤의 「예언자」와 「버닝」과 「위플래쉬」로 구두점을 찍는다. 내게는 흡사 점점 고조되어가는 악상의 크레셴도를 담아낸 악보처럼 보인다. 이젠 환청까지 들리는 걸까. (한국영화의 외국 버전 포스터를 보면서 신선한 느낌을 받을 때가 종종 있는데, 「버닝」의 강렬한 블랙 톤 포스터 역시 그렇다.)

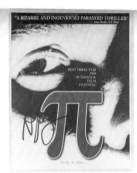

더 오래된 20세기 영화 포스터 14장은 전기계량기가 있는 철문 위에 역시 클리어파일에 담은 채로 붙였다. (연세 지긋하신 분들이니 좀 더 대접해드려야 하는데.) 페데리코 펠리니의 「달콤한 인생」이나 클로드 를르슈의 「남과 여」 혹은 오토 프레밍거의 「살인의 해부」처럼 까마득하게 느껴지는 고전들도 있고, 클린트 이스트우드의 「용서받지 못한 자」나 라세 할스트룀의 「길버트 그레이프」 혹은 존 카펜터의 「괴물」처럼 비교적 최근에 가까운 작품들도 있다. 그렇다 해도 이들 역시 나온 지 30~40년은 지난 작품들이다.

로랑 캉테의 「타임 아웃」이나 토드 헤인스의 「아임 낫 데어」 혹은 셀린 시아마의 「걸후드」처럼 21세기에 나온 작품들 일부도 여기에 붙어 있기는 하다. 극의 정조가 21세기보다는 20세기에 더 잘 어울릴 것 같아서였다, 라고 그럴듯하게 둘러대고 싶긴 한데, 실은 20세기 걸작들을 모아 붙인 공간에 더 이상 여백을 찾을 수 없었기 때문이다.

누벨바그를 열어젖힌 장 뤽 고다르의 「네 멋대로 해라」는 고다르의 또 다른 영화 「미치광이 피에로」 장면을 끌어들인 칸 영화제 포스터와 함께 두는 게 더 잘 어울릴 것 같아서 특별히 책상 뒤쪽의 게시판에 모셨다. 이건 그럴듯할 뿐만 아니라 사실이기도 하다.

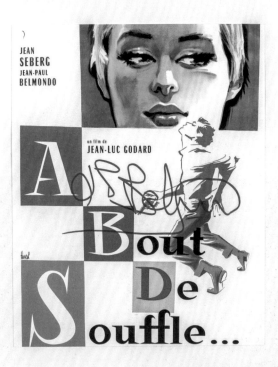

서명이 되어 있는 가장 오래된 포스터는 F. W. 무르나우 감독의 1926년작 무성영화 「파우스트」다. 주연 배우 카밀라 호른이 사인한 미니 포스터로 갖고 있다. 그다음으로 오래된 포스터는 1939년작 「바람과 함께 사라지다」이다. 여기엔 이 영화에 참여한 배우들 중 유일하게 현재까지 살아 계신 멜라니 역의 올리비아 드 하빌랜드가 사인을 했다.

1916년생이라서 나의 외할머니와 나이가 같다는 사실을 십수 년 전부터 알게 된 후로는 외할머니 건강이 걱정될 때면 올리비아 드 하빌랜드는 어떤지 한 번씩 검색해보는 버릇이 생겼다. 지난봄에 외할머니가 돌아가셨다. 104세까지 사셨으니 제대로 천수를 누리신 거라는 말을 덕담으로 생각하고 건네는 사람들이 간혹 있었으나 듣기 싫었다. 코로나 사태 속에서 극도로 가라앉은 가운데 장례를 모두 마친 후 집에 돌아와 왠지 조마조마한 심정으로 구글의 검색창에 'Olivia De Havilland'를 한 자 한 자 쳐서 넣었다. 여전히 살아 계셨다. 그 사실이 무거운 상실 후의 작은 위로 같았다. (이후 이 책 교정본을 마지막으로 살피면서 혹시나 싶어 확인해보니 그사이에 올리비아 드 하빌랜드 역시 세상을 떠나셨다. 2020년이 드리운 그림자는 짙고 무거웠다.)

12
Pi
arch
ia

영화 장면 사진에 배우나 감독이 사인을 한 수집품은 상당히 많다. 100장이 넘는데, 물론 다 내가 좋아하는 영화들이다. 사실 수집품들이 다 그렇다. 아무리 유명해도 좋아하지 않으면 모으지 않는다. 수집 자체가 목적이 아니라 좋아하는 작품과 관련된 흔적과 추억을 곁에 두고 싶은 것이기 때문이다.

워낙 많다 보니 테마나 시기별로 모아서 전시를 한다. 중앙 홀 천장 밑 상단부에는 키스 장면들만 따로 진열해두었다. 「닥터 지바고」의 오마 샤리프와 줄리 크리스티는 풀밭에서, 「지상에서 영원으로」의 데보라 커와 버트 랭커스터는 해변에서 입맞춤을 한다. 토비 맥과이어와 커스틴 던스트가 거꾸로 키스하는 「스파이더맨」이나 레이철 맥애덤스와 라이언 고슬링이 빗속에서 열렬히 키스를 나누는 「노트북」처럼 영화보다 더 유명한 키스 장면들도 있다.

사진 사이즈가 작은 키스 장면들은 따로 소형 액자에 넣어 봉준호 감독의 사인을 받은 수석 옆에 진열했다. (「기생충」의 풋풋한 키스 장면과는 사뭇 느낌이 다른 어른들의 키스다.) 로렌 바콜은 첫 주연 영화 「소유와 무소유」 촬영 기간 동안 자상하고 친절했던 험프리 보가트와 공연하며 점차 사랑에 빠졌다. 스무 살의 바콜은 마흔다섯 살이던 보가트와 곧바로 결혼에 골인했다. 험프리 보가트는 바콜을 만나기 전까지 여성 편력이 화려했고 결혼 이후에도 서로에게 문제가 없진 않았다.

그러나 두 사람은 12년 후 보가트가 암으로 죽을 때까지 함께 세월을 통과하며 「빅 슬립」 「다크 패시지」 「키 라르고」까지 모두 네 편의 영화를 함께 찍었고 서로에게 일생의 사랑이 되었다. 둘 사이에서 태어난 아들 이름 스티브는 두 사람이 처음 만났던 「소유와 무소유」에서 보가트가 맡은 배역 이름에서 따왔다. 바콜은 보가트가 세상을 떠난 후 프랭크 시내트라와 결혼 직전까지 갔고 이후 제이슨 로바즈와 재혼하기도 했지만, 바콜이 묻힌 곳은 보가트가 57년째 영면하고 있던 글렌데일의 묘지였다. 그런 뒷얘기들을 알고 있어서일까. 「소유와 무소유」에서의 바콜과 보가트의 키스 장면은 낭만적이고 따뜻해 보인다.

22세의 리타 모레노는 29세의 말런 브랜도와 단번에 사랑에 빠졌다. 그와 만난 첫날부터 뜨겁게 끓어올랐다고 자서전에 적었다. 이후 8년간 연애하며 여러 차례 만남과 헤어짐을 반복했다. 브랜도가 전혀 충실하지 않은 연인이었기 때문이다. 그와의 관계에 지쳐 헤어진 후 잠시 엘비스 프레슬리와 사귀기도 했지만 모레노는 다시 브랜도에게 돌아갔다. 그러다 브랜도와의 사이에서 임신했는데 결국 낙태를 하게 되었고 그 과정에서 브랜도가 보인 냉정한 태도 때문에 충격을 받아 자살 시도까지 했다. 의사의 충고로 마침내 브랜도와 완전히 헤어지게 된 모레노는 이후 레너드 고든을 만나 45년간 모범적인 결혼생활을 하며 해로했다.

하지만 고든과 사별한 후 말년의 모레노는 침실에 브랜도 사진을 걸어두었다. 브랜도와의 사이에서 일어났던 모든 일이 스릴 넘쳤고, 그의 존재가 자신을 중독적으로 사로잡았다고 자서전을 통해 밝혔다. "남편 고든은 '내 인생의 사랑'이었지만 브랜도는 '내 인생의 욕망'이었다"고 표현했다. 영화 「다음날 밤에」에 담긴 모레노와 브랜도의 키스 장면은 강렬하고 에로틱하다. 그야말로 전쟁 같은 사랑이었던 두 사람의 열정과 탐닉이 극 중 키스신에 고스란히 담긴 듯하다. 두 커플이 보여준 두 개의 상반된 키스 장면을 번갈아 보고 있자니, 참 알 수가 없다, 사랑이라는 건.

불같은 사랑이라고 하면 엘리자베스 테일러와 리처드 버튼의 경우도 만만치 않다. 엘리자베스 테일러는 모두 여덟 차례나 결혼하고 이혼했지만 자신 인생의 가장 중요한 사랑은 늘 리처드 버튼이라고 말했다. 하지만 어떤 사람들에겐 일생일대의 사랑이라는 게 꼭 평화롭고 따스한 관계를 의미하지는 않는다. 엘리자베스 테일러와 리처드 버튼은 서로에게 반해서 곧바로 각자의 결혼생활을 깨고 부부가 되었지만 수시로 싸우기 시작했다. 조롱과 욕설, 술과 폭력이 수반된 격렬한 싸움이었다. 참지 못한 둘은 이혼했다.

하지만 이혼 후에도 서로를 그리워한 끝에, 상대의 단점을 잘 아는 상황에서도 잃는 걸 견딜 수 없어 또다시 재혼하게 되었다. 그러나 결국 다시금 이혼에 이르렀다. 두 번째로 이혼한 후에 엘리자베스 테일러가 남긴 말은 이러했다. "우리는 서로 사랑해요. 하지만 함께 살 수는 없네요."

불은 열기를 퍼뜨려 삶에 타오르는 듯한 활력을 주지만 동시에 치유되기 어려운 화상을 흉터로 남긴다. U2의 노래 「With or Without You」 가사처럼 상대와 함께여도 함께이지 않아도 살아갈 수가 없었던 두 사람의 사랑은 영화 「이터널 선샤인」의 로맨틱한 엔딩 이후의 어두운 이면을 보여주는 리얼리티 버전처럼 보이기도 한다.

엘리자베스 테일러와 리처드 버튼은 평생 거의 열 편에 가까운 영화에서 함께 연기했다. 그중 그들의 실제 관계를 떠올리지 않을 수 없는 작품이 바로 「누가 버지니아 울프를 두려워하랴」이다. 부부간의 격렬한 싸움이 영화의 전부이다시피 한 영화이기 때문이다. 그 두 사람이 함께 사인을 한 「누가 버지니아 울프를 두려워하랴」 OST 음반을 구했다. 한 사람은 검은 펜으로 했고, 다른 한 사람은 파란 펜으로 했다. 한 사람은 가로 방향으로 했고, 다른 한 사람은 세로 방향으로 했다. 그 두 개의 서명 사이에 서로의 옷깃을 움켜쥔 채 싸우는 것처럼도 보이고 애정을 갈구하는 것처럼도 보이는 극 중 두 사람의 모습을 담은 사진이 놓여 있다. 참 알 수가 없다, 사랑이라는 건, 역시.

On the screen, as on the stage, "Virginia Woolf" begins with a growl and grows to a roar such as the motion picture medium has never before known. It's sheer, God awful intensity, brilliantly written (by stage author Edward Albee and screen writer Ernest Lehman) and consumately acted. Literate, witty, searing, a hundred adjectives can't do it justice.

To provide the musical score for such a film, Warner Bros. Studios turned to a man most qualified. And he is Alex North who provided music for such films as "Streetcar Named Desire," "The Agony and The Ecstacy," "Death of a Salesman," "The Misfits," "Cleopatra." North, a composer accustomed to working with the biggest, most dramatic picture of any season.

"The picture was so intense and so filled with brilliant dialogue that a film musical score at first seemed almost unneeded," North said. But that might have been said for any of his past films. And now, as "Virginia Woolf" joins that elite company, listeners will have the opportunity to hear North (together with his brilliant orchestrator, Henry Brant) meet the challenge of "Virginia Woolf," and emerge with one of the finest film scores of the decade.

ARTISTS AND CRITICS APPLAUD ALEX NORTH:

"... probably the best movie composer today."
—HOWARD THOMPSON, *New York Times*

"Thank God for your music."
—ARTHUR MILLER, *"Death of a Salesman"*

"The picture is certainly lucky that you were on it."
—ELIA KAZAN, director, *"A Streetcar Named Desire"*

"As the muted trumpets scream, in Anthony's name, for honorable death, they scream an anguish which cannot be written, in a voice no actor can project."
—JOSEPH L. MANKIEWICZ, director, *"Cleopatra"*

"Give Mr. North a theme, and he goes straight to the heart of it without any musical pretentions."
—BROOKS ATKINSON, *New York Times*

"He can break the heart of an audience with fewer notes than any other Hollywood composer—or maybe we should not limit it to Hollywood."
—NORMAN LLOYD, *Rockefeller Foundation*

GEORGE SEGAL & SANDY DENNIS

Alex North's Brilliant Score
THE ORIGINAL SOUND TRACK ALBUM "WHO'S AFRAID OF VIRGINIA WOOLF?"

SIDE ONE
Moon Music and Prelude
4:05
Colloquy
4:43
Bergin
4:08
"Virginia Woolf Rock" and SNAP
4:52
Martha
3:11

SIDE TWO
Prologue—Act II
3:04
Sad, Sad, Sad
2:00
Fleece
4:00
Party Is Over
4:47
Sunday, Tomorrow All Day
3:41
Epilogue
2:06

(Performance Rights on All Selections: ASCAP)

RICHARD BURTON & ELIZABETH TAYLOR

내 평생 가장 재미있게 본 영화들 중에는 「석양의 무법자(The Good, the Bad and the Ugly)」도 있다. (세르지오 레오네의 이른바 '달러 3부작'의 국내 제목들은 그야말로 혼란스럽다. '석양의 무법자'라는 제목은 원래 이 3부작 중 두 번째 작품인 「For a Few Dollars More」에 쓰였는데 지금은 '석양의 건맨'으로 통칭되는 경향이 있고, 더 멋지게 들리는 '석양의 무법자'라는 제목은 근래 들어 이 3부작 중 최고작인 「The Good, the Bad and the Ugly」에 적용되는 경우가 많다. 그리고 잘 알려져 있듯 김지운 감독의 「좋은 놈, 나쁜 놈, 이상한 놈」은 이 작품의 짙은 영향권 안에 있는 영화다. 그런데 「좋은 놈, 나쁜 놈, 이상한 놈」은 일반적으로 긴 영화 제목을 줄여 부를 때 각 단어의 첫음절을 모아서 지칭하는 것과 달리 마지막 음절들을 모아 '놈놈놈'이라고 통칭한다. 그건 처음 이 영화를 개봉할 때 영화사에서 각 단어 첫음절을 모으는 것으로 줄여봤더니 발음이 실로 괴이했기에 이후 의도적으로 '놈놈놈'이라고 불렀기 때문이다. 고개가 갸우뚱거려지면 한번 직접 줄여보시라.)

워낙 아끼는 작품이라서, '좋은 놈' 클린트 이스트우드와 '나쁜 놈' 리 밴 클리프 그리고 '이상한 놈' 일라이 월락이 함께 사인한 「석양의 무법자」 포스터를 노력 끝에 구했고, 음악으로도 워낙 유명한 작품이라 전설적인 영화음악가 엔니오 모리코네가 서명을 남긴 OST 음반도 이어서 입수했다. (엔니오 모리코네도 2020년 타계했다. 올리비아 드 하빌랜드가 세상을 떠났던 같은 달에.) 그리고 미국 여행 중 세르지오 레오네의 또 다른 서부극 걸작 「원스 어폰 어 타임 인 더 웨스트」의 유명한 오프닝 장면을 새겨낸 나무판 그림을 거리의 화가가 파는 걸 보고 구입했다. 이 세 수집품은 영화 책들이 수백 권 꽂혀 있는 서가의 맨 밑에 나란히 전시했다. 이 광경을 보게 되면 이 작품들을 함께 만든 세르지오 레오네 님과 엔니오 모리코네 님도 다른 세상에서나마 슬며시 미소 짓지 않을까.

파이아키아의 문을 열고 들어서면 오른쪽에 영화 사진 50여 장이 집중 전시되어 있다. 고전으로 남아 있는 작품들이 많아서 그 위의 사인들 역시 고색창연해 보인다. 하단에는 흑백이나 모노톤 위주의 장면들로, 상단에는 컬러 장면들 위주로 진열했다.

「선셋 대로」 「오즈의 마법사」 「사냥꾼의 밤」 「자이언트」 「사랑은 비를 타고」 등등 아무래도 할리우드 고전이 많지만 이자벨 위페르가 서명한 「엘르」 같은 요즘 유럽 영화들도 있다. 남녀 두 배우가 나란히 상반신으로 찍힌 투샷 장면들은 양도 많고 또 안정적이어서 아예 한 줄로 모아 전시했다. 리 메이저스와 린지 와그너(6백만 불의 사나이), 맥 라이언과 빌리 크리스탈(해리가 샐리를 만났을 때), 줄리 앤드류스와 크리스토퍼 플러머(사운드 오브 뮤직), 올리비아 허시와 레너드 화이팅(로미오와 줄리엣)이 그렇게 이웃처럼 위아래 칸에 들어서 있다. 상단부에는 줄리엣 비노쉬와 드니 라방(퐁네프의 연인들), 우마 서먼과 존 트래볼타(펄프 픽션)도 있다. 그러고 보니 전시된 책장이 아파트처럼 보이기도 한다. 그들 모두가 위아래층 이웃으로 함께 살고 있는 뉴욕의 초호화 아파트를 상상해본다. 엘리베이터에서 서로 마주치게 되면 누가 가장 살갑게 인사를 건네고, 누가 차갑게 눈을 내리깔까.

줄리에타 마시나가 안소니 퀸을 바라보고 있는 「길」의 한 장면 사진이나, 한 시대를 풍미했던 코미디언들인 막스 브라더스가 나란히 포즈를 취하고 있는 사진은 특히 애착이 간다. 언젠가 막스 브라더스 회고전이 열려서 GV를 할 수 있었으면 좋겠다. 비비언 리의 서명이 담긴 「바람과 함께 사라지다」 사진은 정말 어렵게 구했던 만큼 장식장 안에 따로 두었다.

맨 위 칸에는 「맹룡과강」의 이소룡, 「터미네이터」의 아놀드 슈워제네거, 「매트릭스」의 키아누 리브스가 버티고 있다. 가장 높은 곳에서 파이아키아 전체를 든든히 지켜줄 것 같은 캐릭터들이라고 할까. 로봇 애니메이션을 보고 나면 "서로 싸우면 누가 이길까"라는 질문에 대한 답으로 친구들과 입씨름을 벌이곤 했던 초등학교 저학년 시절이 떠오른다. 셋 중 누가 가장 든든할까. 설마 「원스 어폰 어 타임 인 할리우드」에서처럼 이소룡이 또 허망한 모습을 보이지는 않겠지.

Letter of Authenticity

Submission Number: 178174
Date: Wednesday, June 13, 2018
Subject: Vivien Leigh
Field: Entertainment
Description: Signed Black and White Photograph
Manufacturer: Unmarked
Type: ——
Size: 6" x 8 1/2" H
# of Signatures: 1
Location: Image
Writing Implement: Steel-tip Fountain Pen
Color: Black

Certification Number: Z83458

This document shall serve as a letter of authenticity for the aforementioned item, which James Spence Authentication, LLC has thoroughly examined.

The signature(s) is/are consistent considering a wide range of specific qualities including slant, flow, pen pressure, letter size and formation, and other characteristics typical of our extensive database of known exemplars we have examined throughout our hobby and professional careers.

The inscription was penned in the hand of Vivien Leigh.

It is our considered opinion that the signature item is/are genuine. Your item has been assigned a unique certification number, which is uploaded into our restricted database and can be confirmed on our website www.SpenceLOA.com at any time. This letter must appear on our proprietary water-marked paper and bear the live signatures of both James Spence and a notary public.

We appreciate your consideration of entrusting James Spence Authentication's judgment and look forward to examining additional collectibles for you in the near future.

Autographically Yours,

James J. Spence, Jr.
President, Founder, & Owner
James Spence Authentication, LLC

JSA
Z83458

CHERYL M OLCOTT
NOTARY PUBLIC
STATE OF NEW JERSEY
ID # 50059004
MY COMMISSION EXPIRES APRIL 18, 2022

New Jersey Office
2 Sylvan Way, Suite 102
Parsippany, NJ 07054
973-898-1300 • Info@SpenceLOA.com

JSA
James Spence
Authentication
follow the leader
www.SpenceLOA.com

Florida Office
3223 N.W. 10th Terrace, Suite 604
Fort Lauderdale, FL 33309
954-380-8670 • Florida@SpenceLOA.com

파이아키아에 별도로 마련되어 있는, 자세히 살피지 않으면 발견할 수 없는 미로 같은 공간에도 「에이리언」부터 「작은 아씨들」까지 다양한 영화 사진들이 모여 있다. 이 구역에서 더 중요한 것은 배우들 사진이다. 이자벨 위페르, 케이트 블란쳇, 미아 패로우, 줄리엣 비노쉬 같은 뛰어난 여자 배우들의 사진이 나란히 전시되어 있는데, 미셸 윌리엄스, 에이미 애덤스, 메릴 스트립처럼 특별히 좋아하는 연기자들의 사진은 따로 모아 일렬로 기둥 하나를 채웠다.

메릴 스트립은 오랜 세월 최고의 배우로 군림해와서 오히려 종종 과소평가되지만, 연기에 관한 한 그야말로 최고의 테크니션일 것이다. 좋은 연기는 계산 없이 진심으로 하면 된다는 말에 나는 동의하지 않는다. 좋은 연기는 동물적으로 가장 몰입해서 해내는 듯한 순간에서조차 적절한 기술이 반드시 필요하다. 그리고 미셸 윌리엄스와 에이미 애덤스는 지금보다 훨씬 더 높은 평가를 받아야 마땅한 뛰어난 배우들이다.

특별히 좋아하는 남자 배우들은 DVD들이 모여 있는 곳이 마주 보이는 자리에 함께 모아 놓았다. 필립 시무어 호프먼, 와킨 피닉스, 스티브 카렐, 알 파치노의 사진이 이곳에 있는데, 그 가운데는 말런 브랜도의 자리다.

브랜도의 전기를 읽어보면 그야말로 제멋대로인 측면이 있는 사람이었지만, 영화 역사상 연기 분야에서 가장 큰 파장을 만든 배우로 그 외에 다른 누군가를 생각하긴 어렵다. 이른바 메소드 연기가 할리우드에 충격을 주며 기존의 연기법을 대체해나간 데에는 브랜도의 역할이 결정적이었기 때문이다.

그리고 필립 시무어 호프먼. 장국영처럼 46세에 갑자기 세상을 떠난 그는 내가 지난 20년 간 가장 좋아한 배우였다. 쓰다 보니 그가 몹시 그립다. 「모스트 원티드 맨」의 마지막 장면에서 좌절과 허탈에 빠진 그가 프레임 밖으로 퇴장하던 뒷모습이 자꾸 떠오른다.

영화의 역사에서 할리우드의 상징 같은 스타들이 있다. 그런 배우들의 사인이 담긴 사진을 모으는 것은 나 같은 컬렉터에겐 거의 의무처럼 여겨진다.

할리우드라는 이름에 마릴린 먼로만큼 잘 어울리는 이름이 있을까. 사실 먼로는 지적이면서 연기에 대한 열정도 높았던 배우였다. 그리고 3대에 걸쳐 내려온 정신질환에 대한 두려움에 시달렸던 사람이었다. 하지만 금발 글래머 배우에 대한 당대의 편견 섞인 호기심을 역으로 이용할 줄 알았던 마릴린 먼로는 말하자면 일평생 마릴린 먼로를 연기했다고 할 수 있다. 그런 먼로가 익숙하고 능숙하게 카메라 앞에서 포즈를 취했고, 사진에 붉은 서명을 남겼다. "진에게. 촬영장에서 다시 만나요. 넘치는 사랑으로, 마릴린 먼로." 우연히도 사인을 받은 사람의 이름이 진이니, 그냥 내게 해준 거라고 여기련다.

오드리 헵번을 싫어하는 사람이 있을까. 아마도 헵번은 영화의 역사에서 가장 많은 사랑과 가장 적은 미움을 받은 스타였을 것이다. 나 역시 헵번을 좋아한다. 혜성처럼 등장했던 「로마의 휴일」부터 「사브리나」「샤레이드」「파계」「마이 페어 레이디」를 거쳐 「영혼은 그대 곁에」까지, 떠오르는 모습들이 한둘이 아니다. 세상을 떠나기 전에 마지막으로 연기한 「영혼은 그대 곁에」에서 헵번이 맡은 배역이 천사였다는 사실은 왠지 우연 같지 않다. 내가 갖게 된 오드리 헵번의 친필 사인 사진이 「티파니에서 아침을」 때 모습이라는 것도 만족스럽다. 역사상 가장 유명한 영화 의상 중 하나인 저 블랙 미니 드레스!

무성영화 시대를 대표하는 두 배우, 찰리 채플린과 버스터 키튼의 친필 서명이 담긴 사진도 수집했다. 채플린은 「시티 라이트」, 키튼은 「도우보이즈」 때 모습이다. 둘 모두 정말 높게 평가하지만, 존 레논과 폴 매카트니 중 누구를 더 좋아하는지에 대해 물을 때처럼 집요하게 답을 요구한다면 조금 더 좋아하는 사람은 버스터 키튼이라고 답할 것이다. 그의 전매특허 와도 같은 신기에 가까운 스턴트 연기와 어떤 일이 닥쳐도 안색이 변하지 않는 무표정 사이 어딘가에 키튼의 위대함과 슬픔이 동전의 양면처럼 함께 서려 있는 듯하다. 흔히들 최고 작으로 꼽는 「제너럴」도 물론 걸작이지만, 나라면 「손님 접대법」이나 「셜록 2세」를 더 앞세울 것 같다. 버스터 키튼은 서명본 사진 외에도 성냥 세트와 마그넷 세트를 수집했다.

하지만 찰리 채플린 역시 당연히도 위대하면서 사랑스러운 영화인이다. 책장에 새겨진 채플린 북 아트는 최소한의 터치로 표정을 생생하게 살려냈다. 예전에 할리우드의 흔하디흔한 기념품 가게에서 샀던 채플린이 연기한 열 가지 캐릭터 초미니 피규어를 그 옆에 함께 전시해놓았다. 보고 있자니 채플린이 연기했던 영화들이 꼬리를 물어가며 차례로 상영되는 느낌이다.

오드리 헵번과 마릴린 먼로, 찰리 채플린과 버스터 키튼은 정문 바로 옆 가장 잘 보이는 곳에 나란히 전시해두었다. 파이아키아를 방문하는 사람들을 맞이하는 내 마음을 그곳에 담아둔 셈이다. 그 밑에 캐서린 헵번과 클라크 게이블 사진 사인본까지 함께 두니 그야말로 할리우드 스타덤의 가장 빛나는 앙상블처럼 여겨지기도 한다.

로렌스 올리비에와 존 길거드 그리고 안소니 퀸이 함께 출연한 「어부의 신발」을 포함해 명배우들이 사인한 OST 음반들도 별도의 공간에 모아두었다.

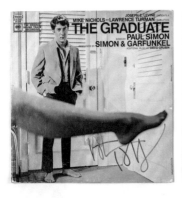

어린 시절에 꽤나 좋아했던 홍콩과 대만 배우들 사진은 왠지 따로 전시해야 할 것 같다. 그래서 호를 그리고 있는 거대한 DVD 장 위에 주로 소형 사이즈로 모아둔 홍콩 대만 중국 스타 사진을 주르륵 늘어놓았다.

주윤발과 장만옥, 주성치와 성룡도 물론 대단하지만, 역사상 가장 뛰어난 홍콩 배우는 양조위라고 생각한다. 미세한 표정 변화로도 진한 감정적 여운을 남기는 연기자이고 실로 대단한 눈빛을 지닌 배우다. 실제 만나본 양조위는 무척 수줍어하고 나서기 싫어하는 사람이고 쑥스러워서 계속 손을 만지작거리는 사람이었지만.

아직까지 장국영의 서명이 담긴 사진이나 포스터를 구하지 못한 것은 못내 아쉽다. 그만큼 스타성이 뛰어난 홍콩 배우도 없었을 것이다. 장국영이 별세했다는 믿기지 않는 부고가 들려온 그 만우절을 어떻게 잊겠는가. 장국영이 떠나던 날의 발자취를 따라가며 홍콩을 여행했을 때, 그가 마지막으로 식사를 했던 레스토랑 '퓨전'에서 같은 음식을 주문해 먹다가 유난히 무거웠던 포크와 나이프의 무게에 마음이 가라앉았던 일이 새삼 떠오른다.

그리고 아쉬운 마음이 드는 또 한 명이 더 있다면 호혜중이다. 호혜중은 사실 위에서 언급한 스타들에 비하면 지명도가 많이 떨어지는데, 유독 내가 좋아했다. ("호혜중이 누구야?"라는 소리가 사방에서 들려오는 듯하다.) 고백하자면, 뛰어난 연기력이나 카리스마 때문은 아니었다. (시리즈 원조 격인「오복성」이 아닌)「복성고조」와 (「예스마담」이 아니라 아류 격인)「땡큐마담」시리즈에서의 호혜중 모습을 잊지 못한다. 그리고 내한해서 국내 방송 프로그램에 출연해 눈을 반짝이며 노래를 불렀던 그 모습 역시도. (유튜브를 아무리 찾아봐도 그 영상이 없어서 슬프다.)

좋아하는 감독들의 사진은 주로 촬영 현장에서의 모습에 서명을 남긴 것들로 모았다. 내 책상 오른쪽 창가에는 소파가 놓여 있는데 그곳에 앉으면 각양각색의 감독들 모습 수십 장이 한눈에 들어온다. 실제로 소파에 앉아서 책을 읽거나 잠시 쉬다가 고개를 들어 사진들 속 감독의 모습을 훑어보는 일이 잦다. 그중 일부는 심지어 천장과 보에까지 붙어 있다.

사진 속 감독들은 대부분 촬영 현장에 있다. 야외 촬영할 때는 선글라스를 끼는 감독들도 많은데, 똑같이 선글라스를 착용해도 압바스 키아로스타미와 아쉬가르 파라디, 레오스 카락스는 전혀 다른 분위기를 풍긴다. (「폴라 X」로 내한했을 때 서울의 한 극장 무대에 올라 회견을 했던 레오스 카락스는 매우 말수가 적고 우울한 분위기를 풍기는 사람이었는데, 어두운 실내임에도 인터뷰 내내 선글라스를 끼고서 줄담배까지 피웠다. 그런 시절이 있었다.) 「리오 브라보」 촬영장에서의 하워드 혹스는 의자에 앉은 채 등만 보이는데도 그의 말을 골똘히 경청하고 있는 존 웨인과 앤지 디킨슨의 표정 때문인지 존재감이 굉장하다. 존 포드가 사인한 「리오 그란데」 팸플릿과 혹스의 「리오 브라보」 포스터는 따로 나란히 전시해두기도 했다.

카메라를 노려보는 듯한 미하엘 하네케와 담배를 피우고 있는 벨라 타르는 사진으로도 포스가 상당하다. 유리창에 손을 올리고서 그 너머를 쳐다보고 있는 올리비에 아사야스는 배우 이상으로 스타일이 뛰어나다. 「배트맨」의 배트카 위에 올라선 팀 버튼은 원하던 장난감을 가진 듯한 아이의 표정이고, 「판타스틱 미스터 폭스」의 주인공 피규어를 매만지고 있는 웨스 앤더슨은 조카를 쳐다보는 삼촌의 얼굴이다. 그리고 대니 보일은 꽤 높아 보이는 건물의 좁은 턱에서 안경을 닦고 있어 시선을 끈다. 그런데 대체 왜 하필 거기서.

특히 좋아하는 것은 349쪽에 나오는 클로드 샤브롤의 촬영장 사진이다. 샤브롤이 마치 춤을 추듯 연기 시범을 보이자 배우가 옆에 나란히 서서 똑같이 따라 하는데, 둘 뒤에서 웃으며 바라보고 있는 사람들까지 합쳐서 분위기가 매우 따뜻하고 유머러스하다.

함께 연출 활동을 하는 형제 감독들은 따로 전시해놓았다. 바로 벨기에의 다르덴 형제와 이탈리아의 타비아니 형제, 그리고 미국의 코언 형제다. 코언 형제의 경우 바로 옆 서가에 그들 작품 DVD 15편을 함께 꽂았다. 코언 형제 영화에 나오는 주인공들을 극장 객석에 모두 함께 앉힌 팬픽도 있다. 그리고 그 옆에는 국내 출간된 그들의 인터뷰집 『부조화와 난센스』가 놓여 있다. 코언 형제의 작품 세계를 정확히 요약하는 두 단어일 것이다.

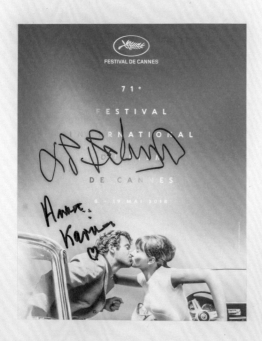

아녜스 바르다의 흑백 사진은 1954년의 장편영화 데뷔작「라 푸앵트 쿠르트로의 여행」촬영 당시 찍힌 것이다. 여기서 바르다는 조금이라도 더 높은 위치에서 내려찍기를 원했던 듯 남성 스태프의 등에 올라서서 카메라 뷰파인더를 들여다보고 있다. 유머러스하면서 시사적이고 상징적이기도 한 이 장면은 오렌지빛으로 채색되어, 바르다가 세상을 떠난 지 한 달 후에 열린 2019년 제72회 칸 영화제 공식 포스터 이미지로도 쓰였다.

내가 수집한 이 사진에는 바르다가 직접 사인을 남기면서 영화 제목과 장면 번호가 적혀 있는 슬레이트를 보라는 뜻으로 화살표를 함께 그려 넣었고, 그 슬레이트에 촬영 기록을 남기고 있는 스크립터의 이름과 1954년이라는 연도를 의미심장하게 함께 써넣었다. 발밑의 남성 스태프 이름은 적지 않고 함께했던 여성 스태프의 이름을 직접 적어 넣은 이 사인 방식은 아녜스 바르다의 의도를 선명하게 드러내준다. (칸 영화제 포스터엔 내가 갖고 있는 사진 속 여성 스태프의 모습이 제외되었다.)

2018년에 열린 제71회 칸 영화제 공식 포스터는 장 뤽 고다르의「미치광이 피에로」속 안나 카리나와 장 폴 벨몽도가 키스를 나누고 있는 장면을 사용했다. 고다르의 영화 중「미치광이 피에로」를 특히 좋아하는 나로선 놓칠 수 없는 멋진 포스터였고, 결국 안나 카리나와 장 폴 벨몽도가 함께 사인한 버전으로 갖게 되었다. 고다르까지 사인을 함께 남겼다면 더 좋았겠지만, 이분이 또 사인 같은 건 거의 하지 않는 워낙 까다로운 양반이라서.

그렇지만 나도 마냥 물러터진 사람은 아니다. 결국 한동안 공을 들이다가 고다르의 서명이 담긴 사진을 입수했다. 352쪽에 실린 사진으로 지금까지 소개한 다른 감독들의 사진보다는 크기가 좀 작았는데, 이 정도 사이즈의 사진들은 소형 액자 속에 넣어서 파이아키아의 중앙 무대 뒤쪽에 커다랗게 호를 그리고 있는 DVD 장 위에 역시 비슷한 곡선을 그리도록 한 줄로 전시했다. 이곳에는 고다르와 함께 빌리 와일더, 페데리코 펠리니가 있고, 허우샤오시엔, 왕가위, 지아장커, 구로사와 아키라, 기타노 다케시가 있는데 그중에서도 오슨 웰스의 사인이 담긴 오른쪽의 사진은 특히 어렵게 구했다. 영화의 역사에서 오슨 웰스의 「시민 케인」이 차지하는 위치를 생각하면 나로선 건너뛸 수 없었던 수집품인 셈이다. 「시민 케인」은 결국 그 많은 재산과 그토록 화려했던 경력보다 주인공의 삶에서 더 소중했던 게 어린 시절에 타고 놀았던 썰매였음을 암시하는 영화인데, 그 썰매 로즈버드를 실물 사이즈로 다시 제작한 소품 역시 내 수집품 중 하나가 되었다.

블록버스터의 시대를 열어젖혔던 스티븐 스필버그와 조지 루카스가 「인디아나 존스」 때 감독과 제작자로 만나 함께 사인한 사진에도 파이아키아를 방문한 사람들의 시선이 자주 머무른다.

film IN THE MOOD FOR LOVE

"Be prepared" all the best to you

To John Wyrum

David Lynch
Filmmaker & Actor
Eagle Scout

데이비드 린치는 드물게도 손바닥 절반 크기의 보이스카우트 카드에 서명을 했다. 「이레이저 헤드」와 「블루 벨벳」부터 「트윈 픽스」와 「멀홀랜드 드라이브」까지, 기괴하고 난해한 그의 작품들을 떠올려보면 무척이나 의외로 느껴진다. (보이스카우트 카드 서명이라면 데이비드 린치보다는 웨스 앤더슨이 훨씬 더 잘 어울릴 것 같다.) 하지만 이 엉뚱한 듯 보이는 사인은 그의 어린 시절에 대해 알고 있으면 단번에 수긍된다. 린치는 미국 최대의 스카우트 조직인 BSA(Boy Scouts of America) 멤버로 맹활약했는데, 4퍼센트 정도만 가능하다는 최고 단계 '이글 스카우트'를 취득할 정도로 우수했다. 그는 열다섯 살 생일 때 존 F. 케네디의 대통령 취임식에 보이스카우트 대표로 참석하기도 했다.

'데이비드 린치, 영화감독&영화배우, 이글 스카우트'라고 새겨진 데이비드 린치의 보이스카우트 카드에 존이라는 이름의 까마득한 후배 보이스카우트가 사인을 직접 요청했던 것으로 보이는데, 린치는 "존에게. '준비'야말로 네게 최상의 말이란다"라고 적어주었다. '준비(Be prepared)'라는 말이 보이스카우트의 구호라는 것을 감안하면 보이스카우트 선배가 해줄 수 있는 최상의 사인 문구일 것이다.

직업적으로 내가 누린 행운 중 하나가 영화평론가로서 1990년대 후반부터 지금까지 한국영화가 극적으로 변화하고 발전하는 모습을 바로 옆에서 지켜볼 수 있었다는 점이다. 직업은 선택했지만 시기는 선택할 수 없는 상황에서, 내가 출발했던 시기가 현재의 한국영화 시스템이 마련되고 현재까지도 한국영화를 대표하고 있는 감독들을 포함한 영화인들의 상당수가 나왔던 1990년대 후반이었다는 것은 우연이 내 삶에 부여한 커다란 선물이었다. 운 좋게도 그 기간 동안 한국의 훌륭한 감독들 상당수와 직접 인터뷰를 하거나 극장 무대 위에서 GV를 할 수 있었는데, 업무가 끝나면 가져간 DVD나 포스터 혹은 책이나 시나리오에 사인을 받곤 했다. 강상우 김보라 김종관 김지운 김태용 김현석 류승완 박찬옥 박찬욱 박홍식 봉준호 신동일 양익준 연상호 유하 윤가은 윤종찬 이경미 이명세 이옥섭 이용주 이윤기 이재용 이준익 이창동 임권택 임대형 임상수 임순례 장준환 정윤석 정지우 최동훈 최호 홍상수 허진호……. 사인을 해주신 분들 이름을 하나하나 적다 보니 역으로 왜 아직 안 받았지? 싶은 감독들이 적지 않게 떠오른다. 다시 신발 끈을 고쳐 맨다. 컬렉터는 나그네처럼 길에서도 쉬지 않는 사람이니까.

파이아키아에 외국 감독들 사진은 많지만 한국 감독들 사진은 걸려 있는 게 하나도 없다. 그건 한국영화를 덜 좋아해서가 아니다. 그분들을 거의 모두 어느 정도 직접적으로 알고 있기 때문이다. 개인적으로 알고 있는 예술가의 사진을 걸어두는 것은 내게 어색하고 민망하다. 고레에다 히로카즈를 포함한 몇몇 외국 감독 역시 포스터나 DVD에 받은 사인은 많지만 사진만큼은 걸어두지 않았는데, 이 역시 유사한 이유에서다. 참 알다가도 모를 게 컬렉터의 수줍은 마음.

걸어서 도착한 천국의 해변

13
Pi
arch
ia

영화와 관련한 가장 일반적인 수집품이 포스터와 영화 장면 사진들이라면, 음악과 관련한 가장 일반적인 수집품은 단연 음반이다.

뮤지션의 사인이 담긴 (그룹일 경우 사인을 남긴 멤버들이 가급적 많은) 음반들을 모으는데 바이닐(LP)과 CD가 각각 반쯤 된다. 이 중 좀 더 애착이 가고 수집에도 더 신경을 쓰게 되는 것은 아무래도 바이닐이다.

가로와 세로가 모두 30센티미터가량 되는 바이닐은 재킷 자체가 워낙 큼지막하기에, 힙노시스 같은 창의적 디자인 그룹이 커버 아트를 통해 뛰어난 활약상을 보일 수 있을 정도로 음악을 이미지로 시각화하며 현대 대중예술의 중요한 캔버스 역할을 해왔기 때문이다. (국내에도 출간된 힙노시스의 커버 아트 디자인 책『바이닐. 앨범. 커버. 아트』를 펼쳐보라. 그리고 뮤즈와 나씽 벗 씨브즈, FKA 트윅스와 켄드릭 라마 같은 뮤지션들의 커버 아트를 떠올려보라.)

수집한 바이닐 중에서 특히 아끼는 것들은 음악 수집품들을 집중적으로 모아둔 파이아키아 중앙의 장식장에 전시해두었다. 이곳에 커버 전면을 드러내며 진열할 수 있는 바이닐 개수는 제한적일 수밖에 없기에, 고심에 고심을 거듭한 끝에 결국 기념비적인 음반들 위주로 골라냈다. 마이클 잭슨의 「Thriller」부터 선택했다. 앨범 사진에서 자신이 입은 흰옷 위에 M과 J를 큼지막하게 쓰고 나서 힘차게 휘날린 그의 서명이 호방하다.

통산 7억 5천만 장의 음반 판매고를 기록한 마이클 잭슨은 형제들과 함께 잭슨파이브의 일원으로 데뷔하던 다섯 살 때부터 대단했지만, 특히 「Thriller」 음반이 거대한 히트를 기록하던 20대 중반 무렵엔 실로 굉장했다. 당시 내 친구들은 청소시간에 대걸레로 교실 바닥을 밀 때마다 「Beat It」 후렴구를 불렀고, 개인기를 펼쳐도 되는 시간이 오면 「Billie Jean」의 문워크를 췄다. (좀 더 정확히 말하면 "삐레~"의 반복 소절만을 지겹도록 되풀이했고, 그냥 뒤로 발을 질질 끈 게 전부이면서도 그게 문워크였다고 우겼다. 경식아, 지난번에 얘기 나왔을 때처럼 기억 안 난다고 하지 마.)

마이클 잭슨은 흑인의 소울뮤직과 백인의 록뮤직 사이의 벽을 허물었고, 음악에서 부차적인 것으로 치부되었던 시각적 요소를 극대화해 새로운 길을 열었다. 그리고 지금이야 어셔와 비욘세에서 제이슨 데룰로와 BTS까지 무대 위에서 격렬한 춤을 매끄럽게 소화해내는 뮤지션들이 많아졌지만 마이클 잭슨 이전까지 가수들의 댄스는 많은 경우 몸부림이나 율동 수준이었다. 믿기지 않으면 벅스 피즈나 놀런스, 빌리지 피플이나 도나 서머 등 댄스음악을 생각하면 떠오르곤 하는 마이클 잭슨 이전 댄스 뮤지션들의 공연 장면을 유튜브에서 찾아보시라.

「Thriller」는 전곡이 모두 훌륭한 앨범이었고 멋진 춤들까지 동반한 경우였지만, 1983년 모타운 25주년 기념 공연에서 그가 펼친 「Billie Jean」 무대는 내 생각으론 팝 역사상 최고의 퍼포먼스라고 할 수 있을 것 같다. (가요 역사상 최고의 퍼포먼스로는 서태지와 아이들의 「컴백홈」 무대와 듀스의 「나를 돌아봐」 무대, 그리고 2014년 엠넷 아시안 뮤직 어워즈에서 지드래곤과 태양이 선보였던 「Good Boy」 「Fantastic Baby」 무대가 떠오른다.) 백업댄서조차 두지 않고 혼자 나와서 쓰고 있던 페도라를 던지고 양손으로 빗질을 하는 춤으로부터 시작해, 한쪽에만 흰 장갑을 낀 손으로 마이크를 쥔 채 무대를 종횡무진 리드미컬하게 누비다가 물리법칙에서 벗어난 듯 중간중간 선보였던 문워크까지, 그 현란하고 정교한 무대를 어떻게 잊을 수 있을까. 마이클 잭슨은 몇 년 뒤 「문워커」란 영화의 주연까지 맡았다. 노래 속에 잠깐 등장하는 춤에서 시작한 영화가 만들어질 정도의 인기라니.

그런데 그 얼마 뒤에 의미를 알게 된 이 기가 막히게 멋진 노래의 가사는 정말이지 아스트랄했다. 이 가사를 온 동네 아이들이 다 따라 한 것이었다니. "빌리 진은 내 연인이 아니에요. 그녀가 낳은 아이는 내 아들이 아니랍니다." 어쩌면 유명해진다는 것은 자신이 하지 않은 일들, 했지만 그 의도가 완전히 오해된 일들에 대해 끊임없이 후렴구처럼 부인해야 하는 것인지도 모른다.

마이클 잭슨의 인기에 견줄 만한 명성을 누린 뮤지션은 팝 역사를 통틀어 비틀스와 엘비스 프레슬리 정도밖에 없을 것이다. 그런데 비틀스의 존 레논은 40세에, 엘비스 프레슬리는 42세에, 마이클 잭슨은 50세에 세상을 떠났다. 사인은 저마다 달랐지만 비극적인 죽음은 그들의 명성과 무관하지 않았다.

엘비스 프레슬리는 내게 경험하지 못한 나날에 대한 향수 같은 존재다. 그가 죽고 난 후 한참 뒤에야 팝을 듣기 시작한 나이였기에, 그의 노래를 듣고 그가 출연한 영화들을 보면 그의 스타성이 마치 불변의 신화나 전설처럼 여겨진다. 그렇기에 내게는 더욱 스타로 운명 지워진 사람 같다. 엘비스가 사인한 음반은 두 장 갖고 있다. 하나는 한 면에 한 곡만 담긴 싱글 음반 「Come What May」인데, 아마도 지인인 사람에게 선물했던 듯 "수 아주머니에게, 사랑을 담아, 엘비스"라고 적혀 있다.

또 한 장의 사인 음반은 그가 연필로 뒷면에 서명한 데뷔 앨범 「Elvis Presley」다. 이 음반을 구입하자, 이 수집품의 이전 주인이었던 미국의 엘비스 팬은 자신이 모아온 사진 수십 장을 함께 보내왔다. 흑백 사진들 속 엘비스 프레슬리는 열정적으로 마이크를 잡고 있거나 주위 사람들에 둘러싸여 웃고 있다. 하나같이 젊은 시절이었다. 죽기 전 몇 년간 엘비스는 급격히 불어난 체중과 여러 질병에 시달리며 수십 개의 알약을 집어삼키는 것으로 하루를 시작한 사람이었다.

팝의 역사에는 어찌 된 일인지 유독 27세라는 꽃다운 나이에 세상을 떠난 뮤지션들이 많다. 롤링 스톤스의 브라이언 존스와 도어스의 짐 모리슨, 지미 헨드릭스와 재니스 조플린이 그랬다. 이 중 짐 모리슨과 도어스의 멤버들이 함께 서명한 「The Soft Parade」 앨범을 갖고 있다. 재킷에 실린 사진 자체가 매우 어두운 청색인데, 사인조차 파란색으로 해서 자세히 들여다보아야만 확인이 가능하다. 사실 짐 모리슨의 음악을 진심으로 좋아했던 적은 없었다. 솔직히 말하면 그의 짙은 어둠을 동경했던 시기가 있었던 것뿐이다. 짐 모리슨은 내게 음악보다 그 염세적이고 파격적인 가사로 먼저 상기된다.

27세에 세상을 떠난 뮤지션으로는 에이미 와인하우스도 있고, 너무나 안타깝게도, 샤이니의 종현도 있다.

그리고 너바나의 커트 코베인이 있다. 닐 영의 노래 가사를 인용해서 "서서히 사라지는 것보다는 한 번에 타오르는 것이 낫다"는 말을 남기고 갑자기 떠난 사람. 서울대에서 3년간 시간강사로 학생들을 가르친 적이 있었는데, 종강 때 자유롭게 대화를 나누다 보면 꼭 지금의 대학생들에게 어떤 충고의 말을 해주고 싶냐는 질문이 나왔다. 그러면 그때마다 "녹스는 것보다는 닳아 없어지는 것이 낫다"고 대답했었는데, 지금 생각해보니 커트 코베인의 말과도 상통하는 부분이 있다.

너바나와 관련된 수집품으로는 커트 코베인을 포함한 세 멤버 모두가 서명한 「In Utero」 CD와 베이시스트 크리스 노보셀릭이 서명한 「Nevermind」 바이닐이 있다. (크리스 노보셀릭은 내가 아는 가장 키가 큰 록밴드 멤버다. 2미터가 넘는다.)

물론 커트 코베인이 실제로 사용했던 기타 같은 것을 갖고 있다면 정말 좋겠지만, 그건 너무 엄청난 수집품이라 평범한 컬렉터로서 그런 허황된 꿈은 꾸지 않는 게 건강에 좋다. 커트 코베인이 사용한 기타 중 가장 유명한 것은 그가 죽기 5개월 전 MTV '언플러그드' 공연 때 사용했던 어쿠스틱 기타일 텐데, 이 기타는 그의 사후에 하나뿐인 딸 프랜시스 코베인의 소유가 되었다. 하지만 프랜시스는 록밴드 이리스의 기타리스트 아이사야 실바와의 짧은 결혼생활 후 이혼 소송을 하는 과정에서 상대에게 이 기타를 빼앗기고 만다. 프랜시스가 자신에게 그 기타를 선물했다는 아이사야의 주장을 법원이 받아들였기 때문이다. 이 기타는 2020년 6월 경매에서 무려 72억 원에 낙찰됐다. 커트 코베인과 관련해 안타까워지는 일이 하나 더 늘었다.

내겐 커트 코베인의 이른 죽음만큼이나 충격적이었던 것이 엘리엇 스미스의 죽음이었다. 어린 시절의 학대 경험에서부터 시작해 평생을 우울증과 알코올의존증 혹은 헤로인중독증에 시달렸던 엘리엇 스미스는 그의 삶만큼이나 음울하게 가라앉은 노래들을 통해 내게 역설적으로 위로를 건넸다. 그런 그가 서른네 살이었던 2003년 가을에 스스로 가슴을 여러 차례 찔러서 죽었다는 안타깝고도 기이한 뉴스를 보았을 때, 언젠가 꼭 그렇게 될 것만 같은 일이 벌어진 것 같은 상황에 더없이 마음이 내려앉았다. 더구나 2003년은 봄에 장국영의 믿기지 않는 부고까지 있었던 해였다.

엘리엇 스미스의 노래 중 가장 좋아하는 게 「Waltz #2」다. 이 노래는 그의 사인이 담긴 싱글 바이닐로 가지고 있다. 그의 흔적이 고스란히 남아 있는 이 싱글 음반을 입수한 순간, 손이 떨렸다. 이유도 없이 기분이 처지면서 괜히 우울한 감상에 빠지게 될 때면 이 싱글 음반을 꺼내어 턴테이블에 걸고서 묵묵히 듣고만 있다. 세 박자의 리듬 속에 갇혀 제자리를 맴돌며 속울음을 우는 듯한 슬픔이 노래의 처음부터 끝까지 듣는 이와 공명하는 곡이다. 그 한 곡의 노래가 4분 35초 만에 다 끝나서 턴테이블이 원위치로 되돌아가면 잠시 망설이다가 다시금 카트리지를 레코드판 위에 올려놓는다. 그렇게 몇 번 반복하고 나면 왠지 흐려진 마음에 마침표 하나가 찍히는 기분이다. 「Waltz #2」와 「Bled White」가 함께 담긴 앨범 「XO」 역시 그가 서명한 CD로 함께 갖고 있다.

「Lilac Wine」과 「Hallelujah」 같은 노래를 듣다 보면 어쩌면 이렇게 섬세하게 노래를 부를 수 있는지 감탄하게 되는 제프 버클리나, 「Homecoming Queen」이나 「Morning Hollow」 같은 노래를 듣다 보면 어쩌면 이렇게 슬프게 노래를 부를 수 있는지 놀라게 되는 스파클호스의 마크 린코우스도 안타까운 건 마찬가지다. 이런 목소리를 다시 만날 수 있을까 싶게 매력 넘치는 보컬 능력을 가졌던 에이미 와인하우스도 그렇다.

1센트짜리 실제 동전의 일부를 파내서 뮤지션의 얼굴 형태를 만들어낸 코인 아트 작품들이 주욱 늘어선 것을 보고 시선을 빼앗겨 그중 가장 마음에 드는 네 개를 선택했는데, 나중에 문득 그중 셋이 요절한 뮤지션의 것이라는 사실을 깨닫고 놀라기도 했다. 커트 코베인, 짐 모리슨, 프레디 머큐리, 에미넴 중 에미넴만이 요절하지 않았을 뿐이다. 마음이 끌리는 대로 그렇게 골랐던 것은 우연이었을까. 부디 에미넴만큼은 100세를 넘겨 장수하는 래퍼가 되기를. 그렇게 되면 「Rap God」 같은 속사포 랩은 구사하지 못하시겠지만.

조지 마이클과 프린스는 또 어떤가. 둘은 슈퍼스타로 오랜 세월 많은 사랑을 받았고 큰 인기를 누렸지만 여전히 안타깝다. 조지 마이클은 듀오였던 왬 시절부터 수없이 들었던 뮤지션이었다. 왬의 두 번째 앨범 「Make It Big」은 내 평생 가장 많이 들은 음반 다섯 장 중의 하나였다. 하도 많이 들어서 전곡을 다 따라 부를 수 있다. 그렇기에 왬의 「Make It Big」 음반은 일찌감치 사인본으로 수집해두었다. (왬을 좋아했지만 음악적 기여도가 매우 낮았던 또 다른 멤버 앤드류 리즐리는 안중에도 없었다. 왬이 공연을 할 때 스태프들이 방해만 되는 리즐리의 마이크를 아예 꺼놓았다는 일화까지 있다. 앤드류 리즐리는 철저히 조지 마이클의 재능에 의존해 활동했다. 왬 해산 후 솔로 앨범을 발표했다가 27세에 일찌감치 은퇴한 그는 30여 년이 지난 2019년에 자서전을 냈는데, 그 자서전 제목마저 '왬, 조지 마이클과 나'였다.) 솔로로 독립한 뒤 조지 마이클이 발표한 노래 「Faith」를 들을 때는 그 꽉 짜여진 형식과 모던한 프로듀싱에 탁월한 보컬 실력까지 합쳐진 결과물에 매혹되기도 했다. 엘튼 존과 함께 부른 「Don't Let the Sun Go Down on Me」는 정말이지 사상 최고의 듀엣 라이브 중 하나일 것이다.

프린스는 작곡과 보컬 능력뿐만 아니라 기타 연주 능력도 탁월한 만능 뮤지션이었다. 마이클 잭슨에게만 한동안 취해 있다가 프린스의 「When Doves Cry」를 들었을 때의 충격은 지금도 잊지 못한다. 「Purple Rain」 종반부의 그 처절한 절규나 그 모든 억눌린 감정을 가루로 만들어 허공에 뿌리는 듯한 기타 연주는 또 어떤가.

그들은 모두 너무 일찍 떠났고, 그들의 음악을 따라 듣다가 불현듯 끊겨버린 나는 그저 이명 속에서 허둥댈 뿐이다.

너무 무거운 이야기만 한 것 같다. 그렇다면 역시 노래방 이야기다. 너바나의 최고 히트곡 「Smells Like Teen Spirit」을 한때 노래방에서 불렀다. 이 노래를 정말 불렀다고? 정말 불렀다. 그것도 자주 불렀다. 내가 이 노래 부르는 걸 증언할 수 있는 사람이 100명은 될 거다. 내 나름대로는 커트 코베인 모창을 한다. (내가 생각해봐도 꽤 잘한다. 흠흠.) 성대를 혹사하고 몸의 부피를 크게 부풀리는 느낌으로 3절까지 샤우팅 창법으로 이어가다 보면 그야말로 힘이 쭈욱 빠지는데, 그때 굴하지 않고 최후의 승부수를 준비해야 한다. 이 노래의 가창 성패는 맨 마지막에 오기 때문이다. 이 곡은 엔딩에서 "a denial"을 아홉 번 연거푸 절규하며 외쳐야 한다. 이 부분에 이르게 되면 그야말로 베드로가 예수 그리스도를 새벽닭이 울기 전에 세 번 "부인"하는 것을 다시 세 차례나 더 반복해야 하는 심정으로 자포자기의 멘탈 상태가 되어야 마침내 끝이 온다. 그러고 나면 내 스스로가 이 노래를 불렀다는 사실 자체를 '부인'하고 싶어진다.

「Smells Like Teen Spirit」은 마지막 곡으로 불러야만 하는 노래다. 성시경의 공연에 간 적이 있었는데 그가 이 노래를 공연 첫 번째 곡으로 격렬하게 부르는 것을 보고 깜짝 놀랐다. 저러다 어쩌시려고. 아니나 다를까, 나중에 직접 물어보니 천하의 보컬 능력을 지닌 그도 그날만큼은 공연이 끝날 때까지 고생을 좀 했다고 했다.

그러니 나 같은 평범한 보컬은 절대 무리하지 않고 마지막 곡으로 아껴둔다. 그러곤 이 노래를 부르고 장렬히 산화한다. 이걸 마지막 곡이라고 미리 말하지 않아도 부르고 나면 듣는 사람들도 자연히 안다. 이제 집에 가야 한다는 사실을. 컨디션이 덜 좋은 날엔 「Smells Like Teen Spirit」 대신 격렬하지만 그나마 살짝 힘이 덜 드는 서태지와 아이들의 「필승」을 마지막 곡으로 선택할 때도 있다. 언젠가 한번은 오늘만큼은 컨디션이 우주최강이어서 무슨 노래든 다 할 수 있을 것 같았다. 그래서 「필승」을 부르고 나서 사람들이 적당히 호응해주는 척할 때 자제하지 못하고 내친김에 「Smells Like Teen Spirit」까지 불렀다. 다음 날? 뻗었다. 온몸이 마디마디 저렸다.

가장 잘 보이는 장식장 전면에는 아바, 밥 딜런, 데이비드 보위의 음반도 있다. 아바는 네 멤버 모두 참여한 사인본을 구하느라 시간이 한참 걸렸다. (아바의 「The Winner Takes It All」은 들으면서 따라 부르다가 나도 모르게 눈물을 흘린 적도 있다.) 스티비 원더도 빠질 수 없는 거인이다. 그의 음악을 예전에는 그다지 좋아하지 않았는데 나이를 먹을수록 점점 좋아하게 됐다. (좀 이상한 말이지만 그때는 스티비 원더 특유의 음색이 걸렸다.) 마빈 게이도 그렇다. 둘 모두 역시 굉장하다 싶다. 스티비 원더의 음반 중 가장 좋아하는 「Talking Book」을 마이클 잭슨의 「Thriller」 옆에 나란히 두었다. 앞을 보지 못하는 스티비 원더가 손으로 더듬어서 이 음반에 사인을 하는 광경을 상상해보면 무척이나 감동적이다. 심지어 상당히 멋진 필체다. 요즘 푹 빠져서 듣고 있는 빌리 아일리시의 데뷔 앨범도 이곳에 두었다. 눈동자를 없애서 좀 섬뜩해지는 커버 아트지만, 레이디 가가에서 더 위켄드와 FKA 트윅스까지 요사이 쇼킹한 이미지를 전면에 내세우는 아트워크가 대세니까 이 정도쯤이야. 「bad guy」와 「bury a friend」부터 「all the good girls go to hell」과 「you should see me in a crown」까지, 전곡이 뛰어난 음반을 반복해 듣다 보면, 2001년생인 빌리 아일리시의 재능이 대단하다는 생각이 절로 든다.

바이닐은 그 자체로 일종의 미술작품 같은 느낌이 강해서 적극적으로 전시하게 된다. 6인용 테이블이 놓여 있는 회의공간 옆에는 21세기의 음반 중 커버 아트가 멋지고 음악도 특별히 좋아하는 것들을 밴드 위주로 모아놓았는데, 흡사 내겐 갤러리처럼 여겨진다.

아일랜드 밴드 코다라인과 영국 밴드 나씽 벗 씨브즈는 그 뛰어난 서정성으로 아무리 들어도 물리지 않는다. 「푸른밤 이동진입니다」에서 디제이로 활동할 때 이 두 밴드의 노래들을 정말 많이 들려드렸다.

코다라인의 유장한 노래 「Everything Works out in the End」는 제목에서 풍기는 인상과 정반대의 가사를 담고 있다. "모든 것이 다 잘될 거예요"라는 희망의 곡이 아니라, "모든 것이 다 잘될 거라고 사람들은 말했지만 결국 이토록 큰 상처를 입게 되었어요"라는 좌절의 곡이다. 그래서인지 이 노래의 제목이 연거푸 나오는 후렴구를 조용히 따라 하다 보면 그 문장의 표면에 실린 주문 같은 위로와 뒤에 숨은 말하지 못한 아픔이 뒤섞이면서 체념의 정조를 오히려 극대화한다. 멤버 모두가 서명을 남긴 그들의 음반 「Politics of Living」을 갖고 있는데, 위기의 징후라곤 전혀 없이 마냥 파란 하늘을 배경으로 우산 하나를 낙하산처럼 무망하게 잡은 채 추락하고 있는 커버 아트 속 남자가 그런 정조를 그대로 축약하는 것만 같다. 코다라인을 워낙 좋아해서 그들의 다른 음반 「Coming up for Air」는 CD 사인본으로, 「Honest」는 싱글 바이닐 사인본으로 함께 갖췄다.

나씽 벗 씨브즈도 좋은 곡이 참 많은데 특히 「Lover, Please Stay」가 그렇다. 유튜브에는 이 밴드가 이 노래를 폐허 같은 건물 안에서 연주하고 부르는 라이브 버전이 있는데, 그저 탄식처럼 아름답다는 말을 되풀이할 수밖에 없다. 내가 유튜브에서 아마도 가장 많이 본 영상이 바로 이 뮤비인 것 같은데, 보컬리스트 코너 메이슨은 의자에 앉아 두 손을 호주머니에 넣은 채로 꼼짝도 않고서 노래를 부른다. 처음부터 끝까지 단 한 차례도 두 눈을 뜨지 않는데 그럼에도 불구하고 혼신을 다해 노래하는 그의 표정은 끓어오르는 감정을 고스란히 전하며 짙은 감동을 준다. 격렬히 흔들렸던 시대였기에 MBC FM에서 「이동진의 꿈꾸는 다락방」이나 「푸른밤 이동진입니다」의 디제이를 맡고 있을 때 제대로 방송할 수 없는 상황이 많았다. 「푸른밤 이동진입니다」도 파업으로 정상적인 방송이 몇 달간 중지된 일이 있었는데, 언제 다시 돌아올지 알 수 없는 상황에서 청취자들에 대한 마음을 그대로 담아 마지막 곡으로 선곡했던 게 「Lover, Please Stay」였다.

나씽 벗 씨브즈는 음반 커버 아트가 대단히 인상적이기도 하다. 이 밴드의 사인본을 「Broken Machine」은 바이닐로, 「Nothing but Thieves」는 CD로 갖고 있다. 셀프 타이틀 앨범 「Nothing but Thieves」는 말 한 마리가 흐릿한 실루엣에서 벗어나 현실 속으로 뚫고 들어오는 듯한 모습을, 「Broken Machine」은 도자기 인형처럼 곳곳에 금이 간 여성의 얼굴을 커버 아트로 보여준다. 「Broken Machine」의 경우 백인 여성 버전과 흑인 여성 버전으로 나뉘어 발매되었는데 내게 더 멋지게 다가오는 후자로 수집했다.

영화평론가인데 왜 디제이를 하느냐는 질문을 받을 때마다 "음악을 들려드리는 게 좋아서"라고 답하곤 했다. 맛있는 음식을 맛보게 되면 주위 사람들과 그 식당에 다시 가서 함께 먹고 싶은 마음과 비슷하다. 이때 그들 역시 맛있다고 말해주면 기쁨은 몇 배가 된다. 라디오 프로그램에서 선곡은 기본적으로 피디의 권한이자 임무이지만 음악이 좋아서 디제이를 했던 나는 내 방송에서 선곡에도 어느 정도 참여했다. (그런 디제이의 고집을 품어주었던 MBC와 SBS의 피디분들께 감사드린다. 분에 넘치는 행복을 제게 주셨습니다.)

영화감독이 한 편의 영화를 만들 때 오프닝과 엔딩 장면을 각별히 신경 쓰듯, 라디오 프로그램에서 선곡하는 사람 역시 마찬가지다. 매일의 방송에서도 그렇지만 방송하는 첫날과 마지막 날의 선곡이라면 더욱 그렇다.

MBC FM 「이동진의 꿈꾸는 다락방」 첫날 첫 곡은 비틀스의 「Across the Universe」였다. 이날 폴스 가든의 「Dreaming」과 채퍼퀴딕 스카이라인의 「Heart Shaped Pool」도 들려드렸는데, 때마침 감사하게도 도중에 깜짝 출연을 해준 유희열 씨가 방금 틀었던 채퍼퀴딕 스카이라인이라는 희한한 밴드명을 거론한 뒤 별 이상한 음악을 다 튼다고 장난스레 놀린 적도 있었다. (채퍼퀴딕은 미국 매사추세츠에 있는 작은 섬인데, 에드워드 케네디는 거기서 열린 파티에 참석했다가 돌아오는 길에 차량이 추락해 비서가 죽는 바람에 대통령 선거 출마를 포기해야 했다. 설명하고 보니, 유희열 씨가 놀릴 만도 한 밴드명이다. 그래도 노래는 정말 감미롭다.)

SBS FM 「이동진의 그럼에도 불구하고」의 첫 곡은 세상에서 가장 따스한 위로를 담은 듯한 콜드플레이의 「Fix You」였다. (원래 좋아하던 곡이었는데 「로큰롤 인생」이란 다큐멘터리에서 삶이 얼마 남지 않은 할아버지 할머니들이 이 노래를 부르는 장면을 본 뒤엔 더욱 사무치게 되어서, 가사를 적은 블랙 캔버스에 콜드플레이 멤버들이 서명한 사인본을 기어이 손에 넣었다.) 그날 킹 크레오소트 앤드 존 홉킨스의 「John Taylor's Month Away」도 선곡했는데, 무인도에 딱 다섯 곡만 가져가야 한다면 포함시킬 수 있을 정도로 각별히 아끼는 곡이다. 한 달간 바다로 항해를 떠난 존 테일러란 사내도 그랬을 텐데, 세상일들로 속 시끄럽고 부대낄 때 이 노래를 들으면 그 모든 감정들이 다 부질없게 여겨지면서 일순 평화로워진다. (싱글 바이닐로 이 곡의 사인본을 갖게 되었을 때만큼은 잠시 평화에서 벗어나 샘솟는 기쁨을 누렸다. 이젠 수집도 좀 부질없어질 때가 됐는데.) 「이동진의 그럼에도 불구하고」 자체가 세파에 지친 청취자들에게 딱 그런 느낌으로 다가가길 바랐기 때문이다. 평소 입버릇처럼 쓰던 말을 가져와 내가 직접 지은 '그럼에도 불구하고'란 프로그램명 역시 비슷한 생각이었다. 프로그램명과 관련된 회의를 하게 되어 '설마 이게 되겠어?'라는 마음으로 가볍게 제안했는데 곧바로 채택되어 놀랍기도 했다.

MBC FM 「푸른밤 이동진입니다」의 첫날 첫 곡은 더 보이 리스트 라이클리 투의 「Happy to Be Myself」로 골랐다. 나라서 짜증 나고 나여서 싫은 일들로 가득한 나날들 속에서, '나이기에 행복한' 시간을 만들어드리고 싶어서 선택했다. 듣고 나면 기운이 나고 주변이 밝아지는 곡이어서 더욱 적절했다. (그날은 또 고맙게도 성시경 씨가 깜짝 출연을 해줬는데 성시경 씨니까 망정이지 유희열 씨였다면 또 밴드명 가지고 한참 놀렸을 거다.)

라디오 프로그램의 마지막 방송 날엔 끝내 물리칠 수 없는 어떤 분위기가 있다. 프로페셔널했던 그 많은 디제이들이 마지막에 이르러 감정을 제대로 다스리지 못해 눈물을 보이고 마는 것도 다 이유가 있다. 나 역시 그랬다. 민망했지만 부끄럽지는 않았다.

막방 때 선곡했던 노래들을 들으면 지금도 그날들의 풍경이 선명하게 떠오른다. 「이동진의 꿈꾸는 다락방」의 마지막 곡은 작심하고 시너드 오코너의 「Thank You for Hearing Me」를 들려드렸다. 이유를 계속 달리해가며 고맙다고 수없이 반복해 노래하는 그 곡이야말로 그간 방송을 들어준 청취자들에게 하고 싶은 말의 전부였으니까. 이후 내가 디제이를 했던 방송 프로그램들은 모두 마지막 방송 날 이 곡을 틀어드렸다.

「이동진의 그럼에도 불구하고」 막방 때는 라이언 애덤스의 「I Love You but I Don't Know What to Say」를 선곡했다. (이름이 비슷한 브라이언 애덤스가 아니라 라이언 애덤스다.) 노래 자체가 워낙 애틋한데, 프로그램이 막을 내릴 때쯤 되면 청취자들에게 하고 싶은 허다한 말들이 하얗게 사라지고 결국 이런 제목과 가사를 가진 노래들로만 마음을 전하게 된다. 그리고 막방 마지막 곡은 트렘블링 블루 스타즈의 「I No Longer Know Anything」이었다. 「캐스트 어웨이」를 찍은 피지의 무인도에서 막 해가 뜨는 새벽에 아무도 없는 해변을 거닐며 이 노래를 들은 적이 있었는데 제목 그대로 더 이상 아무것도 남지 않은 채 텅 빈 것 같은 느낌, 그때와도 상통하는 심정이었다. 녹음방송이었던 이날 막방은 5년간 서울 합정역 근처에 있었던 카페 '빨간책방'에서 공개방송 형태로 열렸는데, 카페 안 작은 부스 속에서 방송을 하다가 부스 밖 좌석의 청취자들과 눈이 마주칠 때마다 다시 황망하게 눈길을 돌리곤 했던 게 지금껏 생생하다.

「푸른밤 이동진입니다」 막방에서는 가요가 많이 선곡됐다. 이지형의 「아름다웠네」와 성시경의 「당신은 참」 그리고 브로콜리너마저의 「사랑한다는 말로도 위로가 되지 않는」처럼 슬프면서 아스라한 느낌이 드는 노래들이었다. 그날 오프닝은 톰 웨이츠의 「Closing Time」이었고, 엔딩은 역시 「Thank You for Hearing Me」였다. '푸른밤' 막방은 서울 상암동

MBC 건물의 1층에 있는 가든 스튜디오에서 생방송으로 했는데, 밤 12시에 시작해서 2시에 끝날 때까지 많은 청취자들이 오셔서 스튜디오의 유리창을 통해 안을 들여다보며 응원해주셨던 일은 내 평생 잊지 못할 감사의 이유 중 하나가 될 것이다. 그렇게 마지막 곡을 내보내고 제작진과 인사를 나눈 후 감사한 마음에 건물 밖으로 나가서 그때까지 남아 있던 청취자분들과 일일이 악수를 나누며 이별했다.

「이동진의 그럼에도 불구하고」에선 '취향의 비무장지대'라는 슬로건을 내걸었는데, 아닌 게 아니라 내가 했던 라디오 프로그램들은 정말 저마다의 취향이 평화롭게 공존하며 서로에게 귀를 열었던 비무장지대 같은 방송들이었다고 믿고 싶다.

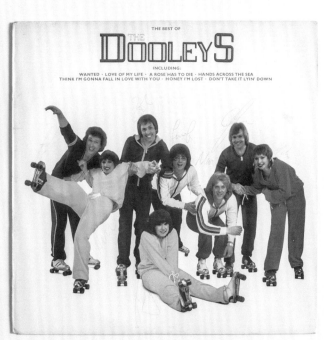

물론 초등학교 때도 가요와 팝을 들었다. 텔레비전의 쇼 프로그램을 즐기기도 했다. 하지만 내가 제대로 대중음악에 푹 빠진 것은 영국 팝 그룹 둘리스가 처음이었다. 우연히 텔레비전에서 둘리스가 「Wanted」를 부르는 모습을 보는 순간(그땐 그게 무슨 소리인지도 몰랐지만), 화려한 신시사이저와 함께 도입부부터 터져 나오는 여성 싱어들의 강력한 보컬과 귀에 쏙쏙 꽂히는 멜로디에 흡사 감전되는 것 같았다. 단 한 번의 등장으로 나를 사로잡았던, 둘리스가 음악에서의 내 첫사랑이었던 셈이다. 어디서 또 비틀스의 명성은 들어본 적이 있어서, 나는 그때 둘리스가 비틀스만큼 유명한 밴드인 줄 알았다.

사실 둘리스는 실력을 크게 인정받는 그룹도 아니고 팝 음악사에 족적을 남긴 팀도 아니다. 미국에는 전혀 알려지지 않았고 모국인 영국을 비롯한 몇몇 나라에서 히트곡 몇 곡을 남긴 정도인데, 그나마 「Wanted」가 싱글차트 3위까지 올라간 게 최고 기록이다. 하지만 동아시아에서 이 곡의 인기는 대단했다. 당시 일본에서 10주간 1위를 차지하며 대히트했는데, 한국에서도 굉장했다. 「Wanted」를 너무나 따라 부르고 싶었지만 영어를 전혀 몰랐기에, 함께 열광하던 친구들과 함께 가사를 들리는 대로 한글로 적어서 외웠다.

여기까지 읽으니, 조혜련 씨가 떠오르시죠? 그렇다. 나와 내 친구들만 그랬는 줄 알았는데 그건 비슷한 시기에 어린 시절을 보냈던 한국인들의 집단적 문화충격이었던 셈이다. 2005년에 조혜련이 「Wanted」를 황당하게 리메이크한 「아나까나」란 제목의 디지털 싱글을 냈을 때, 나는 무대 위에서 뻔뻔하게 무지막지한 엉터리 가사로 노래하는 그를 보며 반가웠고 웃겼으며 경악했고 부끄러웠다. 민망해서 차마 끝까지 볼 수가 없었다. 아닌 게 아니라 그 곡은 KBS에서 방송불가 판정을 받기도 했다. '수준 미달'이 사유였다. 하지만 그 시절, 나 역시 그랬다. "You're the kind of guy that I gotta keep away"라는 「Wanted」 도입부 가사가 조혜련에겐 "아나까나 까나리 까니 키퍼웨이"로 들렸지만 그때의 내겐 "요니카니 카나니 카나 키포웨이"로 들렸을 뿐이다. 그렇게 적어서 달달 외웠다. (그런데 이 글을 쓰느라 유튜브에서 15년 만에 다시 조혜련이 이 노래를 부르는 모습을 찾아봤는데, 기억보다 고퀄 라이브라서 다시 놀랐다. 민망함을 참고 그렇게 소화하다니, 어쨌든 대단한 프로페셔널이기도 했다.)

나의 음악 사랑 첫걸음에 놓인 곡이라 「Wanted」는 멤버들의 사인으로 양면이 뒤범벅된 싱글 바이닐로 갖고 있다. (대가족 그룹이라 둘리스가 멤버들이 좀 많다.) 이걸 턴테이블에 올려놓고 들으면 곧바로 어린 시절로 돌아가서 그때 함께 그 노래를 부르던 친구들의 표정까지 떠오를 정도다.

「Wanted」뿐만이 아니다. 둘리스의 노래들을 지금도 종종 듣는다. 주로 베스트 앨범을 틀어놓는데, 「Wanted」뿐만 아니라 「Love of My Life」 「Stone Walls」 「The Dancer」 등 즐길 만한 곡이 꽤 많다. 특히 「Don't Let Me Be the Last to Know」나 「A Rose Has to Die」는 「Wanted」만큼이나 아낀다. 그들의 음반에 대해 역작이나 걸작이라는 표현을 쓸 순 없겠지만, 충분히 달콤하고 충분히 멋지다. 나이가 들어갈수록 다양한 취향에 대해 마음을 열게 되고, 타인의 취향에 대해 적대감을 드러내지 않게 되는 것은 참으로 다행스러운 일이다. 그러니까 우리에게 필요한 것은 다시금, 취향의 비무장지대.

취향에 대해서 이야기하자니, 고등학교 때 일이 떠오른다. 우리 반이 어학실습실 청소를 맡은 날이었다. 지겹고 지루한 일이라 창문을 닦다가 나도 모르게 노래를 흥얼거렸다. 그러자 바로 옆에서 또 다른 창문을 닦던 같은 반 친구가 나를 경멸에 가득 찬 눈으로 째려보면서 말을 내뱉었다. "겨우 에어 서플라이였어?"

그때 나는 에어 서플라이의 노래를 부르고 있었는데(확실하진 않지만 「Even the Nights Are Better」나 「Lost in Love」였던 것 같다), 그 친구가 보기에 에어 서플라이는 대중적인 발라드나 부르는 수준 낮은 밴드였기 때문이다. 당시 음악을 좀 듣는다고 하는 친구들은 모조리 헤비메탈에 빠져 있었다. 특히 우리 반에선 주다스 프리스트 파와 블랙 새버스 파가 날마다 거의 싸우듯 논전을 벌였다. (왜 하필 그 두 밴드였는지는 나도 모른다. 나를 경멸했던 그 친구는 주다스 프리스트 파의 리더였다.) 그런데 양쪽 어디에도 속하지 않았던 나는 주말마다 음반을 사러 청계천에 가는 게 소문이 나는 바람에 친구들 사이에서 암암리에 상당한 고수로 알려지게 되었다. 누굴 좋아하는지 질문 받을 때마다 공연히 취향 때문에 충돌하는 게 싫어 적당히 얼버무렸기 때문에 다들 내가 어떤 희귀한 밴드를 좋아하는지 궁금해하곤 했다. 그런데 세상에나 세상에나, 그 절정 고수라는 인간이 부르는 게 에어 서플라이라니, 뭐 이런 스토리였던 것이다.

글쎄. 그때도 그렇고 지금도 그렇지만 이 문제에 대해서 내 견해는 완전히 다르다. 핑크 플로이드도 좋지만 에어 서플라이도 좋다. 포커파인 트리도 좋지만 카밀라 카베요도 좋다. 정차식도 좋지만 성시경도 좋다. 안드레이 타르코프스키도 좋지만 해롤드 래미스도 좋다. 「사탄 탱고」도 좋지만 「총알 탄 사나이」도 좋다. 『백년 동안의 고독』도 좋지만 『7년의 밤』도 좋다. 핑크 플로이드를 즐긴다고 해서 에어 서플라이를 즐기지 못한다면, 그것도 참 안타까운 일이다. 그 달콤한 멜로디와 깔끔하고 파워풀한 에어 서플라이의 메인 보컬 러셀 히치콕의 음색을 즐길 줄 모르시다니. 세상을 향해 나 있는 창문은 수도 없이 많을 텐데, 그 창문 중 몇 개만 열어놓고 답답하게 살고 계시는 건 아닐까.

내 돈을 내고 처음 샀던 음반은 쥬스 뉴튼의 앨범 「Juice」였다. 둘리스로 시작해서 닥치는 대로 이것저것 듣다가 쥬스 뉴튼의 노래 「Queen of Hearts」와 「Angel of the Morning」이 귀에 연이어 꽂혔기 때문이다. 동네 레코드숍에서 쥬스 뉴튼의 레코드판을 사 들고 돌아오던 날, 설레면서도 아쉬웠다.

왜냐하면 집에 레코드판을 틀 수 있는 오디오가 없었기 때문이었다. 음악을 틀 수 있는 기기라곤 당시 우리 집에 카세트테이프 레코더밖에 없었다. (하도 많이 들어서 그 카세트테이프 레코더의 모델명이 지금까지 생각난다. 아직 LG가 아닌, '금성'에서 나왔던 TCR-433이었다.) 레코드판을 틀 수 있는 오디오도 없는데 얼마나 갖고 싶었으면 레코드판을 먼저 사 들고 들어오다니. (블루레이 플레이어가 없는데도 블루레이 디스크를 모으는 사람을 얼마 전에 본 적이 있는걸 보면, 뭐 다들 그러는 건가 싶어지기도 한다.)

쥬스 뉴튼의 사인본 「Juice」를 주문했더니 이전 소장자가 직접 적어 넣은 편지가 함께 도착했다. 손자까지 둔 할아버지인 듯한 그 오래된 미국의 쥬스 뉴튼 팬이 보낸 편지에는 이 음반에 대한 오랜 애정과 그럼에도 불구하고 팔 수밖에 없는 현재의 사정이 담겨 있었다. 그러면서 이제 이 음반이 자신을 떠나 쥬스 뉴튼에 대한 추억을 지닌 또 다른 팬에게로 갈 수 있게 된 것은 더없이 다행스러운 일이라고 했다.

편지를 읽고 있자니 음반과 수집자 사이의 세월 수십 년이 함께 읽히면서 그의 추억의 역사가 내 추억의 역사에 덧대어 이어지는 듯한 느낌이 들었다. 그건 서로 얼굴을 몰라도 컬렉터들 사이에서 느낄 수 있는 일종의 동지애나 연대감 같은 것이었다. 각국의 컬렉터들과 소위 거래를 해보면, 그런 감정이 생길 때가 종종 있다. 환자는 환자를 알아채고, 선수는 선수를 알아본다. 그리고 나만이 아니라는 것을 재확인하고 미소 짓는다. 그걸 재확인했으니 이젠 또, 마이클 잭슨의 「You Are Not Alone」 싱글 바이닐을 수집해야 하는 건가.

JOHN AND HEIDI SABIA

34 OLD PARK LANE ROAD

NEW MILFORD,CT. 06776

I want to take the time out to thank you for buying part of my history. I have been collecting vinyl since I was 14 years old, I am now 60. I had 2 daughters who grew up listening to all this good music.Unlike us they do not play records,but they still love the music.They grew up with thier house looking like the "Hard Rock Cafe." I also have 5 granddaughters who love music and The Beatles.I am selling off my personal collection minus what my children and Grandchildren have requested............

SO TAG YOUR IT,IT'S YOUR TURN TO TAKE CARE OF THIS PIECE !

Thanks agian

John

쥬스 뉴튼의 레코드판을 사 들고 들어오면서 더 큰 결심을 했다. 레코드판을 틀 수 있는 오디오를 사야겠다고 다짐한 것이다. 당시 우리 집은 경제적 상황이 평균을 밑돌았기에 중학생이었던 나의 용돈이라고 해봤자 얼마 되지도 않았다. 그걸 아껴 모아봤자 인켈이나 에로이카처럼 당시에 인기를 끌던 완제품 전축을 사려면 언제쯤 가능할지 가늠조차 되지 않았다. 목마른 자는 우물을 판다. 결국 싸구려 중고제품을 사기로 했다. 그것도 턴테이블과 앰프와 스피커를 따로 값싸게 구매해서 한데 연결해보는 방식으로. (가장 값비싼 오디오 구성도 이 같은 방식으로 한다는 게 아이러니다. 이를테면 비교체험 극과 극.)

그런 최적의 우물이 있었으니, 바로 원자폭탄 빼고는 다 구할 수 있다고들 당시에 말했던 청계천이었다. 어느 토요일 오후에 그동안 긁어 긁어 모아둔 돈을 모두 들고 비장한 마음으로 청계천에 갔다. 가게도 따로 없어서 온갖 기기와 부품들을 늘어놓은 좌판을 돌며 턴테이블과 앰프와 스피커를 사려고 했다. 아예 말도 섞으려 하지 않는 상인들도 많았다.

절박하면 뻔뻔해진다. 그러거나 말거나 무조건 아저씨들에게 말을 붙인 뒤 흥정도 하고 사정도 했다. 내가 음악을 얼마나 사랑하는지 장광설을 늘어놓기도 했다. 듣는 아저씨들은 얼마나 황당했을까. 결국 그 오후가 다 끝나갈 무렵에 마침내 한정된 예산으로도 그 셋을 전부 다 살 수 있었는데, 막상 그렇게 성공하고 나니 그때부턴 집에 가서 틀면 과연 음악이 나오긴 할까 싶은 걱정이 계속 들었다. 다 합쳐서 레코드판 열 장 조금 넘는 값밖에 안 되는, 그야말로 말도 안 되는 헐값의 제품들이었기 때문이다.

그런데 나왔습니다, 나왔어요! 음악도 안 듣는 형이 계속 툴툴거리며 고생 좀 했다. 마침내 턴테이블이 돌기 시작하고 그 위에서 함께 돌던 쥬스 뉴튼의 바이닐 위에 카트리지가 놓이는 순간, 첫 곡 「Angel of the Morning」이 흘러나왔다. 그야말로 천사의 목소리처럼 느껴졌다. 그 자리에서 A판을 듣고 다시 판을 뒤집어 B판마저 다 들었다. 그 자체로 마법 같았다. 마지막 곡은 「The Sweetest Thing」이었는데, 세상사에 불만투성이였던 중학생에게 그야말로 세상에서 가장 달콤한 순간이었다.

팝에 본격적으로 빠져들면서부터는 주말마다 청계천에 갔다. 당시엔 국내에 라이선스 형태로 소개되는 외국 음반들이 그다지 많지 않았는데, 청계천이나 세운상가에 가면 아직 국내에 소개되지 않았거나 소개될 조짐이 없는 팝 음반들이 해적판의 형태로 대량 공급되었기 때문이다. (영화도 그랬다. 그 몇 년 후 내가 타르코프스키에 빠진 것도 해적판 비디오를 통해서였다. 책 역시 정식 출간계약을 맺지 않고 출간하는 경우가 많아서 인기 있는 책은 출판사마다 다른 번역으로 우르르 쏟아지기도 했다.) 게다가 해적판은 라이선스로 정식 출반된 제품보다 가격이 훨씬 쌌다.

그리고 또 하나의 이점이 더 있었다. 독재정권하에서 수많은 노래들이 걸핏하면 '금지곡'으로 지정되는 바람에 국내에서 음반을 사면 빠진 곡들이 많았다. 퀸의 「Bohemian Rhapsody」도, 핑크 플로이드의 「Brain Damage」도 모두 금지곡이었다. 전자는 권총을 쏘는 대목이 가사에 나온다는 이유로, 후자는 허무주의라는 이유로 금지였다. 세상에, 그게 허무주의라고 누가 말할 수 있으며, 또 음악이 허무주의를 담았다고 해서 어떻게 금지할 수 있을까. 정말 허무한 이유가 아닐 수 없었다.

청계천에 가게 되면 그런 해적판 바이닐을 전문적으로 판매하는 가게를 내 나름의 순서에 따라서 차례로 순례했다. (그중 돌 레코드와 장안 레코드는 놀랍게도 아직까지 영업을 하고 있다. 물론 지금은 해적판을 팔지 않는다.) 꼬박꼬박 사 모아서 고등학교 2학년 때 수집한 레코드판이 이미 1천 장을 넘겼다. 돈이 없어도 갔다. 새로 나온 바이닐들을 하나씩 넘겨보면서 구경만 해도 좋았다.

그러던 어떤 날, 순례를 거의 다 마칠 시간에 길 레코드에서 샬린의 음반을 발견했다. 해적판 중에서도 낡은 중고음반들을 따로 거리에 그대로 쌓아둔 더미에서였다. 샬린의 「Rainbows」는 당시 내가 라디오에서 우연히 듣고 카세트테이프에 녹음한 형태로 거의 매일 듣다시피 하던 곡이었다. 바닷가 파도 소리와 갈매기 울음소리가 함께 어울리는 가운데 샬린이 천상의 허밍으로 서서히 페이드아웃하는 그 노래 종반부를 듣다 보면 세상에서 가장 낭만적인 바다 풍경이 저절로 눈앞에 펼쳐졌다. 내가 알기로 샬린은 흑인음악의 명가인 모타운 레이블에서 최초로 음반을 낸 백인 가수였는데, 큰 히트곡이 없고 아는 음악 팬들 역시 별로 없었기에 아무리 해적판이라도 국내에서 찾을 순 없을 것 같아 일찌감치 포기했다. 그런데 그 음반을 거기서 발견한 것이었다.

문제는 그날 그 시간엔 내가 가져간 돈을 이미 다른 레코드판을 사는 데 다 써버렸다는 사실이었다. 내 수중엔 청계천에서 성수동 집으로 돌아가기 위해 남겨둔 버스비밖에 없었다. 먼저 산 레코드판을 이전 가게에서 환불해보려고 시도했지만 냉정하게 거절당했다. 어떻게 해야 하나. 딱 한 장 꽂혀 있었던 그 앨범이 다음에 왔을 때 그대로 있을 것 같지 않았다. 결국 버스를 타는 대신 그 음반을 샀다. 그러곤 청계천에서 성수동까지 몇 시간을 꼬박 걸었다. 늦은 오후에 출발했기에 저녁까지 굶고 걸었다. 다리가 너무 아팠다. 그런데도 걷는 중간중간 계속 웃음이 났다. 밤늦게 간신히 도착했기에 집 앞에 있던 쓰레기통 뒤에 음반을 숨겨놓고 들어가서 먼저 야단을 맞고 (진짜 혼났다) 다시 나와 음반을 챙겨서 안으로 들어갔다. 그러곤 방을 같이 썼던 형의 투덜거림도 아랑곳없이 턴테이블에 그 앨범을 걸고 다리를 주무르며 「Rainbows」를 들었다. 걸어서 도착한 천국의 해변이었다.

음악에 관해 짜릿할 정도로 행복했던 경험을 연이어 떠올리고 있자니 고교 시절에서 세월을 훌쩍 뛰어넘어 2011년 봄으로 가게 된다. 미국 듀오 애저 레이의 내한공연에 갔는데, 황송하게도 그들과 국내 뮤지션 몇 분만 소담하게 모이는 뒤풀이 자리에 초대됐다. 워낙 좋아하는 그룹이라 공연만으로도 충분히 짜릿했는데 뒤풀이라니, 직접 만나 이야기를 나눌 수 있다니. 내 전문 분야인 영화 쪽이라면 몰라도, 음악 쪽에선 이런 행운을 누린 적이 거의 없었기에 의외였고 신기했다.

그날 내가 초대될 수 있었던 것은 그 내한공연을 주최한 레이블에서 컴필레이션 음반을 낸 적이 있었기 때문이다. 『필름 속을 걷다』와 『길에서 어렴풋이 꿈을 꾸다』라는 영화여행 에세이집을 내고 나서 그 영화여행을 테마로 내가 직접 선곡한 편집 음반이었는데, 그 음반을 내는 과정에서 여러 차례 이야기를 주고받았던 레이블 관계자분이 내가 애저 레이 팬이라는 것을 기억해서 그런 만남의 기회를 선물해주신 것이었다. (다시 한번, 자꾸 소문을 내고 다녀야 기회가 온다.)

홍대입구 근처의 작은 카페에 들어섰는데, 애저 레이의 공연이 끝나고 이미 밤 10시를 훌쩍 넘긴 그 늦은 시간에 10여 명이 앉아 있다가 반갑게 나를 맞아주었다. 그리고 그로부터 두 시간가량 동석한 소규모 아카시아 밴드나 어른아이 같은 국내 뮤지션들과 애저 레이 두 멤버가 교대로 기타를 잡고 편안하게 노래를 주고받는 분위기 속에서 많은 이야기를 자연스럽게 나눴다. 애저 레이에 대해서라면 사실 나처럼 열렬한 팬도 드물 것이어서 (흠흠) 대화를 나눌수록 두 멤버 오렌다 핑크와 마리아 테일러가 모두 매우 반가워하며 흔쾌히 마음을 열기도 했다. 자리를 마칠 때쯤엔 당연히도, 준비해간 애저 레이의 CD들에 가득한 정성으로 써주는 사인을 받았다. 두 멤버는 애저 레이 티셔츠를 꺼내어 함께 사인한 뒤 선물로 주기도 했다. 음악과 대화와 사인본 수집이 환상적으로 어우러지는, 팬이 누릴 수 있는 최상의 꿈같은 시간이었다. 그러니까, 덕질은 결국 보상받는다. (여기까지 쓰다가 못 참고 애저 레이의 CD를 꺼내와서 「Raining in Athens」를 듣는다. 멜랑콜리한 분위기의 궁극이다.)

세상은 넓고 좋아하는 밴드는 많다. 핑크 플로이드나 비틀스 혹은 슈퍼트램프나 맨프레드 맨스 어스 밴드는 너무 오래전 밴드이고, 코다라인이나 나씽 벗 씨브즈는 너무 신인급들이며, 선 오브 더 벨벳 랫이나 데빅스는 너무 마이너한 밴드들이라고 한다면, 자신 있게 플레이밍 립스와 로우 그리고 브라이트 아이즈와 마이 모닝 재킷 얘기를 해야겠다. 정말 아끼는 그룹들이니까.

플레이밍 립스 공연이 있다길래 큰맘 먹고 일본에서 열리는 써머 소닉 페스티벌까지 쫓아간 적이 있다. 공연의 절정에서 「Yoshimi Battles the Pink Robots Part 1」의 도입부가 연주되기 시작하자, 드디어 이걸 듣는구나 싶은 심정에 극도의 흥분상태가 됐다. 지구를 침공한 핑크 로봇에 맞서서 무술 유단자인 소녀 요시미가 싸우는데 그 뒤에는 또 이상한 사랑 이야기가 섞여 있기도 한, 정말이지 황당하고 만화적이면서 낭만적이고 또 슬프기까지 한 가사와 멜로디와 편곡 스타일의 그 노래를 내가 너무나 사랑하기 때문이었다. 플레이밍 립스는 그 직전에 파란색 대형 풍선 수십 개를 객석으로 쏟아부었는데, 덕분에 그 노래를 부르는 내내 풍선들이 청중의 머리 위로 내려앉았다가 사람들이 다시 손을 쳐올리면 솟구치기를 반복하며 공연장을 온통 통통 날아다녔다. 장난기 많은 리더 웨인 코인은 그 풍선들 중 하나의 내부에 들어가 관객들 머리 위로 이리저리 굴러다니기도 했다. 성룡의 영화 「용형호제」에서나 볼 수 있었던 광경이었다.

그런 비현실적인 상황 속에서 플레이밍 립스와 청중들 그리고 그 속의 나는 "오 요시미, 사람들은 내 말을 믿지 않지만, 너는 분명히 그 사악한 로봇들이 날 해치우도록 내버려두지 않을 거야"라는 그 곡의 후렴구를 목이 터져라 부르고 또 불렀다. 커다란 파란 풍선들과 기이한 가사의 반복 구절과 모든 사람이 한목소리로 외쳐대는 멜로디가 끝도 없이 되풀이되던 그 어느 순간, 이대로 지구의 종말이 와도 나쁘지 않겠다는 생각이 문득 들었다. 수도 없이 콘서트를 다녔지만 그런 역설적인 감정을 느낀 것은 그때가 처음이자 마지막이었다. 그 이후 플레이밍 립스는 단독 내한공연도 했는데, 그 콘서트에도 가서 마음껏 즐겼지만 이전 같은 감정까지는 이르지 못했다.

악기별로 나눠서 녹음된 네 장의 음반을 동시에 플레이해야 곡을 온전히 들을 수 있도록 한 「자이레카」 앨범을 포함해 별별 희한한 실험을 다 하는 플레이밍 립스는 희대의 괴짜 아티스트인 리더 웨인 코인이 이끄는 밴드다. 그런데 웨인 코인은 괴짜이면서 엄청난 재능을 지닌 예술가일 뿐만 아니라 귀엽고 따뜻한 사람이기도 했다.

그날 써머 소닉 페스티벌에서 공연했을 때 플레이밍 립스 이전에 무대에 오르도록 되어 있던 팀은 영국 밴드 킨이었는데, 그날 킨이 갑작스럽게 공연을 펑크내서 기다리던 청중들을 실망시켰다. (심지어 CD를 샀을 때 끼워준 킨의 티셔츠를 입고 그 공연에 갔던 나는 어땠겠는가.) 공연 취소 방송에 망연자실해서 청중들이 우왕좌왕하고 있을 때, 그다음 순서로 연주할 예정이던 플레이밍 립스가 예정된 공연 시간을 한참 앞둔 상황임에도 서둘러 무대에 올라왔다. 청중들이 놀라서 환호하면서도 어찌 된 영문인지 궁금해할 때, 웨인 코인이 마이크를 잡고서 "여러분들이 실망하신 것 같아 저희라도 위로를 드리려고 먼저 올라왔어요. 혹시 이 중에서 「Somewhere Only We Know」 부를 줄 아시는 분?"이라고 외쳤다. 그 노래는 공연이 취소된 킨의 히트곡이었는데, 자신들은 그 곡을 연주는 어느 정도 할 수 있지만 가사까진 모른다면서 즉석에서 보컬리스트를 모집한 것이었다. 곧 용기를 낸 누군가가 무대 위로 올라갔고, 밴드는 그 팬의 노래에 맞춰 「Somewhere Only We Know」를 연주함으로써 상심한 킨의 팬들 마음을 대신 달래줬다. 그 노래가 끝난 후엔 즉석에서 「Bohemian Rhapsody」를 자신들 스타일로 부르고 "이제 조금만 더 기다리셨다가 다시 만나자"는 말과 함께 무대에서 사라졌다.

뮤지션의 경우에는 사진까진 모으지 않는 편인데, 플레이밍 립스는 네 멤버의 사인이 담긴 것으로 제대로 갖췄다. 그들의 서명이 되어 있는 책과 공연티켓과 바이닐 박스세트와 CD도 있다.

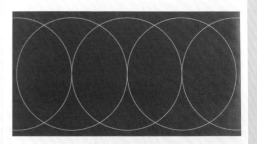

플레이밍 립스의 웨인 코인은 그림까지 덧붙여가면서 사인도 매우 유쾌하고 요란하게 하는 사람이라 수집이 더 재미있기도 하다. 커버 아트에 그려진 인물로부터 말풍선을 끌어내 사인받는 사람의 이름을 친근하게 부르는 것처럼 표현하고, "평화와 펑크록"이라는 글귀를 덧붙인 뒤, 텔레토비 속 한 장면을 연상케 하는 태양 그림까지 그려 넣는다. 사인만 봐도 그의 성격을 알 수 있을 듯한데, 말하자면 웨인 코인은 권태란 게 뭔지 알 수 없을 것 같은 사람일 듯하다.

켄드릭 라마나 와킨 피닉스처럼 지나치게 간단한 사인을 하는 사람도 있지만, 웨인 코인처럼 사인 자체가 흥미로운 사례도 꽤 있다. 스피리추얼라이즈드의 스페이스맨은 늘 물음표를 트레이드마크처럼 함께 붙이고, 라디오헤드의 톰 요크는 스마일 캐릭터를 덧붙인다. 고레에다 히로카즈 감독은 발까지 달려 있는 스마일 캐릭터를 그려준다.

받는 사람이 누구냐에 따라서 사인 글귀가 장난으로 적나라해지기도 하는데, 함께 작업했던 친한 음악 스태프와 헤어지면서 모과이의 멤버들이 바이닐 커버에 적어준 지나치게 친근한 서명과 글귀들을 보면 잠시 아득해지기도 한다.

앨런 스파호크와 미미 파커 부부가 이끄는 밴드 로우의 공연은 미국 로스앤젤레스에서 볼 수 있었다. 미국 체류 당시 집에서 10분도 안 되는 공연장에서 콘서트를 했기에 가벼운 마음으로 걸어가서 봤다. 로우는 미국에서도 큰 인기를 끌고 있는 밴드가 전혀 아니어서 작은 공연장에 기껏 200명 정도의 청중들만 스탠딩으로 관람을 했는데, 그들 사이에 섞여서 (공연장 뒤의 바에서 파는) 칵테일을 마시며 평화롭고 행복하게 관람했다. 술에 취한 팬 한 명이 무대를 향해 간간이 소리를 지르며 시비를 걸기도 했는데 스파호크는 아랑곳하지 않고 멋지게 공연을 마쳤다. 그들의 앨범 중에서도 「Trust」를 가장 좋아하는데, 그날 그 앨범 수록곡들인 「Time Is the Diamond」를 부를 때는 그 애상적인 아름다움에 살짝 울컥했고, 「La La La Song」을 부를 때는 들어 올린 두 손을 좌우로 물결처럼 연신 흔들어댔다. (그 노래를 들으면 누구나 그런 동작을 저절로 하게 된다.)

브라이트 아이즈 콘서트도 로스앤젤레스에서 봤는데, 공연장에 도착해보니 다른 콘서트들과는 달리 거의 모든 청중이 커플이라서 이상했다. 어쩐 일인가 싶었는데 그날이 2월 14일, 밸런타인데이라는 걸 뒤늦게 깨달았다. 살짝 떨리는 특유의 목소리로 리드 보컬리스트 코너 오버스트가 서정성 넘치게 노래하며 이끄는 밴드의 공연을 밸런타인데이에 남자 혼자 앉아서 보고 있는 게 특이했던지, "혼자 왔어요?"라는 질문을 그날 두 번이나 받기도 했다. 예전에 국내 밴드 넬의 스탠딩 공연에 갔다가 나 빼고 전부 여성들인 것 같은 상황에 당황했던 기억도 났다. 그래도 그날 코너 오버스트는 공연이 끝날 때쯤, 무슨 하드록밴드 기타리스트라도 되는 듯 기타를 부수는 퍼포먼스를 펼치기도 했다. 다만, 그렇게 과격한 퍼포먼스를 선보이는데도 옆에 앉았던 여자는 계속 웃으며 "너무 귀여워"를 연발했다.

짐 제임스가 이끄는 마이 모닝 재킷도 대단한 밴드다. 그들의 노래 「Don Dante」는 먼저 세상을 떠난 누군가를 꿈에서 만나는 이야기인데 세상에서 가장 처절한 보컬 창법과 기타 주법을 후반부에서 만날 수 있다. 예전에 어느 기자와 인터뷰할 때 본인의 삶이 영화로 만들어지는 상황을 가정해본다면 어떤 곡을 영화음악으로 쓰고 싶냐는 독특한 질문을 받은 적이 있다. 그때 내 대답은, 다른 건 모르겠고 주인공이 죽거나 사라지는 장면에서만큼은 7분 59초나 되는 긴 곡 「Don Dante」를 전 분량 다 쓰고 싶다는 것이었다. 「Don Dante」 역시 무인도에 가져갈 다섯 곡 중 하나인, 그야말로 베스트 오브 베스트인 곡이다. (두 번째로 이 표현을 썼으니, 나머지 세 곡이 뭔지 좀 생각해봐야겠다.) 이 정도이니 마이 모닝 재킷의 음반 세 장과 짐 제임스의 솔로 음반 두 장을 사인본으로 가지고 있는 것도 무리한 중복 수집은 아닐 것이다.

하지만 마이 모닝 재킷의 공연은 아직 볼 기회가 없었다. 좀 더 오래 살아야 하는 이유 중 하나다. 그들이 내한공연을 한다면 정말 만사 다 제쳐두고 갈 텐데, 한국에 팬들이 별로 없는 밴드라서 과연 가능할지 모르겠다. 한숨.

내한공연을 가장 기다리는 것은 마이 모닝 재킷이지만, 어디 그들뿐인가. 로저 허지슨, 돈 맥클린, 크리스 디 버그, 마돈나, 브루스 스프링스틴, 오엠디, 포커파인 트리, 톰 웨이츠, 닉 케이브, 새라 맥라클란, 스피리추얼라이즈드, 조애나 뉴섬, 그리고 이미 왔지만 공연을 놓쳤던 더 위켄드, 빌리 아일리시, 나씽 벗 씨브즈, 브루노 마스 등등등. 아, 열심히 살겠습니다.

14

Pi
+
arch
×
ia

FRÉDÉRIC CHOPIN: ÉTUDES OP. 10 & OP. 25
Maurizio Pollini, Piano

다시 어린 시절로 돌아가면 뭘 해보겠냐는 질문을 받을 때면 악기를 배우겠다고 말하곤 한다. 파이아키아에서 혼자 작업을 할 때면 대부분 음반을 틀어놓을 정도로 음악을 좋아하면서도 제대로 다룰 줄 아는 악기가 없다는 게 후회스럽다.

특히 피아노를 치고 싶은데, 그건 동생과 관련이 있다. 동생은 어려서부터 피아노를 굉장히 좋아해서 가정 형편상 레슨이 어려웠는데도 전공으로 삼고 싶어 했다. 중고등학교 시절 동생은 매일매일 지독할 정도로 연습에 매달렸다. 처음엔 좁은 집 안에서의 반복적인 피아노 연주가 신경 쓰였는데, 나중엔 생활의 리듬이 되었고 일상의 위로가 되었다. 마음이 끌리면 종종 동생이 치는 피아노 바로 옆에 누워서 한동안 듣기만 했다. 말 그대로 사운드가 몸 전체로 고스란히 흡수되는 기분이었고 내가 음악의 공명체가 되는 느낌이었다. 아무래도 베토벤과 쇼팽을 가장 많이 들었는데 특히 동생이 연주하는 베토벤 피아노 소나타 14번 '월광', 그중에서도 3악장은 하도 많이 들어서 흡사 내가 연주를 하는 듯이 느껴지기까지 했다. (사실 동생이 빠르게 손가락으로 연주할 동안 나는 그 멜로디를 입으로 정신없이 따라 연주했다.)

그러다 보니 팝이나 가요 정도는 아니더라도, 자연스럽게 클래식도 피아노곡이나 교향곡 위주로 사 모으게 됐다. 피아니스트 빌헬름 켐프나 마우리치오 폴리니 혹은 블라디미르 아시케나지의 음반들을 정말 많이 들었다. 워낙 반복해서 듣다 보니 클래식을 잘 모르면서도 뭔가 차이가 느껴지는 듯해서 그 세 피아니스트의 연주가 어떻게 다른지에 대해 말해본 적이 있었는데, 동생이 끄덕이며 내 감상을 칭찬해줘서 괜히 혼자 으쓱한 적도 있었다. (동생은 진실을 따지기보다는 상대의 기분을 더 배려해주는 타입이다.)

지금도 고도로 집중해야 하는 원고를 쓸 때면 주로 피아노곡들을 틀어놓는데, 안드라스 쉬프가 연주하는 베토벤 소나타를 특히 많이 듣는다. 나 역시 그중에서도 월광이나 비창을 가장 좋아하지만, 그냥 32개의 소나타를 순서대로 틀어놓는 방식을 쓴다. (지금은 30번의 3악장이 흐르고 있다.)

아시케나지의 사인본은 디아벨리 변주곡을 CD로, 폴리니의 사인본은 쇼팽 에튀드 작품

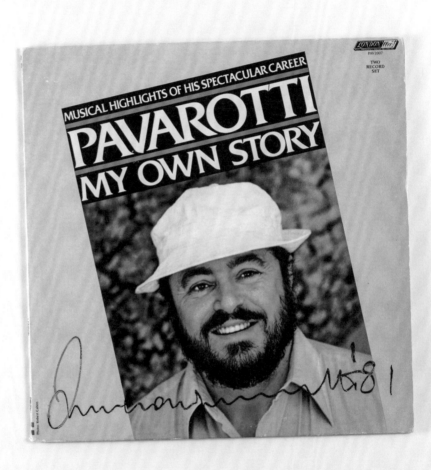

MUSICAL HIGHLIGHTS OF HIS SPECTACULAR CAREER

PAVAROTTI
MY OWN STORY

LONDON ffrr
PAV 2007

TWO
RECORD
SET

10과 25를 바이닐로 각각 갖고 있으니, 이제 켐프의 사인본만 구하면 된다. 그런데 빌헬름 켐프는 19세기 말에 태어난 사람이라서 사인한 음반 구하기가 녹록지 않을 듯하다.

루치아노 파바로티가 1981년에 사인한 바이닐도 갖고 있는데 이분, 최고의 가창력과 듬직한 체구가 주는 느낌과 달리 미소천사다. 음반 표지들을 살펴보면 대부분 밝게 웃음 짓고 있는데, 론 하워드가 감독한 다큐멘터리 「파바로티」를 보면 천성이 낙천적이고 따뜻한 사람 같다. 하필 진열한 곳이 잔뜩 심각한 표정의 밥 딜런 음반 옆이라 더욱 대조된다. 딜런과 파바로티의 생경한 조합이라니.

하지만 U2의 보노는 언젠가 열릴 자신의 장례식에서 밥 딜런의 「Death Is Not the End」와 루치아노 파바로티가 부르는 오페라 「라 트라비아타」가 흐르길 원한다고 말한 적이 있으니 이 조합도 상당히 흥미로울 수 있다. 서로 상반된 창법과 음색의 두 사람 목소리가 교대로 흐르는 보노의 장례식 광경을 떠올려보려다 내 경우엔 어떨지 상상해본다. 그게 영화속 한 장면이라면 「Don Dante」가 어울릴 수도 있겠지만, 현실이라면 레너드 코언이나 하덕규의 담담하고 평화로운 곡이면 좋겠다.

재즈 역시 가끔씩 듣는다. 루이 암스트롱을 위시한 재즈 뮤지션 5인의 마트료시카도 있지만, 역시 수집품으로 가장 귀하게 여기는 것은 마일스 데이비스의 「Kind of Cool」과 쳇 베이커의 「Live in Sweden」 바이닐이다. (마일스 데이비스가 훨씬 더 위대한 뮤지션이라고 할 수 있겠지만) 둘 모두 뛰어난 트럼페터였고 구제불능의 마약중독자였으며 많은 문제를 일으키는 일생을 살았다. 특히 쳇 베이커는 그야말로 천상의 재능으로 시궁창의 삶을 살아서 알면 알수록 탄식이 절로 난다. 국내 출간된 쳇 베이커 전기의 부제가 '악마가 부른 천사의 노래'였을 정도다. 「My Funny Valentine」을 부를 때의 그 여린 보컬과 투명한 트럼펫 연주를 떠올리면 격렬하게 상충하는 예술가의 삶과 재능의 관계에 대한 딜레마에 아득해지곤 한다. 쳇 베이커가 호텔에서 추락해 의문의 최후를 맞은 날은 1988년 5월에 있었던 13일의 금요일이었다.

한국 뮤지션의 사인 음반들은 거의 대부분 당사자에게 직접 선물 받은 것이라서 더 특별하게 여겨진다. 참여하고 있는 방송 프로그램이나 공연 무대에서 애청해온 뮤지션들을 처음 만나게 되면 미리 CD를 챙겨가서 사인을 받곤 하는데, 막 나온 신보일 경우 선물로 건네받을 때도 종종 있다.

「푸른밤 성시경입니다」에 고정 게스트로 처음 출연하게 된 2006년의 어느 날, 성시경 씨는 친근한 인사의 말과 함께 "술도 한잔 했으면 좋겠어요"라고 적어 넣은 5집을 선물했다. 그건 자기실현적 예언 같은 말이었을까. 이후 그런 자리들이 있었는데 워낙 술을 잘 마시는 사람인지라 그때마다 황새 쫓아가던 뱁새의 절박한 심정이 되었다. 오래전 술자리에서 거의 기어서 도망치는 나를 보고 따라 나와 택시를 잡아주던 그의 얼굴에 흐르던 승자의 여유로운 미소를 아직까지도 잊을 수 없다.

「유희열의 라디오천국」에 처음 출연하던 2008년의 어느 날 유희열 씨가 「여름날」 CD에 정중하고 예의 바른 인사말을 써서 선사했을 때만 해도 그가 그렇게 '감성변태'인 줄은 몰랐다. 「라디오천국」은 유달리 팀 분위기가 좋았는데, 동해안으로 단합대회를 가서 초등학교 졸업 이후 처음으로 수건돌리기와 의자뺏기를 하면서 놀 것이라고도 상상하지 못했다. 내가 고정 게스트로 처음 나갔던 라디오 프로그램은 배유정 씨가 진행했던 「배유정의 음악살롱」이었는데, 곧 디제이가 윤상으로 바뀌어서 「윤상의 음악살롱」이 사실상 내 첫 출연 방송인 셈이 됐다. 윤상 씨는 상당한 영화광이고 야행성이라서 마음에 드는 영화를 보면 가끔씩 새벽에 감상을 담은 문자를 보내오곤 했는데, 그 영화들이 「홀리 모터스」처럼 만만찮은 작품이라 놀라곤 했다. 어쩐 일인지 사인을 받은 것은 한참 뒤의 일이어서, 「라이온 킹」 실사판 영화가 개봉되고 영화에 대한 이야기를 GV에서 함께 나누게 되었을 때 가져간 윤상의 데뷔 앨범에 받았다. 그 음반을 산 지 30년이 지난 후였다.

이건 일종의 경험칙인데, 작가들보다는 뮤지션들이 사인을 할 때 훨씬 더 감정을 적극적으로 담는 경우가 많다. 그건 아마도 작가가 언어를 세심하게 다루는 직업이기 때문일 것 같은데, 상대적으로 내향적인 분들이 많은 것도 한 이유가 될 것 같다.

루시드 폴의 가사집 『물고기 마음』에 가사 해설문을 쓰거나 정준일의 앨범 「언더워터」에 추천사를 썼을 때처럼, 감사의 마음이 가득 담긴 사인본을 받게 되면 더욱 반갑다. 3호선 버터플라이의 행사에서 진행을 맡았을 때도 서명이 되어 있는 한정판 바이닐을 받아서 기뻤다. 레코드판 표지가 아니라 겉장 비닐에 사인을 해준 경우는 처음이긴 했지만.

허클베리핀 김현철 조규찬 조덕배 이아립 크라잉넛 아도이 이장혁 가을방학 9와 숫자들 브로콜리너마저 카더가든 박혜경 라이너스의 담요 캐스커 페퍼톤스 재주소년 등 좋아하는 뮤지션들의 살가운 글귀가 담긴 사인본 CD들을 볼 때도 이런저런 프로그램에서 반갑게 마주했던 순간들이 기분 좋게 떠오른다.

1998년과 2007년에 음악 전문가들이 뽑은 '한국 대중음악 100대 명반' 리스트에서 모두 1위에 오른 들국화 1집은 네 멤버 모두가 사인한 바이닐로 갖고 있다. 나 역시 수없이 반복해 들었던 명반인데, 들국화 공연에는 재수하던 시절에 학원을 빼먹고서까지 여러 차례 갔지만 직접 사인을 받을 기회는 없었기에 세월이 한참 흐른 뒤 다른 경로로 구했다.

들국화의 공연을 생각하면 어쩐 일인지, 어느 무더운 여름날에 문화체육관 무대 측면 쪽의 멤버 허성욱이 땀을 뻘뻘 흘리며 키보드를 연주하고 있을 때 무대 바로 밑 10여 명의 팬들이 서서 프로그램 북으로 콘서트 내내 부채질을 해주는 걸 보았던 일이 먼저 떠오른다. 그리고 「행진」과 「그것만이 내 세상」 같은 대표곡뿐만 아니라 「사랑일 뿐야」의 앞부분에서 최성원이 읊조리듯 노래하며 이끌다가 후렴구가 시작되면 뒤로 물러나 있던 전인권이 전면으로 나와 마이크를 잡고 포효하기 시작할 때 그 카리스마에 온몸에 소름이 돋았던 기억도 역시. 들국화의 1집 앨범 커버 아트는 비틀스의 마지막 앨범 「Let It Be」의 디자인을 그대로 가져와 만들었는데, 그래서일까, 당시엔 감격스러운 마음에 오래전 영국에서 비틀스가 해산한 후 허공을 떠돌던 록의 영기 같은 것들이 긴 세월이 흐른 뒤 한국에서 들국화의 출발 속으로 한 줄기 들어간 것 같은 느낌마저 들기도 했다.

그로부터 26년이 다시 더 흐른 뒤 지산 록페스티벌에서 들국화가 재결합 무대를 선보였을 때 고음 파트가 시작되는 부분마다 전인권의 목 상태를 계속 염려하면서도 추억에 젖었던 것은 그곳에 모인 청중 모두가 마찬가지였을 것이다. 그 무대에서는 이어서 브로콜리너마저가 공연을 했는데 "이 미친 세상에 어디에 있더라도 잊지 않을게"라는 「졸업」의 후렴구를 계속해서 따라 부르며 존 레논과 마이클 잭슨을, 커트 코베인과 엘리엇 스미스를, 김광석과 유재하를, 최성원과 주찬권을 차례로 떠올리며 뭉클해졌다.

시인과 촌장, 특히 시인과 촌장의 핵인 하덕규만큼 좋아했던 한국 뮤지션은 없었다. 그중에서도 시인과 촌장의 3집 「숲」은 팝과 가요를 통틀어 내 인생에 가장 많이 들은 음반이다. 사실상 하덕규의 솔로 앨범에 가까웠던 3집은 그 속에 담긴 모든 것이 좋았다. 그가 직접 그린 미니멀한 커버 아트 그림이 매력적이었고, 서영은의 소설『시인과 촌장』에서 한자를 하나 바꿔 '市人과 村長'이라고 작명한 그룹명이 마음에 들었으며, 깊고도 자유로운 가사와 심장 속으로 곧장 흘러드는 듯한 멜로디 그리고 투명하면서도 호흡 하나하나마다 영혼이 담긴 듯한 보컬의 음색까지 모두 다 그랬다. 심지어 하덕규의 맑은 얼굴까지 좋았다. 군에 입대하기 직전의 몇 달간 그렇게 첫 곡 「가시나무」부터 마지막 곡 「숲」까지, 열 개의 수록곡을 듣고 또 들었다. 군 복무 시절 초기에 어려움을 겪을 때마다 「가시나무」와 「푸른 애벌레의 꿈」의 가사를 떠올렸고, 「풍경」의 짧은 멜로디를 입을 닫고 웅얼거림으로 부르면서 모든 것들이 제자리로 돌아가는 풍경을 희구했다. 입대 전에는 시인과 촌장의 콘서트에도 가고 또 갔다.

대학 시절 친구와 함께 기획했던 작은 자선 행사에 하덕규를 초대하기도 했다. 이게 가능할까 싶으면서도 일단 시도해보자는 심정으로 섭외 전화를 했는데 그가 흔쾌히 승낙한 후 시청 근처의 조그만 카페에 와서 노래 세 곡을 불러주었던 일은 잊지 못할 선물 같은 경험이 됐다.

그의 음악을 워낙 좋아했기에 어떻게든 공통점을 찾아 의미부여를 해보려고 하기도 했다. 하덕규는 한영중학교를 나왔는데 나도 한영고등학교를 나왔다. (동문 선배라고 말할 수는 없겠지만 그래도 같은 운동장이다.) 그는 강원도 홍천이 고향인데 나는 강원도 정선이 고향이다. (지금 검색해보니 홍천군청에서 정선군청까지는 141킬로미터나 되긴 하지만, 그래도 같은 강원도이다.) 그리고 또……. (뭐 더 없을까.)

하덕규는 시인과 촌장 3집 이후 가스펠에 가까운 솔로 앨범들을 내고 이전과 사뭇 다른 활동으로 서서히 팬들로부터 멀어져 아쉬움이 정말 컸는데, 그러다 12년 만에 함춘호와 재결합해서 2000년에 4집을 발표하고 공연까지 했을 때는 앞줄 좌석에서 시종 눈을 빛내며 관람하기도 했다. IMF 사태에서 세기말의 Y2K까지 온통 뒤숭숭한 사회 분위기에서, 그리고 당시에 개인적으로 경험하게 된 격심한 삶의 위기에서 한 줄기 진한 위로를 전해준 자리였다. 조성모가 「가시나무」를 리메이크해서 큰 성공을 거두었을 당시에는 원곡의 깊이를 그저 달콤하기만 한 감상으로 대체한 듯해서 만족스럽진 않았는데, 덕분에 12년 만에 그들의 공연이 가능해졌으니 사실 그에게 감사할 일이었다.

컬렉터로서 수많은 수집품들을 열거하면서도 거기에 그토록 몰두해온 하덕규의 음악을 담은 사인본 음반이 없음을 확인하는 것은 나로선 어이없고도 안타깝기 그지없는 일이다. 이건 삶에서 이뤄지지 않은 작은 소망들 중의 하나가 될까. 아니면 뜻하지 않은 자리에서 마주친 행운처럼, 먼 훗날 뒤늦게 실현되어 또 하나의 잊지 못할 추억으로 연결될까.

그러나 위 문장을 쓰고 구두점을 찍자마자 생각을 고쳐먹었다. 대체 언제까지 가능성도 희박한 먼 훗날을 기약하며 쌉쌀한 감상에만 젖어야 할까. 엘비스 프레슬리도 「It's Now or Never」라고 노래로 알려주지 않았던가. 바로 지금이다. 지금이 아니면 없다.

이곳저곳 음악 쪽에서 일하는 분들께 수소문을 해봤지만 연락이 닿는 사람은 없었다. 그러다 하덕규 씨가 학생들을 가르치고 있는 곳으로 언뜻 들었던 대학 이름을 떠올리고 홈페이지에 들어가 공식 이메일 주소를 확인했다. 이메일 주소가 시인과 촌장의 3집 타이틀과 같은 걸 본 순간 가슴이 뛰었다. 무작정 긴 편지를 쓰기 시작했다. 적어도 21세기에 들어오면서부터는 그렇게 어린아이 같은 마음으로 간절히 매달리는 글을 써본 적은 없었다. 설혹 답장이 오지 않더라도 이제 미련은 남지 않을 것 같았다. 정 안 되면 내겐 '먼 훗날'이 있다.

그런데 먼 훗날은 다음 날이 됐다. 메일을 보낸 이튿날, 영화를 보러 차를 몰고 가던 중에 전화가 왔다. 따뜻하고 평화롭게 운을 떼는 목소리만 듣고도 바로 알아챘다. 생각지도 못한 순간에 걸려온 행운의 전화에 단번에 끓어올랐다. 감사하게도 하덕규 씨는 오래전 내가 시인과 촌장에 대해 썼던 글을 인상적으로 읽은 뒤부터 나를 잘 알고 있다고 말해주었다. 그러곤 흔쾌히 시간을 내주셨다.

한 주가 지나서 그를 만나러 갔다. 음반만 들고 갈 수는 없었다. 어떻게 만든 기회인데. 아직도 줄줄 외우다시피하고 있는 시인과 촌장의 곡과 아름다운 노랫말들을 떠올렸고, 각각의 가사에 맞는 물건들을 준비해서 가지고 갔다. 하덕규 씨는 역시나 맑은 얼굴로 친절하게 맞아주셨고 미소 띤 표정으로 그 하나하나에 요청대로 가사를 적고 사인을 해주셨다. 그렇게 부메랑에는 "모든 것들이 제자리로 돌아가는 풍경(풍경)", 요트 미니어처에는 "푸른 돛을 올려야 할까봐(푸른 돛)", 고양이 인형에는 "그대는 정말 아름답군 고양이(고양이)"라는 문장이 각각 적히게 되었다. 계란 모양의 타이머에는 "이 어둠의 껍질을 벗고(푸른 애벌레의 꿈)", 나무 미니어처에는 "밤새워 휘파람 부는 나무(나무)", 'LOVE'라고 새겨진 병에는 "사랑해요라고 쓴다(사랑일기)"는 노랫말이 담기게 됐다.

병 속에 들어앉은 채로 나무에 기대어 새소리를 들으며 책을 읽고 있는 남자를 형상화한 작품에는 "이제 너는 슬프지 않을 거야(비둘기 안녕)", 책 위에 숲을 조성한 북 아트에는 "내 젊은 날의 숲(숲)"이라는 구절이 들어갔다. 그리고 호랑가시나무로 만든 원형 플레이트에는 시인과 촌장의 노래들 중에서도 가장 좋아하는 「가시나무」의 가사 16줄을 받았다. 사인을 다 받은 뒤엔 오래전의 추억 몇 가지에 대해 대화를 했고, 핑크 플로이드에서 타이니 데스크 콘서트까지를 오가는 음악 이야기를 나눴다. 실로 잊지 못할 축복 같은 날이었다.

파이아키아로 돌아와서 덕질사에 길이 남을 찬란한 전리품들을 두드러지게 전시한 뒤 사람들이 방문할 때마다 놓치지 않고 자랑을 해댔다. 친하게 지내는 어느 피디는 기가 차다는 듯한 표정으로 듣고 있다가 끝내 한마디 했다. "선배, 투머치야." 나도 알아요, 이 사람아. 근데 덕질은 하려고 해서 하는 게 아냐. 할 수밖에 없어서 하는 거야.

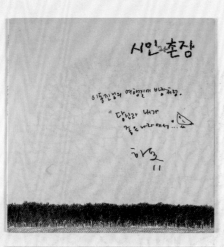

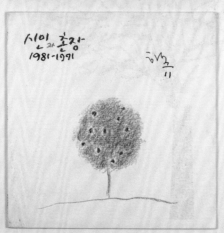

마그넷에서 고양이 소품까지

15
Pi
+
arch
×
ia

지금껏 40여 개국을 여행했다. 각국의 영화 촬영지를 순례하는 에세이집을 세 권이나 냈기에 해외 출장을 많이 다닐 수밖에 없었는데, 그러다 보니 자연스럽게 사진 찍는 데 몰입하게 됐다. 그래봤자 고성능의 카메라를 가지고 제대로 촬영하는 전문 작가가 아니라 보급형 카메라로 취미 삼아 가볍게 찍는 아마추어에 불과하지만, 2015년엔 '빨간책방' 카페에서 「뒷모습, 어쩐지」를 타이틀로 사진전까지 여는 만용을 부리기도 했다. 전시한 사진들의 상당수가 팔려서 수익금을 구호단체에 기부할 수 있었던 일은 신기하기까지 했다.

그렇게 20여 년간 찍어온 수만 장의 사진들 중에서 30여 장을 골라 파이아키아 곳곳의 보에 붙였다. 선택한 사진들을 크게 인화해서 형태에 따라 가로와 세로로 나누고, 내용에 따라 풍경과 인물로 분류해서 모두 네 군데에 주욱 일렬로 내걸었다. 내 경우에 가장 마음에 드는 사진을 찍을 수 있었던 곳은 인도였던 것 같다. 강렬한 날씨와 이국적인 풍광과 원색의 복식 그리고 이방인의 사진 촬영에 열린 태도를 보이는 현지인들 덕분이다.

위낙 뭔가 모으는 것을 좋아하니, 여행을 다니게 되면 뭐 좀 특별한 게 없나 싶어서 늘 이곳 저곳 기웃거리게 된다. 여행지마다 챙기는 보편적인 기념품으로는 마그넷이 있다. 해외여행을 가게 되면 많이들 챙기실 텐데, 내 경우는 좀 과한 편이긴 하다. (곰곰 생각해보니 다 과하긴 하다. 이 책 자체가 그런 과욕의 산물일 것이다.) 다 합치면 마그넷 기념품이 1천 개가량 되니까 말이다.

흔히 냉장고의 앞면이나 측면에 마그넷을 붙이곤 하지만, 내 경우는 냉장고에 붙일 수 있는 수용범위를 일찌감치 넘어섰다. 파이아키아를 설계할 때 아예 이 마그넷들을 한데 모아둘 수 있는 공간을 따로 만들어서 넣었다. 자석을 붙일 수 있도록 벽 뒤에 철판을 깔고 좁은 공간에 최대 수납이 가능하도록 디귿자 형태로 구성했기에, 그 사이로 들어가면 마그넷에 온통 둘러싸인 느낌이 든다.

개인적으론 이 공간을 세도나라고 부르는데, 디귿자 공간에 들어가서 빽빽하게 들어찬 마그넷을 둘러볼 때마다 몇 차례 여행 갔던 미국 애리조나의 세도나를 떠올리게 되기 때문이다. 세도나는 철분을 듬뿍 함유한 붉은 사암들에서 나오는 자기장 에너지 덕분에 치유와 명상의 도시로 유명하니, 이곳의 자기장 속에서도 명상 같은 걸 할 수 있지 않을까. 더구나 이 벽 뒤엔 타르코프스키의 「희생」 필름이 성스러운 탑처럼 쌓아 올려져 있지 않은가. (그냥 말이 그렇다는 거다.)

마그넷을 모으게 된 것은 세계 어디를 가도 있는 흔한 기념품이기 때문이었다. 여행지마다 뭔가 기념할 만한 물건을 사야 직성이 풀리는 몹쓸 수집 유전자 때문에 늘 두리번거리게 되는데, 마그넷을 사게 되면 컬렉터로서 직무유기를 하지 않았다는 최소한의 알리바이를 만들어두는 기분이 든다고 할까. (아무도 따져 묻지 않는데 왜 미리 알리바이를 만드냐고요.) 더구나 마그넷은 기껏해야 5천 원이기에 저렴해서 딱 안성맞춤이다.

마그넷에는 해당 지역에서 내세우고 싶어 하는 전형적인 명소나 특산품 같은 것이 지역명과 함께 담겨 있기 마련인데, 그 조악함과 키치스러움 때문에 오히려 한데 모아서 전시회를 해볼까 생각한 적도 있다. 각 마그넷과 그 지역에서 내가 찍은 사진을 쌍으로 함께 전시하면서 함축적인 문장을 덧붙이는 식으로 말이다. (해볼까나……요?)

1천 개가량을 사왔기에 마그넷을 살 때 나만의 선택 기준 같은 게 있다. 마그넷은 다 그게 그거인 것 같지만, 주의 깊게 보면 반드시 그렇지도 않기 때문이다. 가급적 직사각형 형태보다는 원 형태의 것을 산다. (직사각형 형태가 가장 흔하기 때문이다.) 구체적인 도형 모양보다는 정형화되지 않은 외부 모양을 가진 것으로 산다. (그래야 독특해 보인다.) 평평한 형태보다는 입체적인 형태의 것을 산다. (그래야 독특해 보인다니까요.) 플라스틱보다는 유리 목재 석재 같은 재질로 산다. (더 고급스럽게 느껴진다.) 단색보다는 컬러로 산다. (어차피 우아한 단색으로 가라앉아봤자 1천 개 사이에 끼어 있으면 보이지도 않는다.) 명소가 사진 한 장으로 박힌 것보다는 이스탄불의 아야소피아 성당을 전통 찻주전자 모양에 담은 것처럼 둘 이상의 대상을 함께 포함한 것으로 산다. (최소한의 창의성은 있어야지.) 글자가 전혀 없는 것보다는 해당 지역의 명칭이 담긴 것으로 산다. (1천 개쯤 모으다 보면 어디가 어딘지 헷갈리기 시작한다.) 국가명이 담긴 것보다는 지역명이 담긴 것으로 산다. (국가명으로만 모으면 끽해야 200개밖에 수집할 수 없다.) 직접 만든 것이면 무조건 산다. (컬렉터에게 고유성만큼 중요한 판단 기준은 없다.) 직접 여행 간 곳의 마그넷만 산다. (개인적인 추억과 감정이 결부되지 않으면 수집이 무슨 의미가 있을까.)

여행지에서 자주 살펴보는 것들에는 고양이 소품도 있다. 문구류든 엽서든 인형이든 그림이든 미니어처든 가리지 않는다. 이렇게 된 것은 정확히 2012년 6월부터인데, 태어난 지두 달 된 샴 고양이를 데려다 키우기 시작했기 때문이다. 아기 고양이였을 때 워낙 하얗고 예뻤기에 '흴 소(素)'와 '아름다울 미(美)'를 합쳐서 소미라고 이름을 붙였다. (지금도 여전히 예쁘지만 더 이상 하얗지는 않다.) 이후 고양이 한 마리 때문에 많은 것이 바뀌었다. 당장 수집품부터가 그랬다. 서울의 골목길이든 로마의 콜로세움이든, 세상 어디를 가도 고양이만 보면 소미가 떠오른다. 소미는 샴이지만 다른 종의 고양이를 봐도 마찬가지다. (소미는 이런 내 마음을 아직도 몰라준다.)

벨기에 브뤼셀에 있는 어느 고양이 박물관에 들렀을 때는 전시 면적이 작았음에도 한참을 머물렀다. 수레에 아기 고양이들을 밀고 가는 엄마 고양이와 돌담에 나란히 앉아 있는 고양이 가족들, 그리고 밑바닥이 고양이 발자국 모양인 나무 신발까지 귀여운 소품들도 잔뜩 샀다. 대만의 지우펀에 갔을 때는 고양이와 관련된 소품만 파는 가게에서 특히 정교하기 이를 데 없게 눈을 그려낸 스톤 페인팅 작품을 감탄하며 구입했다.

아래층 화장실에서 일을 보다가 휴지가 없어 곤란을 겪는 주인을 위해 2층에서부터 줄에 매달린 채 내려와 화장지를 건네는 고양이와 작은 병 안에서 무지개 위를 날아다니는 천사 고양이도 귀여워서 마음에 쏙 든다. 그렇게 모은 150여 점의 고양이 소품들을 고양이에 대한 30여 권의 책과 함께 한 공간에 모아두었다. 그중 소미처럼 샴이라서 특별히 아끼던 도기 인형은 나만큼이나 이런 물건들을 좋아하는 누나가 좁은 전시 공간을 눈을 빛내며 지나다니다가 떨어뜨리는 바람에 다리 하나가 부러져 강력접착제로 붙인 흔적이 남아 있기도 하다. 누나는 그간 고양이 인형을 포함해서 다양한 수집품을 내게 기증해왔기에, 텔레비전 사극에 나오는 기다란 수염의 대감마님처럼 과장된 톤으로 호탕하게 웃으며 괜찮다고 말했다 간신히.

1961

Bob Dylan
The Freewheelin' Bob Dylan
The Times They Are A-Changin'
Another Side of Bob Dylan
Bringing It All Back Home
Highway 61 Revisited
Blonde on Blonde
John Wesley Harding
Nashville Skyline
Self Portrait
New Morning
The Basement Tapes
Pat Garrett & Billy the Kid
Planet Waves
Blood on the Tracks
Desire
Street Legal
Slow Train Coming
Saved
Shot of Love
Infidels
Empire Burlesque

오르골은 참 낭만적인 기념품이다. 누군가에게 잊지 못할 기억을 남겨주는 방법은 음악을 선물하는 거라고 어느 작가가 말하기도 했는데, 오르골을 사게 되면 그야말로 음악과 물건이 더해져 여행에 대한 공감각적 추억을 만들어낸다. 오르골을 고르다 보면 전 세계 어디든 비틀스의 음악이 얼마나 보편적으로 사랑받는지 실감하게 된다. 각국의 민요나 캐럴 정도가 종종 발견될 뿐, 예쁜 오르골이 있어서 레버를 천천히 돌려보면 상당수가 「Yesterday」 「Hey Jude」「Let It Be」다. 조성모의 뮤직비디오에서 이영애가 일하는 장소로 나왔을 정도로 유명한 일본 오타루의 오르골 가게선 비틀스만큼이나 일본 그룹 스마프의 노래들이 많이 흘러나오긴 했지만.

여행지의 추억을 직접적으로 상기시켜주는 저렴한 기념품이라면 미니어처만 한 게 없다. 그리스 산토리니의 성당, 이탈리아 베니스의 산마르코 광장, 영국의 스톤헨지, 튀니지 가정집의 대문, 중국의 만리장성, 스페인 론다의 누에보 다리, 헝가리 부다페스트의 국회의사당, 미국 솔뱅의 풍차, 프랑스 파리의 개선문, 벨기에 브뤼헤의 운하 등이 아래위 몇 개의 선반에 모여 있는 것을 보면 그야말로 내가 여행해온 세계를 한눈에 바라보는 느낌이다.

거기에 더해 그 옆의 선반 아래위 몇 개에는 각국의 인형들을 세워놓았다. 영국의 근위병, 스페인의 투우사, 중국의 동자승, 그리스의 수도승, 라오스의 선승, 티베트의 농부, 이집트의 파라오, 미국 샌디에이고의 서퍼, 스웨덴의 바이킹, 그리고 제주도의 돌하르방까지. 인형과 명소가 차례로 매칭이 되어 오래전 그 거리 그 사람들을 지나쳤을 때가 고스란히 상기되곤 한다.

그 지역에서만 살 수 있는 기념품들 중 멋진 게 있으면 여행 가방이 아무리 꽉 찼어도 악착같이 끼워 넣는 편이다. (때로는 그러다가 가방을 하나 더 산다.) 유리공예로 유명한 이탈리아 무라노섬에 갔을 때는 유리로 만든 실내악단 인형 세트와 악보에 곡을 쓰고 있는 작곡가 인형을, 피노키오의 고향인 토스카나 지방을 여행할 때는 피노키오 인형 세트를 그렇게 집어 들었다. 폴란드 크라쿠프의 기차역에서는 민담 속 푸른 용 인형을, 미국 모뉴먼트밸리에서는 인디언 보호구역 내 가판대에서 전설 속의 뱀 인형을 샀다. 이탈리아 무도회 가면과 일본 종이 인형도 있고, 베트남 냐짱 해변의 일몰과 튀니지 사하라 사막의 한낮을 담은 형형색색의 샌드 아트도 있다.

오래되고 투박한 기념품이 오히려 마음을 끌기도 한다. 워싱턴 마운틴의 증기기관차 미니어처를 쇠로 만들어진 끌 위에 구현한 기념품 같은 것이 그렇다. 시애틀의 골동품 가게에서 구입한 1903년에 제조된 카메라나 오래된 나침반, 마이애미에서 발견한 조개로 만든 올빼미와 포커 플레이어도 마찬가지다. 티베트 벼룩시장에서 발견한 불교 진언 '옴'을 새긴 도장과 오른손으로 돌리면서 기도를 하는 도구인 마니통, 튀니지에서 챙긴 아라비아 램프와 물담배용 파이프, 피지에서 발견한 수세기 전 식인문화의 도구였던 나무 포크와 도끼 같은 것들은 지역적 색채가 물씬하다.

이탈리아 포시타노에서는 특산품인 리몬첼로를 담은 첼로 모양 술병을 사와서 그 안에 오렌지 빛깔의 모래를 넣었다. 더 정확히 말하면, 술병만 사온 건 아니었다. 술병을 샀는데 어쩐 일인지 술이 그 안에 들어 있었다. (먼 산……) 달콤해서 잘 몰랐는데 생각보다 도수가 높아 다 비우고 나서 숙취에 엄청 고생했다. 그래도 독특한 수집품 하나는 남았다.

16

Pi
+
arch
ia

내 직업은 영화평론가이지만 관심사가 워낙 잡다한 데다 삶에서 깊이 못잖게 넓이도 중요하다고 믿는 쪽이어서 지난 세월 꽤 많은 일들을 해왔다. 돌아보면 내게는 시대의 흐름을 잘 읽어내 기획을 할 능력 같은 것은 없었다. 하지만 그런 기획을 할 줄 알고 그 과정에서 감사하게도 나를 떠올리고 제안을 해오는 분들이 있으면 미리 선을 긋거나 두려워하지는 않았다. 그래서 뜻하지 않게 벽에 부딪힐 때도 있었지만 좋은 일들이 더 많았다. 덕분에 내 인생의 기념품이라고 할 만한 특별한 수집품들도 생겨나게 됐다.

7년간 진행했던 팟캐스트 방송 「이동진의 빨간책방」은 열정적으로 응원해준 팬들로부터 선물을 많이 받았는데, 그중 커다란 빨간 우체통은 파이아키아의 대문 앞에 듬직하게 놓여 있다. 함께 쌍을 이룬다고 할 수 있을 작은 우체통은 중앙 홀의 벽 한가운데에 걸었다. 보고 있노라면 이름 모를 분들로부터 편지처럼 선의를 전해 받으며 이제껏 살아온 것 같은 느낌이 든다.

「푸른밤 이동진입니다」의 제작진과 출연진이 파이아키아에 놀러 온 적이 있었는데, 반가운 만남을 기념하고 싶어서 푸른밤 포스터 구석구석에 사인을 받은 후 매일 여닫는 중간문에 그대로 붙여두었다. 다들 자신이 맡았던 코너명을 적고 소감까지 센스 있게 덧붙였다. 푸른밤 포스터 바로 위엔 「토크 노마드」 출연진과 제작진이 서명한 사진도 붙어 있다. 여행 예능 프로그램이었던 「토크 노마드」는 영국 하워스에서 종방 촬영을 했다. 에밀리 브론테의 소설 『폭풍의 언덕』 무대라는 것을 실감케 하듯 엄청난 바람이 불어오는 가운데 출연 멤버 넷이 사실상 마지막 사진을 찍었는데, 파이아키아에서 모임을 가졌을 때 김구라 씨와 남창희 씨는 본인 얼굴 위에, 제작진은 주변 곳곳에 서명을 남겨준 것이다. 방송에서 내내 메고 다녔던 '토크 노마드 전용 가방'이 있었는데, 그 길고 흥분되고 고단했던 여행을 다 마친 후 지금 그 가방은 파이아키아의 한 선반에서 편안히 쉬고 있다.

출연했던 프로그램들에서 만든 굿즈들 중 가장 일반적인 것은 역시 머그컵이다. 「영화당」 머그컵은 빨간색과 검은색 2종 세트로 제작이 됐는데, 「빨간책방」에서 나와 김중혁 작가가 각각 적임자와 흑임자란 별칭으로 불린 걸 생각하면 딱 맞는 색깔 선택이다. (이 별칭은 스탕달의 소설 『적과 흑』에서 유래한 것으로, 김중혁 작가가 유머러스하게 지었다.) 「빨간책방」 방송을 만들었던 출판사 위즈덤하우스는 서울 합정역 근처에 같은 이름의 카페를 내고 5년간 운영하기도 했는데, 카페에서 실제로 썼던 흑백의 머그컵과 커피잔들은 폐업 후 한 세트씩 따로 챙겼다. 카페가 문을 처음 열었을 때 손님들에게 증정했던 기념 티슈와 볼펜까지 한곳에 모아두고 보니 그 5년의 세월이 선명하다. 카페 2층 한쪽에는 내 작업실도 있어서 매일 출근을 했는데, 오고 가다 그곳까지 들러 인사해주시는 분들이 많아 활력을 얻기도 했다. 그렇지만 또 한편으론 흡사 광장 한가운데 개인 공간이 있는 듯한 느낌이 들어 좀 당황스럽기도 했는데, 지금 파이아키아는 그와 정반대로 외부로부터 완전히 차단된 밀실 같은 동굴 느낌이 강하다. 사실 내겐 개인 공간으로는 광장보다는 동굴이 훨씬 더 좋으니, 이제 이곳에서 쑥과 마늘을 먹어가며 재탄생하는 일만 남은 셈이다.

책을 낼 때마다 이런저런 기념품이 생기기도 한다. 지난 십수 년간 내 책은 전부 위즈덤하우스에서 출간되었는데, 덕분에 오랜 기간 함께하며 자연스럽게 끈끈한 신뢰가 형성되었다. 위즈덤하우스의 내 오랜 담당 편집자분은 감사하게도 갓 출간한 책 모양이 내 모습과 함께 어우러진 북케이크를 선물해주곤 했는데, 그중 『영화는 두 번 시작된다』와 『우리가 사랑한 소설들』 그리고 『이동진의 부메랑 인터뷰 그 영화의 비밀』은 지금껏 보관하고 있다. 이게 진짜 직접 쓴 것인지 믿기지 않을 정도의 멋진 손글씨로 적은 「빨간책방」 첫 방송 오프닝 인사말 액자와 책을 내면서 서문에 썼던 '생의 한 움큼을 베어'라는 구절을 새긴 머그컵도 출판사 분으로부터 선물 받았다.

온통 책으로 둘러싸인 서재 안에 고양이 소미와 내가 함께 담긴 일러스트 액자를 포함해 내가 그려진 그림들을 다양한 방송을 진행하며 선물 받기도 했는데, 그림 속 내 모습에 따라 민망하지 않은 선에서 눈치껏 세워두거나 숨겨두었다. 머그컵에 그려진 만화 주인공 같은 모습은 이렇게까지 해주시니 눈물 나게 고마우면서도 남들이 볼까 민망하고 두렵다. (민망하다면서 커피는 주로 그걸로 마신다.)

「영화당」 도입부에서 나를 소개할 때 '영화평론계의 아이돌'이란 자막을 장난삼아 계속 넣으면서부터 이런 상황이 더욱 악화되었다. 아도이의 오주환 씨가 진행하는 EBS 라디오 프로그램에 두 차례 출연한 적이 있었는데, 첫 번째 방송이 시작될 때 나를 소개하는 멘트는 "저희가 방송을 시작한 이후로 아이돌은 처음 모셨죠"였고, 두 번째 방송이 시작될 때는 "강원도 정선이 낳은 두 명의 미남이 있죠. 바로 원빈과 이분입니다"였다. 아니, 이분들이 말이야, 사람이 계속 들으면서 웃기만 하니까 말이야, 그게 민망해서 그러는 건데 진짜로 좋아하는 줄 알고 정말…… 감사합니다!!!

사실 턱이 좀 길다는 것을 빼면 내 얼굴은 이렇다 할 특징이 없기에(꽤 말랐던 중학교 때 별명이 빗살무늬토기였다. 국사 교과서에 빗살무늬토기 사진이 실려 있었는데, 그 위에 한 친구가 내 얼굴을 그려 넣은 뒤 생겨난 별명이었다), 어찌 생각하면 그리기가 쉽겠다는 생각도 한다. 그냥 대충 평범한 얼굴 하나를 그린 후 빨간 안경만 씌우면 그게 내 얼굴이라고 주장해도 되니까. (실제 그런 그림들을 적지 않게 봤다.)

파이아키아의 대문을 열고 들어오면 바로 왼쪽에 내가 그동안 냈던 책들의 표지가 따로 전시되어 있다. 그런데 실제 출판된 표지가 아니라 이른바 B컷들이다. 책을 쓰게 되면 출간 직전 거의 마지막 단계에서 출판사가 표지 후보들을 보여주며 의견을 묻곤 하는데, 단번에 이거다 싶은 경우도 있지만 그렇지 않은 경우도 적지 않다. 『이동진이 말하는 봉준호의 세계』는 전자였지만, 『필름 속을 걷다』와 『길에서 어렴풋이 꿈을 꾸다』는 후자였다. 여행 에세이집인 후자의 두 권은 후보로 제시된 표지들이 다 마음에 들었기에 하나만 선택해야 하는 상황이 무척 곤혹스러웠다. 그래서 최종적으로 탈락한 B컷들을 따로 모았다. 그런데 모아놓고 보니, 역시 A컷으로 선택된 표지는 그렇게 선택될 만한 결정적 이유가 있었다는 생각이 든다.

살다 보면 생각지도 못했던 재미있는 일이 생기기도 하는데, 만화 주인공이 되었을 때도 그랬다. (나는야 만찢남?) 강풀 작가의 작품 『마녀』에 나오는 이동진은 내가 모델이다. 이름만 이동진인 게 아니라 숫자에 집착하고 강박 증세가 있고 순수한 (저도 이미지 메이킹 좀 합시다) 극 중 성격도 닮았다. 그렇게 된 것은 강풀 작가가 힘든 작업 도중 「이동진의 빨간책방」을 자주 들었기 때문이다. 주인공 이름을 매번 물색하는 데 지친 강풀은 『마녀』에서 아예 「빨간책방」 크루를 대거 끌어다 썼다. 이동진뿐만 아니라 김중혁도 있고 허은실도 있으며 박미정도 있다.

연재가 끝나고 네 권짜리 단행본으로 출간된 『마녀』 세트에 강풀 작가가 사인을 한 뒤 "안 죽여줘서 고맙죠?"라고 유쾌하게 덧붙여주었는데, 아닌 게 아니라 워낙 처연한 러브스토리라서 새 연재분을 읽을 때마다 '결국 죽겠구나' 싶었다. (아니 그런데 무슨 작가가 사인 문구에 이렇게 대놓고 스포일러를!)

영화 「터널」에 카메오로 출연했던 경험도 그랬다. 사실 이전에도 제안이 없지 않았는데, 영화평론가로서 영화에 출연한다는 게 부담스러워서, 더 정확하게는 초등학교 학예회 때 연극 무대에 나섰다가 연기하는 데 전혀 능력이 없다는 걸 깨달았기에 응할 수 없었다. 그런데 김성훈 감독이 출연을 제의한 뒤 보내온 시나리오를 읽다가 특정 대목에서 감동을 받았고, 더 정확하게는 내가 할 수 있는 연기일 것 같아서 응하게 되었다. 내가 맡았던 배역은 라디오의 클래식 프로그램 디제이였는데, 실제 디제이 생활을 해본 데다가 영화 속에서 거의 대부분 라디오를 통한 목소리 연기만 하면 되었기 때문이다. (김성훈 감독은 이전에 만난 적이 없었는데, 부인께서 「빨간책방」을 즐겨 듣다가 디제이 역으로 나를 추천했다고 한다.)

극 중 라디오 디제이로서 해내야 하는 목소리 연기는 예상보다 수월했다. 당시 내 작업실이 있었던 '빨간책방' 카페에서 녹음했는데, 대부분의 대사를 한두 차례 읽으면 바로 오케이 사인이 났다. (이때까지만 해도 그동안 수많은 영화를 보았기에 연기력이 어느새 생긴 줄 알았다.) 그러곤 후반 작업 때 한 차례 보충녹음을 한 게 전부였다.

문제는 내가 직접 나오는 장면이 하나 있었다는 것이다. 신 넘버 70. 라디오 부스 안에서 방송을 준비하다가 세현(배두나)이 심각한 표정으로 들어서는 걸 바라보는 내용이다. 무심코 고개를 들었다가 세현을 발견하게 되는 단독 앞모습 숏을 먼저 찍었는데 영화 연기는 과한 것보다는 차라리 부족한 게 낫다는 판단에, 더 정확하게는 어차피 단역 출연이니 영화에 폐를 끼치면 안 된다는 생각에 나름 감정을 억눌러가며 세밀하게 연기하려 했다. 이어서 세현이 들어서는 숏을 찍었는데 앵글 특성상 나는 뒷모습밖에 나오지 않음에도 혼신의 힘을 다해 뒤통수 연기를 했다. 배두나 씨와 투 숏으로 연기하게 되다니, 이런 기회가 다시 올 수 있겠냐 말이다.

그런데 녹음 때와는 달리 반복해서 찍고 또 찍은 그 두 숏 중 내 얼굴이 나오는 앞모습 장면은 결국 최종 편집됐다. 그래서 이 영화에서 나는 목소리와 뒤통수만 나온다. 후반 작업 때 보충녹음을 했는데, 나를 배려하느라 김성훈 감독이 앞모습 숏을 빼게 된 이유를 굳이 설명해줘서 더 비참했다. (그때 말을 더듬으셨잖아요.) 그래도 내 인생의 기념품에 추가하게 된 「터널」의 시나리오와 콘티북, 블루레이가 『마녀』 세트와 함께 놓여 있는 것을 보면 즐거워진다. (참 속도 없다.)

세월이 흐르면 굿즈 컬렉션도 진화한다. 5년째 경기아트센터에서 나의 진행으로 계속되고 있는 '랑데북'의 첫 굿즈는 무려 목장갑이었다. 행사 도중 관객이 손을 들어 의견을 표시하는 코너가 있었는데, 그때 빨갛고 파란 손들이 장내를 뒤덮었던 풍경은 가히 장관이었다. 그러다 회를 거듭할수록 점점 더 굿즈 퀄리티가 높아져서 때수건과 지우개와 성냥을 거쳐 북마크와 손거울, 북스탠드로까지 나아갔다.

CGV 아트하우스 극장들에서 생중계 형식으로 동시에 열리는 '이동진의 라이브톡'은 어느덧 100회에 이르게 됐는데, 1회 때부터 관객들에게 증정해온 영화 엽서와 마그넷 책갈피 굿즈를 빼놓지 않고 한데 모아놓으니 제법 멋지다. 5주년 때는 관객들에게 독특한 기념 부채와 그때까지의 라이브톡 선정작들에 대한 나의 한줄평을 한데 모은 클리어파일을 드렸는데, 아트하우스 팀에선 내게 따로 온갖 영화 장면에 빨간 안경을 씌워서 인상적인 선물을 하기도 했다. "도청당하고 있습니다"라는 영화 속 대사 대신에 "이동진의 라이브톡 5주년을 진심으로 축하한다"는 글귀를 오대수가 들고 있는 「올드보이」 사진이라니.

라디오 디제이 시절, 청취자로부터 이와 유사하면서도 진기한 선물을 받기도 했다. 유명 영화 장면을 일일이 연필로 그린 다음 그 속의 주인공들이 빨간 안경을 쓰고 있도록 그려 넣은 100여 장의 그림이었다.

그 외에도 나의 활동과 관련된 그림이나 응원의 말들이 새겨진 문구류부터 시작해서 옷 수건 쿠션 이불, 피규어와 인형 및 각종 미니어처, 『영화는 두 번 시작된다』의 표지 디자인 그대로 만든 포스트잇까지, 아이디어로 반짝이는 선물들을 과분하게도 참 많이 받았다. 내가 진행했던 라디오 프로그램의 방송 내용에서 주의 깊게 들었던 순간들을 고스란히 옮긴 노트나, 내가 썼던 책들에서 인상적인 페이지를 필사해 만든 수제 도서 같은 것들엔 세상에 단 하나밖에 없는 선물이 주는 감동이 배어 있었다. 나 자신 덕질로 살아온 사람이기에, 이런 다정한 선물들에 담긴 누군가의 순수한 호의가 어떤 의미인지 잘 알아서 넙죽넙죽 감사히 받았다.

평생 가장 많이 받은 선물은, 단연 '마이구미'다. 「빨간책방」 초기 방송에서 어쩌다 마이구미를 좋아한다고 말해서 놀림을 받았는데, 이후 가는 곳곳마다 마이구미를 선물 받게 됐다. 얼마나 많이 받았고 또 먹었는지, 중독성 높은 이 군것질거리가 설마 물릴까 싶었는데, 설마 물리고 말았다. 그래도 가끔 먹으면 여전히 괜찮다. (여기까지 쓰고 나니 또 그리워져, 마이구미 하나를 뜯어 입에 넣기 시작했다. 파이아키아엔 항상 마이구미가 있다. 어쩌 두 단어는 라임까지 얼추 비슷한 것 같다.)

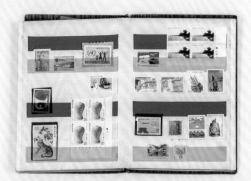

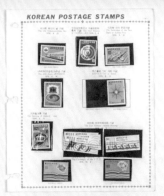

기억을 더듬어보면, 내가 가장 먼저 모았던 것은 아마도 상자였던 것 같다. 작은 과자 상자에서 좀 더 큰 선물 상자까지, 각양각색의 깔끔한 직사각형으로 이루어져 있고 그 안에 뭔가를 담을 수도 있었던 종이 상자에 애착을 느껴서 초등학교 저학년 때 우리 집이 세 들어 살던 작은 건물 계단 뒤 나만의 아지트에 계속 모아두었다. 지금 와서 생각하니 상자의 모양이 책 모양과 유사하다는 것은 우연이 아니었던 듯하다. 다만 그 속의 텅 빈 공간을 책의 경우 수많은 글자로 채워 넣은 것일 뿐.

사실상 제대로 컬렉팅한 최초의 대상은 우표였다. 초등학교 고학년 때 친구들 사이에서 어쩐 일인지 우표 수집 바람이 불었는데, 나 또한 예외가 아니었다. 예외가 아닌 정도가 아니라 과할 정도로 몰입해 한때는 동네에서 '우표 모으는 애'로 알려지기도 했다. 당시 갖가지 기념우표가 나오는 날에는 액면가에 사기 위해 새벽부터 (주로 성동) 우체국에 가서 줄을 서곤 했다. 그러는 아이들이 적지 않았기에 어느 날인가엔 문을 여는 순간 빽빽하게 줄을 서서 기다리던 애들이 한꺼번에 밀어붙여 넘어지는 바람에 그 밑에 깔려 큰 사고가 날 뻔한 일도 있었다. 그날은 새벽에 나서는 내가 걱정되어 우연히도 아버지가 처음으로 동행해준 날이었는데, 내가 깔리게 되자 아버지가 크게 내 이름을 부르면서 달려와 꺼내주신 일이 지금껏 생생하다. (그런 일을 당했는데도 그날 병원에 가는 대신 기어이 남아서 우표를 샀다, 나도 참.)

우표를 모으다 보니 좀 더 제대로 해보고 싶어서 (사실은 타고난 컬렉팅 유전자가 그때부터 본격적으로 힘을 쓰는 바람에) 아예 우표 수집을 위한 컬렉팅 북까지 샀다. 광복 이후 그때까지 나온 기념우표들이 흑백 사진으로 띄엄띄엄 인쇄된 책이었는데, 하나씩 우표를 수집하면 투명 비닐 케이스에 넣어 해당 공간에 붙이도록 되어 있었다. 행여 지문이 묻으면 가치가 떨어질까봐 벌벌 떨며 핀셋으로 우표를 다뤘다. 그렇게 명판이니 전지니 초일봉피니 까세니 하는 우표 수집과 관련된 용어를 써가며 한 달에 한 번 정도씩 종로 5가에 있던 수집우표 전문가게를 찾아가기도 했다. 최대한 아껴 모은 용돈이 어느 정도에 이르면 그렇게 했는데, 초등학생이고 집도 전혀 유복하지 않았기에 그래봤자 푼돈에 불과했다. 그럼에도 사고 싶은 우표들의 목록을 일단 가려 뽑은 뒤, 가지고 있는 돈에 맞춰 줄이고 줄인 끝에 최종적으로 선택한 서너 장을 사러 버스를 타고 종로까지 가던 먼 길은 그 달의 가장 설레는 순간이었다. 돈이 없었던 어린 나로선 정말 어떻게 내가 이렇게까지 모았지 싶었을 정도로 꽤 많이 수집했다.

우표 수집에 대한 열의는 중학교 1학년이 되어서까지 이어지다가 찬바람이 불어올 때쯤 거짓말처럼 식어버렸다. 본격적으로 문학에 빠져들고 음악에 빠져들기 시작하자 더 이상 우표에는 관심을 둘 여유가 없었기 때문이다. 열정총량보존의 법칙이라고 해야 하나, 그때부턴 일단 시간이나 돈이 생기면 책을 사서 읽어야 했고 음반을 사서 들어야 했다.

나이가 든 후 돌아보면 우표 수집에 그렇게까지 몰두했던 경험이 꿈처럼 여겨졌다. 그래서 그때 그렇게 했던 건 집이 부유하지 않았기 때문이라고, 어렸고 쪼들렸던 내가 그나마 가능한 우표 수집을 통해 소유욕을 우회적으로 충족시키려 했던 것이라고 생각했다. 실제로 수집했던 우표를 되파는 일은 거의 없었지만, 그럼에도 당시엔 자주 바뀌는 우표 시세라는 것이 있어서 마치 요즘 어른들이 아파트 시세나 주식 시세를 보듯 수집한 우표 가격이 점차 오르는 것을 확인하는 데서 흥미를 느꼈던 게 어느 정도 사실이었기 때문이다.

그런데 세월이 좀 더 흘러 다시 되짚어보니 그게 아니었다. 어린 시절의 우표 수집이 단지 소유욕에 대한 내 나름의 보상이고 일종의 투자 같은 것이었다면 어른이 되어 본격적으로 돈을 벌게 된 후엔 주식 투자 같은 것을 했겠지만, 내 평생 주식 거래라곤 다녔던 직장에서 연말 보너스 대신 지급해준 소량의 주식을 팔아치운 경험 한 차례가 전부일 뿐이다. 그때 나는 우표를 모으지 않았더라면 기어이 버스표라도 모았을 것이다.

그냥 그건 유전자의 문제다. 말하자면 세상에는 두 종류의 사람들이 있다. 수집하는 자와 수집하지 않는 자. 물론 그 둘 사이에 우열 같은 건 없다. 하지만 명백히 차이는 있다. 좀 더 정확히 말하면 나는 수집하는 자가 아니라, 수집하지 않을 수 없는 자다.

사실 가족 중에 멋진 수집품을 직접 만들 수 있는 사람이 있다. 그야말로 인간문화재급 뜨개장인, 권 여사님이시다. 어머니는 평생 옷을 만들거나 파는 일로 가족을 먹여 살리셨는데, 여든을 갓 넘기신 요즘엔 아예 뜨개질하는 재미에 푹 빠져 세월 가는 줄 모르신다. 먹고 살기 위해 옷과 관련된 일을 했던 예전과 달리, 요즘은 오로지 재미로, 내가 볼 때는 작품을 남기겠다는 일념으로 하신다. 어머니가 뜨개질하는 광경을 옆에서 보면 흡사 손가락으로 세상을 빚어내는 듯 디테일과 속도와 지구력 모두에서 그저 신기하기만 하다.

평생 효도와는 담을 쌓고 살았던 터라, 십수 년 전 큰맘 먹고서 평생 처음 미국과 유럽으로 어머니와 아버지를 모시고 다닌 적이 있었는데, 본격적인 해외여행이 사실상 처음인데도 어머니는 내내 손에서 실과 바늘을 놓지 않으셨다. 아버지가 황량하면서도 압도적인 데스밸리의 사막 풍경에 감탄을 거듭하며 두 팔을 벌리고 낭만적으로 노래를 하실 때도, 어머니는 작은 밴의 좁은 좌석에 남아 "오늘 이거 마저 떠야 한다"면서 눈 한번 돌리지 않은 채 바늘과 실이 빚어내는 성스러운 문양 삼매경에 빠져 있었다. (왜 그걸 하필 그날까지 마저 뜨셔야 했는지 아둔한 자식은 아직도 모른다.)

뜨개장인으로서 아이디어가 넘치는 어머니는 몇 개월에 한 번씩 계속 품목을 바꿔가며 만들어내시는데, 옷과 모자 혹은 가방이나 수세미(처럼 보이는 순정장식명품) 같은 실용적인 것들뿐 아니라 펜던트에서 각종 인형 세트까지 종류가 끝도 없다. 게다가 시즌 한정판이어서, 일단 특정 디자인의 품목에 몇 달간 집중하고 나면 뒤도 돌아보지 않고서 그걸 단종시키고 또 다른 디자인의 다음 품목으로 옮겨간다. 수세미의 경우 처음엔 피망과 해바라기로 시작하시더니, 황금돼지해엔 말 그대로 황금돼지로, 지난겨울엔 무지갯빛 복주머니와 산타클로스로 바꾸어가며 만들어내셨다. (어머니로부터 '가족특별할인가'로 대량 구매해서 주변에 나눠드렸던 산타클로스 수세미가 반응이 좋아 얼마 전에 추가 주문을 했더니, 시즌이 끝나 단종시켰다면서 프로페셔널의 차가운 포스로 단호하게 셔터를 내리셨다.) 그사이에 색색의 눈사람 인형과 곰 인형 세트, 강아지 인형 세트도 만드셨다. 그렇게 만든 각종 뜨개 작품들은 1년에 한 차

례씩 내가 메가박스에서 진행해온 '시네마 리플레이'란 행사에서 지난 6년간 퀴즈 당첨자 선물로 드리기도 했는데, 해가 갈수록 과열 양상을 보이고 있다.

요즘 새롭게 선보이시는 작품은 무려 키티 인형 12간지 세트. 키티를 변형해서 만든 기본 인형을 세상에나, 자축인묘진사오미신유술해, 그야말로 12간지에 따라 12개의 동물로 현란하게 조금씩 변주해서 떠내신 것이다. 그렇게 완성해서 가져오신 12개의 인형이 각각 어떤 동물인지 내가 맞혀나갈 때마다 어머니 입가에 번졌던 그 순도 높은 미소라니.

어머니, 다음은 뭔가요. 정녕 한국을 빛낸 100명의 위인들 세트인 건가요.

불빛을 향한 이야기

17
Pi
+
arch
×
ia

평생 가장 많이 모은 것은 책이다. 파이아키아 같은 꽤 큰 공간을 제대로 만들어야겠다고 오래전부터 생각했던 가장 큰 이유는 내가 모은 책들을 모두 집에 둘 수 없었기 때문이다. 성장 과정에서 우리 집은 넉넉하지 않았지만, 나는 고교 시절부터는 상대적으로 돈이 좀 있었다. 그때부터 동네 아이들을 가르치고 돈을 벌었기 때문이다. 대학에 들어가서부터는 좀 심할 정도로 과외 교습을 많이 했고 대학생치고는 돈도 꽤 많이 벌었다. 물론 그때 그렇게 과외에 집중한 것은 유학 자금을 나 스스로 모아야 한다고 생각해서였지만 말이다.

그러다 보니 10대 시절부터 보고 싶은 책은 대부분 사서 보았다. 볼 가치가 있는 책은 살 가치가 있다고 생각했다. 이 생각은 지금도 변함이 없다. 그렇게 책이 조금씩 늘어나기 시작했는데 세월이 흐를수록 늘어나는 속도가 점점 빨라졌다.

요즘은 읽는 속도보다 사는 속도가 훨씬 빠르다. 한 해에 1천 권 넘게 산 적도 여러 번 있을 정도로 직접 사는 책의 양이 워낙 많은 데다가 출판사에서 보내주는 책들도 있다. 그러다 보니 현재 장서량은 2만 권이 좀 넘게 됐다.

파이아키아를 떠올리고 건축가에게 의뢰하게 되면서 책장 사이즈만큼은 높이와 깊이를 구체적으로 주문했다. 최대한 많이 꽂아야 했기 때문이다. 그렇기에 파이아키아의 전체 벽을 둘러싸고 있는 책장의 각 칸은 거의 대부분 높이가 24센티미터이고 깊이가 16.5센티미터이다. 그게 공간 낭비를 최소한으로 줄이면서 대부분의 책을 수납할 수 있는 사이즈라고 판단했기 때문이다. 그 크기를 넘어서는 큰 사이즈의 책들은 꽂을 수 있는 자리를 주로 맨 아래 칸에 따로 마련했다.

2만 권쯤 되면 책이 꽂혀 있는 위치가 매우 중요해진다. 어느 책이 어디에 꽂혀 있는지 모른다면 그 책은 사실상 없는 것과 마찬가지이기 때문이다. 그러다 보니 책들은 정확한 분류체계에 따라 꽂혀야 하는데, 여기엔 내 나름의 방식이 있다. 예전에는 듀이십진분류법에 따라 정리해보기도 했는데, 이 분류법대로 몇 년간 해보니 내 장서의 특성과 동떨어진 측면이 있었기 때문이다.

파이아키아 서가는 크게 문학, 자연과학, 사회, 인문, 종교, 철학, 역사, 예술, 문고본, 기타로 나뉘어 있는데 각각의 카테고리는 좀 더 세밀하게 분류되어 있다. 예를 들어 문학은 먼저 문학에 대한 2차적 저작(이를테면 문학이론서)과 문학 작품으로 나뉘는데, 문학 작품은 다시 소설과 시와 에세이로 나뉜다. 여기서 다시 소설로 들어가면 한국 소설과 외국 소설로 분류되는데, 외국 소설은 작가별 혹은 언어권별로 분류가 되어 있다. 작가별로 분류되는 경우는 내가 특별히 좋아하거나 중요하게 여기는 작가의 경우에 한정된다. 대략 50명쯤 되는데 이 중 20세기 이후의 영어권 작가들만 적어보자면 트루먼 카포티, 존 치버, E. M. 포스터, 존 파울즈, 폴 오스터, 찰스 부코스키, J. M. 쿳시, 필립 로스, 줄리언 반스, 레이먼드 카버, 돈 드릴로, 코맥 매카시, 토마스 핀천, 존 어빙, 이언 매큐언, 마이클 커닝햄, 조이스 캐럴 오츠, 도리스 레싱, 앨리스 먼로, 토니 모리슨, 버지니아 울프, 얀 마텔, 존 윌리엄스, 조너선 프랜즌, 커트 보니것이 있다. (선호도가 아니라 서가에 꽂은 순서대로 썼다.) 작가별로 분류하지 않은 나머지 작가들은 영어 프랑스어 독일어 이탈리아어 러시아어 스페인어 포르투갈어 일본어 중국어 등등 언어권별로 분류되어 있는데 그 안에서는 역시 작가별로 또다시 소분류되어 있다.

대부분의 책은 이렇게 여덟 개의 큰 카테고리에 따라 꽂혀 있지만 내가 특별히 관심을 두고 있는 몇몇 주제는 아예 따로 모아두었다. 예를 들어서 시간과 공간에 대한 130여 권과 고통과 죽음에 대한 220여 권이 그렇다. 파이아키아에 레드 존을 만들면서 빨간 표지의 책들 300여 권 역시 구별해서 꽂았다. 레드 존은 주제별 분류가 아니라서 어떤 책들이 빨간 표지였는지도 따로 외워둬야 했다. 그렇지 않으면 엉뚱한 곳만 뒤지다가 못 찾게 되기 때문이다.

아울러 가장 잘 보이는 서가 한가운데에는 주제별 분류를 넘어서서 특별히 애독하거나 중요하다고 판단하는 저자들의 책만 따로 꽂아두었다. (이미 그렇게 분류한 소설 분야를 제외한 분야의 저자들이다.) 이 중 20세기 이후의 외국 저자만 적어본다면 다음과 같다. 줄리언 바지니, 모리스 블랑쇼, 마크 롤랜즈, 마이클 샌델, 볼프 슈나이더, 니얼 퍼거슨, 스티븐 제이 굴드, 스티븐 핑커, 제임스 버크, 에릭 홉스봄, 대니얼 부어스틴, 요네하라 마리, 테리 이글턴, 마르셀 라이히라니츠키, 자크 아탈리, 지그문트 바우만, 슈테판 츠바이크, 놈 촘스키, 크리스토퍼 히친스, 재레드 다이아몬드, 에드워드 윌슨, 말콤 글래드웰, 폴 존슨, 프레데리크 마르텔, 막스 피카르트, 유발 하라리, 슬라보예 지젝, 수전 손택, 올리비아 랭, 리베카 솔닛, 알베르토 망겔, 릭 게코스키, 빌 브라이슨, 피에르 바야르, 메리 로취, 올리버 색스, 데이브 그로스먼, 존 그레이, 데즈먼드 모리스, 앨런 와이즈먼, 리처드 도킨스, 움베르토 에코, 하워드 진, 콜린 윌슨, 에릭 호퍼, 슈테판 클라인, 스티븐 호킹, 칼 세이건, 다치바나 다카시, 사사키 아타루. (역시 선호도가 아니라 서가에 꽂힌 순서대로 썼다.)

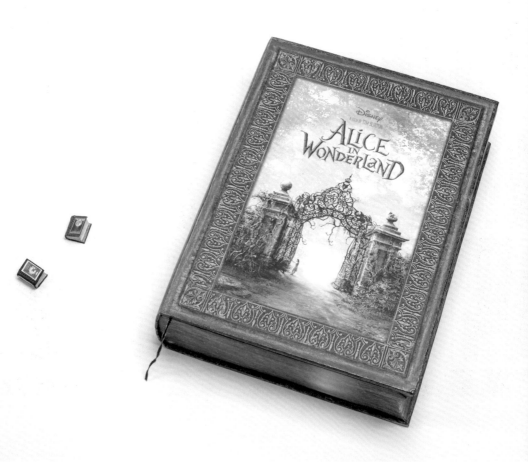

가지고 있는 책들 중 가장 큰 것은 39센티미터 높이의 『이상한 나라의 앨리스』인데 이건 영화 개봉을 위해 디즈니에서 특수한 목적으로 만든 책이다. 이걸 제외하면 37센티미터 높이의 『하늘에서 본 지구』가 가장 크다. 가장 작은 책은 2.2센티미터 높이의 영어책 『이상한 나라의 앨리스』인데 이 책 역시 깨알 같은 활자로 인쇄되어 있어서 실제로 읽을 수 있는 책이다. 워낙 글자가 작아 돋보기가 반드시 필요할 것 같긴 하지만 말이다. 가장 큰 책과 가장 작은 책이 모두 다 『이상한 나라의 앨리스』라는 게 흥미롭다. 아닌 게 아니라 책 속에서 이상한 나라에 간 앨리스는 상황에 따라 몸이 커지기도 하고 작아지기도 하니, 하트의 여왕도 미치광이 모자장수도 체서 고양이도 모두 놀라 팔짝 뛸지도 모를, 참 이상한 우연이다.

국내 도서로는 8.5센티미터의 김훈 기행산문집 『풍경과 상처』가 가장 작다. 초소형 도서로는 스페인의 델프라도 출판사가 100여 권으로 출간한 6.7센티미터 높이의 영어판 '미니어처 클래식 라이브러리' 시리즈가 유명한데 이 중 여섯 권을 갖고 있다.

파이아키아의 책들 중에서 사전을 제외하고 가장 두꺼운 책은 스티븐 핑커가 쓴 1,406페이지의 『우리 본성의 선한 천사』이고, 그다음은 생각의나무에서 한 권으로 합본 출간된 1,324페이지의 제임스 조이스 『율리시스』다. 944페이지로 벽돌이라 불렸던 『영화는 두 번 시작된다』 같은 책은 여기에 비하면 문고본 정도일 것이다. 정가가 가장 비싼 책은 『조르주 뒤비의 지도로 보는 세계사』인데 12만 원이다.

시리즈 도서 중에서 가장 많은 권수를 갖고 있는 것은 민음사에서 나온 '세계문학전집'이고 현재까지 출간된 368권 중 172권을 소장하고 있다. 내가 갖고 있는 문학전집 종류만도 민음사뿐만 아니라 문학동네 창비 열린책들 을유문화사 현대문학 시공사 펭귄클래식 문예출판사 푸른숲 책세상 등 열 가지가 넘는데 서로 겹치는 작품은 중복 구매하지 않는다. (심하긴 하지만 아직 그 정도로까지 병이 깊진 않다.) 시집 시리즈인 '문학과지성 시인선'은 현재까지 출간된 544권 중 182권, 비문학 시리즈인 '살림지식총서'는 현재까지 출간된 591권 중 175권이 있다.

꽂다 보면 책장에 빈자리가 생겨 책들이 쓰러지곤 하는데, 그럴 때를 대비해 사용하는 북엔드도 기왕이면 독특한 것들로 구했다. 사선으로 넘어지는 책더미를 피하려 남녀가 도망치는 듯한 북엔드와 그런 책더미를 한 손으로 버텨 쓰러지지 않게 하는 슈퍼맨이 돋보이는 북엔드가 그렇다. 주방 뒤쪽엔 음식에 관한 붉은 색상과 노란 색상의 책들을 꽂아두었는데 그 양옆엔 포크와 스푼을 구부려 만든 북엔드를 두었다. 책장 맨 꼭대기 칸에는 고양이 북엔드를(고양이는 높은 곳을 좋아하니까), 팝 음악 관련 책을 모아둔 곳에는 마이클 잭슨 북엔드를(비스듬히 몸을 기울인 특유의 모습으로 서 있다), 인류학 책들이 꽂혀 있는 곳에는 유인원에서 인간으로 진화해가는 과정이 표현된 북엔드를 (양옆으로 두면 책이 인간 진화에 기여한 듯한 형상이어서 딱 맞는다) 책 성격에 맞게 놓아두었다.

북엔드를 굳이 둘 필요가 없는 책장의 빈 구석에는 에드거 앨런 포에서 프란츠 카프카까지, 소설가들의 얼굴과 작품들이 6면에 아로새겨진 목재 블록을 두었다. 검은 종이 한 장을 정교하게 잘라내어 『모비딕』의 핵심 이미지를 멋지게 구현한 작품 같은 것을 서가 한 켠에 붙여놓기도 했다.

러시아 작가들 다섯 명을 표현한 마트료시카가 놓여 있는 곳도 있다. 앞에서 쓴 대로 마트료시카에서 인형들의 크기는 인기의 순서에 따르기 마련인데, 러시아 사람이 만든 것이라 러시아 안에서의 위상을 반영해서 그런지 가장 큰 인형은 도스토옙스키나 톨스토이가 아니라 푸시킨이다.

그리고 책을 읽을 때 커피나 물을 마시는 머그컵들은 기왕이면 책에 대한 재치 있는 문구가 적힌 것을 사용한다. 내 입장에선 꼭 필요한 변명 같은 "그래요, 난 정말 이 많은 책들이 다 필요해요"라거나 "나는 책 습관을 지탱하기 위해서 일을 한답니다"라는 문장이 새겨진 머그컵이 있는가 하면, 빨간 안경을 쓴 고양이가 책을 베고 자고 있는 그림이 그려졌거나 아예 몇 권의 작은 책이 입체적으로 돌출되어 있는 것들도 있다.

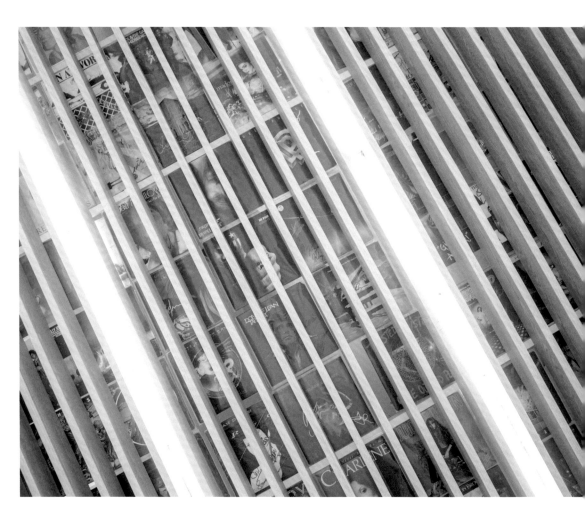

음반은 거의 대부분 CD 아니면 바이닐이다. CD만 1만 장이 넘는데, 그중 팝이 70퍼센트 가량이고 나머지가 가요와 재즈와 클래식이다. 바이닐은 예전에 대폭 정리했기에 많이 줄어서 (왜 그랬을까, 대체 왜 그랬을까) 700장 안팎이다.

바이닐 중 뮤지션이 서명한 음반이 100여 장인데, 도저히 전시할 공간을 찾지 못해 아예 중앙 홀의 천장에 설치한 루버 위쪽에 올려두었다. 궁여지책으로 그렇게 한 것인데, 루버의 가느다란 널빤지 사이로 올려다보이는 사인본 바이닐들이 제법 시크해 보여서 대만족이다. 실제 그 바이닐들을 우연히 올려다보게 된 한 친구가 나의 디스플레이 센스를 높이 평가하며 칭찬해준 일도 있었는데, 그 친구가 떠난 후 만세삼창을 했다. 이제부터는 무조건 센스 때문에 그렇게 진열한 걸로.

뮤지션 사인본 CD 역시 100장쯤 되는데, 그중 일부를 장식장에 세워둔 후 나머지 둘 곳을 못 찾아 한참 고민하다가 결국 그곳으로 가야 한다는 것을 깨달았다. 바로 바이닐을 올려두었던 곳 바로 옆, 루버 위쪽이다. (파이아키아를 설계한 건축가는 루버의 이런 용도를 아마 꿈에서도 생각하지 못했을 것이다.) 한 번이 어렵지 두 번은 쉽다. 포기하면 홀가분해진다. 다시 한 번 외워둔다. 궁여지책 아니죠. 감출 수 없는 센스죠.

음반은 팝 가요 재즈 클래식으로 크게 나눈 뒤 각각 뮤지션 (혹은 그룹) 이름의 알파벳 순서대로 꽂았다. 이때 솔로 뮤지션의 경우는 성의 알파벳 순서로 진열했다. 예를 들어 Michael Jackson은 M이 아니라 J 항목에 꽂히게 된다. 가요는 물론 가나다순이다.

음반이 1만 장을 넘겼지만 파이아키아에 들어서면 잘 보이지 않는데, 그건 내부 공간을 안과 밖으로 크게 나누는 장식장의 바깥 둘레에 전부 꽂혀 있기 때문이다. 정문 바로 옆에는 CD 200장 정도를 진열할 수 있는 공간이 따로 있는데 이곳에는 내가 가장 좋아하는 뮤지션들의 CD만 집중적으로 꽂아두었다. 말하자면 나만의 '월 오브 페임'인 셈인데, 멤버들 각자의 솔로 앨범들을 포함한 비틀스, 레너드 코언, 로드 매큐언, 플레이밍 립스, 로우, 마이 모닝 재킷, 라디오헤드, 톰 웨이츠, 퀸, 크리스 드 버그, 브라이트 아이즈, 시인과 촌장, 들국화 등 모두 13팀이다. 핑크 플로이드 CD들은 따로 마련된 핑크 플로이드 존에 두었다.

음악을 들을 때면 거의 대부분 CD플레이어를 이용한다. 자동차로 이동할 때도 역시 그렇기에 차에는 항상 10여 장의 CD가 비치되어 있다. 제대로 기분을 내면서 집중적으로 듣고 싶을 때는 턴테이블에 바이닐을 건다. 바이닐은 음악을 듣기 위해 거쳐야 하는 일련의 거추장스러운 행동들이 오히려 음악 듣는 행위에 의미를 더해주는 역설을 지녔다. 아주 가끔 유튜브로 들을 때도 있는데, 러닝머신에서 달릴 때 주로 그렇다.

영화는 DVD가 5천 장가량 있다. 국내에서 출시된 것들만 있는 게 아니라 외국에서 발매된 것들도 꽤 된다. 블루레이는 그리 많지 않아서 300장 정도인데, 수집에 본격적으로 뛰어들지 말지 몇 년째 고민 중이다. 오래전에 수집해두었던 비디오테이프는 500장, 합법적 경로로 다운로드 받거나 영화사에서 시사용으로 건네받은 영화 파일은 200편쯤 된다. 불법 다운로드는 이용하지 않는다.

영화 DVD는 국적에 따라 미국 한국 동양 기타(유럽 포함)로 크게 나누었다. 이어 중요하다고 판단되는 감독들의 작품인 경우 감독의 이름 순서대로 한데 모아 꽂아둔다. 이렇게 감독별로 진열한 DVD가 전체의 60퍼센트 정도다. 나머지 40퍼센트는 영화 제목의 가나다 순서대로 진열한다. 중앙 홀에 작은 행사를 할 수 있는 무대를 마련해두었는데, 그 무대의 뒤편 장식장 앞과 뒤에 DVD들이 집중적으로 꽂혀 있다. 블루레이와 비디오테이프는 중앙 홀 위쪽 천장에 반원을 그리도록 설치한 장에 주로 꽂아두었다.

영화를 볼 때는 가급적 중앙 홀에 있는 가로 길이 4미터짜리 스크린을 이용한다. 컴퓨터 화면으로 볼 때도 종종 있긴 하다. 모니터 크기는 33인치다. 파이아키아의 모든 불을 끄고서 스크린에 영사되는 영화를 혼자 보고 있으면 기분이 좋아진다. 불을 다 끄면 낮에도 어둡지만 역시 한밤중에 봐야 그 맛이 더 잘 살아난다. 영화를 볼 때는 거의 언제나 메모를 한다. 20년 넘게 이어져온 직업병이다.

영화 보는 게 끝나면 관련 기기를 모두 끄고 스크린을 원래 위치로 다시 올린 후 어둠 속에서 그냥 멍하니 한동안 앉아 있기도 한다. 그러다 스위치를 누르면 관객들로 들어찬 극장의 스크린에 불이 들어오는 나무상자 소품을 물끄러미 들여다본다. 이승우의 소설『그곳이 어디든』에 나왔던 문장처럼, 어쨌거나 사람은 불빛을 향해 가게 되어 있는 법이다. 세상은 온통 어둡지만 빛이 나기 시작한 작은 상자 위 스크린에선 이제 또 다른 이야기가 흐를 것이다.

파이아키아엔 캐나다 작가 마거릿 애트우드의 글귀가 적힌 나무판이 있다. "결국 우리 모두는 이야기가 될 것이다"라는 문장이다. 이 모든 책과 영화와 음반과 수집품들을 둘러본다. 그 하나하나마다 서린 이야기들을 떠올린다. 여기엔 모두 4만 개가량의 물품들이 있으니, 파이아키아엔 4만 가지 이야기가 담겨 있는 셈이다. 그리고 그 이야기들에 오랜 세월 얽혀가며 여기까지 뻗어온 나의 이야기가 있다. 결국 우리 모두는 이야기가 될 것이다.

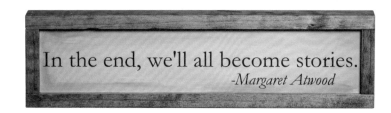

Pi
arch
ia

파이아키아, 다시 꾸는 꿈

이동진 × 봉일범 대화의 기록

Pi
arch
ia

봉일범 건축가가 없었더라면 지금의 파이 아키아는 없었을 것이다. 그를 만나고 나서야 공간에 대한 나의 뜬구름 같은 욕망이 비로소 형태를 갖추었고 뿌리를 내렸다. 그에게 처음 전화를 걸었던 순간부터 파이 아키아를 최종 완성한 순간까지 꽤 긴 시간 동안 수시로 그를 만났고 수없이 대화를 나눴다. 이제 이 공간에 대한 나와 건축가의 길고도 치열했던 대화의 마지막 장을 편안한 심정으로 펼칠 때가 됐다.

다시
꾸는 꿈

두 분의 첫 만남이 궁금합니다.

이동진 살면서 어떤 한계에 부딪히게 되면, 그걸 돌파하기 위해서 뭔가를 시도하는 경우가 있죠. 이 작업실 아이디어는 우선 제게 그렇게 처음 다가왔어요. 물론 저만의 공간에 대한 오랜 꿈이 있기도 했죠. 보다 더 중요하고 실제적인 이유는 가정집에서는 이 모든 물건들을 도저히 수용할 수 없는 지경에 이르렀기에 무리를 해서라

도 시작해보자고 결심했죠. 제가 「이동진의 빨간책방」이라는 팟캐스트를 진행하면서 온갖 분야의 책을 다 다뤘는데요, 못 다룬 분야 중 하나가 건축이었어요. 그만큼 건축에 관해서는 잘 모른다는 생각이 있었기에 저만의 특별한 공간을 꾸린다면 능력 있는 건축가를 섭외해서 공간을 설계하는 것이 필수적이라고 생각했어요. 그래서 저는 모든 걸 책으로 배우는 사람이니 일단 책을 잔뜩 산 거죠.(웃음) 건물을 어떻게 짓는지부터 공간을 어떻게 상상해야 하는지까지에 대한 책들을 모두 산 겁니다. 그러다 저처럼 자신만의 공간에 대한 꿈을 꾸는 사람들 십수 명이 쓴 수기를 모은 책을 읽었는데 유독 두 명의 건축가가 실명으로 자주 거론이 되는 거예요. 두 분 다 모르는 분이었는데, 그중 특히 한 분이 설계하신 내용이나 여타 부분들이 굉장히 마음에 들었어요. 게다가 모두가 이구동성으로 그 건축가에 대해 말하는 게 인격이 굉장히 훌륭하신 분이라고…….

봉일범 그래서 책으로 배우면 안 되는 것 같아요.(웃음)

이동진 그분이 바로 봉일범 교수님이셨는

데 검색을 해보니까 국민대학교 건축학부 교수로 재직하고 계셨죠. 그래서 국민대 홈페이지에 들어가서 교수님 연구실 번호를 찾아 무작정 전화를 걸었는데 교수님이 바로 전화를 받으셨어요. 그렇게 통화를 한 게 만남의 시작이었습니다.

봉일범 그때 일에 대해서는 제 입장에서 말씀드리는 게 더 재미있을 것 같아요. 아무래도 당한 입장이니까요. 저는 이동진 선생님을 「영화당」 프로그램을 보고 알게 되었어요. 저도 영화를 좋아하다 보니 처음 볼 때부터 말씀이 귀에 쏙쏙 꽂혔어요. 그때는 저보다 한참 젊은 분인 줄 알았어요. 워낙 동안이시잖아요. '와, 저 사람은 정말 똑똑하구나.' 감탄하면서도 한편으로는 '저렇게 예리하니 보나 마나 엄청 까칠할 거야'라고 생각했던 분이었죠.(웃음) 그러다 어느 날 연구실로 전화가 왔는데, 사실 그 연구실 전화는 제가 거의 안 받아요. 주로 오는 전화가 잡지를 구독하라거나 호텔 회원권을 구매하라거나 그런 전화거든요. 그런데 그날따라 연구실에 들어서다가 전화벨 소리가 나니 저도 모르게 그걸 받았던 거예요. 그랬더니 "저는 영화평론을 하

는 사람인데요"라고 말씀하시는데 듣자마자 그 목소리를 바로 알아들었어요. 그래서 "제가 아는 분인 것 같은데요?" 하니까 "아마 그럴 겁니다." 하시더라고요. 맙소사 이럴 수가…… 갑자기 유명인한테서 전화가 온 거잖아요. 믿기지가 않았어요. 살짝 가슴이 콩닥거리기까지 했고요. 아마 다른 사람이라도 이 선생님 같은 분한테서 느닷없이 전화를 받으면 그랬을 거예요. 작업실을 구상 중이라는 말씀을 들을 때는 내 건축 인생에 기회가 오는구나 했지요.(웃음)

연구실로 전화를 하셨다는 게 재미있네요. 보통은 이메일을 보내거나 할 텐데.

봉일범 그러니까요. 실제로 그 전화는 거의 안 받는다니까요.

이동진 저 역시 안 받으실 수도 있겠다고 생각했고요. 안 받으시면 과 사무실로 전화하려고…….

봉일범 그때가 제 기억으론 방학이어서 매일 학교에 나가는 시기도 아니었어요. 그리고 제가 사람 얼굴을 심각할 정도로 못 알아보거든요. 아마 직접 찾아오셨으면 분명히 '누구세요?' 했을 거예요. 그런데 목소

리는 이상하게 알아듣겠더라고요.

이동진 제 입장에서는 목소리를 바로 알아들으시니까 '아, 일이 잘 풀리겠구나. 다행이다'라는 마음이었죠. 그러고 나서 이러이러한 일을 계획하고 있는데 도와주실 수 있겠냐고 여쭤봤더니 긍정적으로 말씀해주셨고, 장서량도 볼 겸 저희 집으로 오셔서 첫 만남을 가졌죠. 그런데 아까 저의 까칠함을 말씀하셨지만 반대로 교수님이 볼 때 아마추어에 불과한 제가 가진 공간에 대한 상상력이 얼마나 한심하겠어요. 그래서 저는 좀 움츠러든 게 있었는데, 그런 하수 앞에서 '내가 전문가인데' 하며 내세우지 않으셨어요. 또 이 일을 하고 싶다고 적극적으로 말씀하셨고요. 그래서 그런 부분에서 호의와 신뢰가 갔어요. 왜냐하면 전문가들은 설사 그 일을 원한다고 할지라도 그렇게 티를 내면 면이 깎인다는 생각을 많이 하거든요. 그런데 제가 마지막에 단도직입적으로 여쭤봤을 때 솔직하게 하고 싶다고 말씀해주셔서 정말 진솔한 분이고 믿어도 되겠다고 생각했어요.

이동진 작가님께서 책 2만 권과 이런 수집품들을 진열할 공간을 마련하고 싶다고 하셨을 때 교수님은 어떤 생각이 드셨어요?

봉일범 이 선생님께서 제가 이 일을 하고 싶다고 솔직하게 말했다 하셨는데, 그게 정말 제 본마음이었어요. '이런 특이한 작업을 할 수 있는 기회가 오다니!' 하며 흥분했었죠. 일단은 「영화당」을 보면서 '저런 분이 있구나. 정말 대단하다.' 하는 존경심이 있었고, 저도 영화와 책을 좋아하거든요. 책을 많이 읽었다기보다는 그냥 책이라는 '물건' 자체를 어려서부터 좋아했어요. 그런데 책이 2만 권이나 된다 하시니, 이유불문 이 작업이 너무 하고 싶었죠. 그동안은 주로 주택 작업을 해왔던 터라 전혀 다른 여지가 있는 일이라는 점이 좋았어요.

이동진 교수님은 전문가이면서 동시에 교양이 넓으신 분이에요. 왕년에 시네필이셨고 문학에 대해서도 조예가 깊으시고요. 본인이 쓰신 책을 여러 권 선물해주셨는데 글도 굉장히 잘 쓰십니다. 이 프로젝트에 비해 과분한 분인데 이색적인 작업이라 흥미를 느껴서 승낙해주신 거죠. 이런 일은 사람을 만나는 게 결국 90퍼센트예요. 이 작업을 하는 동안 『영화는 두 번 시작된다』라는 책이 나왔거든요. 그 책을 선물로 드리면서 '다시 꿈꾸게 해주셔서 감사합니다'라고 사인을 해드렸어요. 저도 어떤 점에 있어선 냉소적인 사람이고, 살다 보면 꿈이라는 것에 대해 마음이 딱딱하게 굳어 있는 상태가 되는데, 적지 않은 나이에 다시 꿈꾸게 해주신 분이어서 너무 고마운 마음이에요.

성수동
에서

이동진 그다음부터는 수도 없이 만났거죠. 건물을 살 돈은 없으니까 임대를 해서 임차인으로 들어가야 하는데 후보지가 생길 때마다 교수님을 모시고 가서 다 물어봤어요. 여기에 설계하시면 어떻겠냐, 저기에 설계하시면 무슨 문제가 있겠냐 하면서요. 공장으로 썼던 100평이 넘는 장소를 얻을 생각도 했는데 누수 문제가 있다든지 너무 비싸다든지 해서 결국 이곳을 얻게 되었죠. 교수님이 여기를 추천해주셨어요.

봉일범 어마어마한 크기의 호이스트가 달린 공장 건물도 하나 있었어요. 거기에 열기구처럼 바구니 하나 매달아서 태워드리려고 했었는데.(웃음)

이동진 높이 7~8미터까지 책장을 쫙 올린 다음 케이지에 타고 왔다 갔다 하면서 책을 고를 수 있게 말이죠.

봉일범 그 공간이 가장 탐났었죠. 그곳 말고는 이 공간이 그중 무난하고 괜찮았어요.

이동진 거기는 계약까지 했다가 사정이 있어서 해지했어요. 교수님께 임대할 공간에 어떤 특성이 있으면 좋겠냐고 물어보니 제일 먼저 꼽으신 게 층고였어요. 책장들이 위로 쫙 올라간 것에 대한 판타지가 있었고, 그걸 구현하려면 높이가 필수니까요. 그런 면에서 이 공간은 조금 아쉬울 수도 있을 거예요.

봉일범 이런 사무실이나 큰 임대 공간은 높이가 2.7미터 정도 되는데 처음 본 공간들은 대부분 4미터가 넘는 곳들이었어요. 지금 여기는 그나마 천장 마감을 뜯어내서 제일 높은 곳이 3.2미터 정도 나오는데 그동안 봤던 공간들 중에서는 불리한 축에 속하는 곳이죠. 비단 이 프로젝트에서만이 아니라 건축 설계를 하는 사람들은 높이에 집착할 수밖에 없거든요. 어쨌든 공간을 만든다는 건 기본적으로 수직 방향으로 뭔가를 한다는 뜻이니까요. 그 여지가 좁아지니까 그게 가장 답답한 한계로 다가왔어요. 면적이 60평인데 이전에 고려했던 다른 공간들에 비하면 좀 작은 편이기도 했고요. 반면 새 건물이라 좋기도 했어요. 깨끗하고 편의시설도 다 되어 있고, 에어컨도 달려 있고요.

이동진 같은 예산으로 낡은 건물이라면 100평을 구할 수도 있었는데 여러 문제가 있어서 차선으로 여기를 선택했어요. 결과적으로는 잘했다고 생각하고 있어요. 그리고 제가 성수초등학교와 성수중학교를 나왔거든요. 입사하기 전까지 성수동 언저리에서 20년 정도 살았기 때문에 성수동에 대한 추억이 있어요. 요즘 성수동을 핫플레이스라고 하는데, 사실 성수동이 굉장히 넓고 이쪽은 성수동의 음지 같은 곳입니다. (웃음)

한계를
개성으로

이동진 이 공간이 정사각형에 가깝잖아요? 그런 게 건축가 입장에서는 재미없지 않나요?

봉일범 물론 재미가 없죠. 이곳은 한계가 뚜렷한 공간이에요. 상대적으로 층고가 낮아서 불리한 조건이었고, 면적도 다소 작은 편이었으니 물리적인 한계가 있죠. 그런데 물리적 한계가 뚜렷하다는 것은 사실 설계를 시작할 때 도움이 되기도 해요. 아무거나 다 할 수 있으면 오히려 무엇부터 시작해야 할지 막막하죠. 빼도 박도 못했던 한계들이 바로 이 공간을 설계하는 데 출발점이었어요. 우선, 이 공간 안에는 들어가야 할 것이 너무 많았어요. 물리적으로만 많은 게 아니라 이곳에서 계획하셨던 이벤트가 굉장히 다양했어요. 사람들이 최소 4~50명은 모여서 여러 가지 일들을 벌일 공간이 필요하면서도 동시에 사적인 작업실이어야 했고, 소규모 미팅이나 인터뷰, 영화와 음악감상, 간단한 취사, 파티도 가능해야 했었죠. 집어넣어야 할 물건들도 어마어마

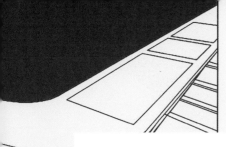

하게 많았고요. 비유적으로 말씀드리자면, 통은 손바닥만 한데 넣어야 할 건 산더미처럼 쌓여 있었던 거예요. 그럴 때 할 수 있는 방법은 냉동실에 물건 넣기와 똑같아요. 딱딱한 사각형 유리그릇으로는 어림도 없죠. 바야흐로 지퍼백이나 비닐봉지가 등장할 시점이라는 말씀이에요. 돌돌 말아서 구석구석 알뜰하게 끼워 넣다 보면 어느새 전부 들어가잖아요. 이 공간의 특징이 바로 냉장고처럼 원래 주어진 틀은 네모인데 그 안에서 공간을 나누는 면들은 죄다 곡선이고 삐뚤삐뚤하다는 점이에요. 그게 말하자면 안 들어가는 여러 가지를 딱딱한 그릇에서 빼내어 비닐봉지에 둘둘 말아 여기서 밀어 넣고 저기서 밀어 넣고 하다 보면 다 부정형으로 밀고 당기고 하면서 자리를 잡게 되어 있다는 거죠. 그런 식으로 설계된 공간이에요. 면적 자체부터 뚜렷한 한계를 갖고 있기 때문에 사실은 지금 보시는 불규칙하고 복잡한 모양이 만들어진 거예요. 그리고 높이가 한정되어 있어서 공간감을 느끼기 힘들고 답답하기도 했어요. 그래서 바닥 단의 높이를 여러 개로 쪼개서 그걸 따라 움직이다 보면 경험하는 사람이 서 있을 때 느끼

는 공간의 높이가 계속 달라지도록 만들었어요. 일부러 천장을 더 낮게 만든 부분도 있어요. 극단적으로 낮은 공간의 경험이 있어야 어정쩡하게 답답한 느낌을 줄 수 있는 높이가 오히려 시원하게 느껴지거든요. 어쩌면 제 스스로 '높이에의 강요' 같은 강박이 있는지도 모르겠어요. 해도 해도 안 되니까 천장에 거울까지 붙였잖아요. 그 공간은 거울 속의 가상이나마 6미터가 넘는 책장을 볼 수 있으니까요. 물론 바닥 면 단차 때문에 불리한 부분도 상당히 많아졌어요. 들어 올린 바닥 면 아래쪽에 버리는 공간들이 생기거든요. 그래서 역설적으로 좁다고 투덜대다가 더 좁은 걸 만드는 꼴이 되는 것이지만, 그게 이 공간을 만드는 출발점이 된 거예요. 물리적인 제약이.

이동진 저는 원래도 그렇게 생각했지만 건축이 예술이라는 생각을 다시 한번 하게 됐어요. 영화든 문학이든 미술이든 창작은 항상 한계에서 출발하는 면이 있어요. 예를 들어 소네트를 짓는 시인이라면 자기가 아무리 생각이 많아도 열네 줄로 줄여 넣어야 하고, 하이쿠를 쓰는 사람이면 열일곱 자로 줄여 넣어야 하죠. 마찬가지로 교수님한테

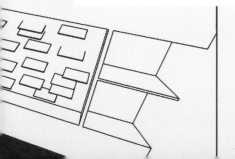

제가 요구한 게 너무 많았어요. 기본적으로 제가 가지고 있는 물건들의 물리적인 양이 너무 많고 여기서 강의도 할 수 있다, 혹시 방송을 할 수도 있다, 별 얘길 다 했거든요. 교수님은 그걸 다 수용해야 하니까 냉동실 비유가 나오는 건데요, 결과적으로는 그런 한계에서 출발했기에 이런 모양이 된 거잖아요. 저는 그게 좋아요. 고수와 이야기할 때 하수가 이런저런 요구를 하면 그분은 이미 본인이 생각하는 이상적 형태가 있어서 그 안에 요청자의 생각을 욱여넣으려고 하는 경우가 많아요. 그런데 교수님은 제가 말도 안 되는 요구를 한 부분이 있었을 텐데도 그런 것들을 다 수용하는 형태로 공간을 만들어주셨어요. 그런 면에서 이 공간의 개성이 자연스럽게 생겨난 것이죠.

봉일범 요즘 와서 계속하는 생각인데, 건축은 전문 영역은 아닌 것 같아요. 20년도 넘게 공부해서 학위 따고 학생들 가르치는 사람이 이런 이야기를 하면 이상하게 느끼실지 모르겠지만, 정말 전문 영역은 아닌 것 같아요. 이 선생님께서 '나는 건축에 대해 문외한이고 당신은 전문가다'라고 말씀하시는데, 때로는 전혀 아닌 것 같다는 생

각도 들어요. 건축을 계속하다 보니까 마지막에 가서는 결국 상식 외에는 남는 게 없어요. 삶의 경험이 많아지고 생각이 깊어진 분들은 다 집 한 채 정도는 설계하고 지을 수 있는 분들이에요. 다만 전문적인 도구를 사용할 줄 모르기 때문에 쉽게 접근을 못할 뿐이라고 생각해요. 집 짓는 작업을 적잖이 하면서 깨달은 게 하나 있는데요. 집을 지을 때는 저 혼자 이것저것 새로운 시도도 해보고 작품한답시고 욕심도 부리고 그러지만, 다 지어놓고 보면 결국 그 집이 건축주를 닮아요. 건축주가 과시적이고 호방한 분이면 집도 그렇게 나오고, 단정하고 내실 있는 걸 추구하는 분이면 집도 그렇게 나와요. 그런 점에서 이 공간 역시 제가 그리기는 했지만 결과적으로는 이동진이라는 한 존재가 온전히 투사되어 있는 집이라고 생각해요.

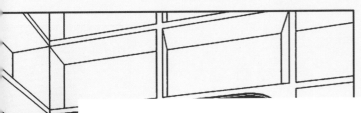

알파에서
오메가까지

이동진 그동안 허다한 건축주를 만나셨을 텐데요, 저에게는 어떤 장단점이 있었나요?

봉일범 단점은…… 너무 힘들었어요.(웃음) 왜 힘들었냐 하면, 학생이 설계 시간에 준비해서 선생님한테 검사받으러 가는 기분이었어요. 좀 전에 소네트나 하이쿠 얘기도 하셨듯이, 제가 생각하는 이 선생님은 예술이 지닌 형식성의 문제를 완벽하게 이해하고 계신 분이에요. 장르가 영화가 됐든 미술이 됐든 문학이 됐든 어떤 종류의 예술이든 스토리를 뺀 순수 형식의 구조를 한눈에 알아보는 안목을 갖고 계신 거예요. 처음엔 물론 몰랐어요. 그런데 예를 들어 설계 시작할 무렵 보여드렸던 아이디어 모형들의 경우를 돌이켜보면, 보통 그 단계에서는 건축주 의향에 반하거나 실현하기 힘들더라도 제 자신이 해보고 싶어 하는 대안들과 현실적이고 무난한 대안들을 함께 보여드리곤 하는데, 대부분의 건축주들은 당연히 제 욕심을 접어야 하는 선택들을 하시

죠. 그런데 이 선생님께서는 세 개의 대안 중에서 가장 비현실적이었지만 저로서는 가장 욕심이 났던 것, 그러니까 달리 말하면 예술로서의 완성도는 가장 높다고 할 수 있지만 '설마 이걸 택하시진 않겠지……' 했던 바로 그걸 한 번에 콕 집어내시더라고요. 그러고서 간단히 세 개의 대안들에 대해 촌평을 하시는데, 거의 건축평론가 수준이었어요.(웃음)

이동진 몰라서 그래요.(웃음)

봉일범 그리고 이후에도 뭔가를 작업해서 보여드렸을 때 그냥 "이거 좋아요, 이거 예쁘네요"가 아니라 그게 전체의 구성에서 차지하는 형식상의 비중을 정확하게 알아보시는 거예요. 깜짝깜짝 놀랐어요. 그러다 보니 미팅 전에 준비가 부족했더라도 적당히 얼버무리거나 거들먹거리면서 "건축이란 게 그런 게 아니에요"라고는 하지 못하는 거죠. 물론 다른 분들께는 적당히 한다는 말씀은 아닙니다만.(웃음) 아무튼 그런 부분들이 힘들면서도 또 재미도 있었고, 창작하는 사람으로서 정말 많은 자극을 받았어요. 좋은 점은…… 그냥 한 인간으로서 여러모로 훌륭한 분이라고 생각해요. 면

전에서 이런 말씀 드리려니 좀 쑥스럽지만, 텔레비전 속 첫인상이 까칠해 보였던 것과는 달리 아주 온화하시고 타인에 대한 배려가 몸에 배어 있는 분이에요. 그리고 가장 놀라운 건 절대로 빈말, 허튼소리를 안 하세요. 처음엔 그것도 힘든 부분이기는 했는데(웃음) 어느덧 신뢰가 생겼어요. 함께 작업하는 게 현실적으로는 고달픈 부분도 있었지만 그럼에도 불구하고 우리는 서로 믿는 관계라는 신뢰가 어느덧 생겨버린 거죠. 그래서 자주 뵙게 될수록 저도 그냥 가감 없이 편하게 말씀드리고, 이 선생님께서도 그걸 있는 그대로 받아들이셨죠.

이동진 저도 이제는 교수님에 대해서 완전히 믿는 단계가 되었고요. 전문가로서 대단하다고 생각한 것은 물론 탁월한 능력도 있지만 예를 들어 시간을 전혀 어기지 않는다든지, 그런 부분도 있었어요. 제가 말한 것을 반영한 새로운 도면을 오늘 보내주겠다고 말하면 꼭 지키신다든지. 또 한 가지 감사한 것은 설계만 하고 끝낼 수도 있는데 공사를 하면서 조금씩 어긋나는 디테일들까지 다 직접 잡아주셨어요. 심지어 책장 아래에 괴는 아크릴 판까지 직접 가져와서 만들어주셨어요.

봉일범 사실 그것보다 이 얘기를 꼭 해주셔야죠. 유리문 교정해드린 거요. 엄청 뿌듯했거든요.(웃음)

이동진 음악 쪽 장식장이 기타나 LP 진열을 계산하고 만든 거라 굉장히 정교하거든요. 그런데 시간이 가면서 유리문이 조금씩 아귀가 안 맞는 거예요. 시공할 때 문제가 있었던 거죠. 그걸 교수님이 공구를 가지고 오셔서 사다리 타고 올라가서 다 교정해주셨어요. 크리켓 배트를 올려놓는 곳도 배트가 무거우니까 양면테이프로는 고정이 안 되더라고요. 교수님이 딱 맞는 나무 토막 두 개를 집에서 만들어오셔서 직접 못을 박아 걸 수 있게 해주셨어요. 수집품 하나를 거는 작은 디테일까지도 신경 써주신 거죠. 교수님은 이 공간에 대해 '나는 이런 일을 하는 전문가니까 내 일은 여기까지만이다'라는 게 아니었어요. 단순히 인간적인 고마움을 넘어 이 공간의 아버지 같은 존재이죠.

보르헤스의
미로

이동진 아까 층고가 낮기 때문에 오히려 계단을 만들었다는 이야기가 재미있었거든요. 완성된 파이아키아를 보면서 정말 좋으면서도 다른 한편 그런 마음이 사실 있었어요. 사람 마음속에 양립 불가능한 욕망들이 있는 건데, 한편으론 물건이 너무 많으니까 여기 공간을 최대한으로 쓰고 싶다는 마음이 있고, 다른 한편으론 이 공간을 정말 유니크하게, 전 세계에서 하나밖에 없는 나만의 공간으로 만들고 싶다는 마음이 있는 거죠. 그 두 마음이 상충하는 겁니다. 유니크하게 잘 만들수록 수납을 많이 할 수 없으니까요. 이 공간을 보면 크게 세 군데로 나뉘어요. 하나는 가운데 홀이 있고 두 번째는 그 바깥으로 책장을 둘러싸고 계단으로 연결되는 둘레길이 있으며, 마지막으로 별도의 스튜디오와 미로 공간이 있어요. 이 공간이 너무 좋으면서도 초반에는 좀 아까운 거예요. 왜냐하면 계단을 다섯 개 만들어 둘레길을 올리면 그 높이만큼의 공간이 그 아래로 사장되니까요. 지금 보시면

활용할 공간이 아쉬워서 보에까지 포스터를 붙이고 천장에까지 음반을 올렸잖아요. '계단 밑 공간을 다 쓸 수 있었으면 포스터가 몇 장이야, 책이 몇 권이야.' 하는 생각이 어쩔 수 없이 드는 거예요. 그런데 만일 그렇게 했으면 파이아키아는 굉장히 평범하고 지루한 창고가 됐겠죠. 그런 면에서 이 공간이 갖고 있는 미학적인 요소들을 정말 좋아해요. 그리고 농담처럼 얘기하면 운동도 엄청 돼요. 개인이 쓰기엔 이 공간이 좀 넓고 계단까지 계속 오르내려야 하니까 운동량이 장난 아니에요. 가장 극단적인 게 미로 쪽이죠. 좁은 공간에 미로 같은 공간을 만들어놔서 제일 높은 곳에 가면 천장에 머리가 닿아요. 그런 공간이 가진 역설적인 재미와 아름다움이 있어요.

봉일범 설계를 마치고 나면 결국은 집이 건축주를 닮아 있더라고 말씀드렸는데요. 해주시는 얘기를 들으면서 이 선생님께서 마음속에 그리고 계신 세계가 이렇지 않았을까 추측하고 저 나름 그걸 건축으로 번안을 한 거죠. 특히 저는 수집 취미가 없는 사람인데 수집이라는 게 뭘까, 고민을 많이 했어요. 제가 내린 결론은 이래요. 수집은

결국 이야기를 모으는 거다. 물건을 모으는 게 아니고. 물건은 다 그 너머에 있는 드라마틱한 무용담들을 불러오기 위한 플레이 버튼일 뿐, 진짜로 모으는 것은 이야기들이다. 그런데 이야기들을 모으다 보면 그다음 단계는 그 이야기들 사이에 관계를 맺어주고, 계보를 엮고, 그것이 담길 틀을 만들어주는 일이 되는 것 같아요. 그러니까 수집을 한다는 건 그걸 빌미로 이야기들로 이루어진 자기만의 세계를 하나 구축하는 거죠. 거창하게 말하면 이 공간은 이 선생님께서 자기 세계를 하나 만드신 거라고 생각해요. 그러려면 필연적으로 내향적일 수밖에 없고 복잡해질 수밖에 없어요. 극단적으로는 이 안에 쏙 들어가면 평생 안 나와도 되는 공간인 거예요. 그런 이미지가 제가 개인적으로 갖고 있던 성향과 딱 맞아떨어졌어요. 감히 '나의 건축'이라 말할 수 있는 게 저한테 있다면 그건 100퍼센트 보르헤스한테서 온 거예요. 그리고 이 공간이 딱 그거예요. 보르헤스가 시종 이야기하는 바로 그 미로. 여기 들어오면 그냥 계속해서 돌아다니고 어딘가로 가고 있는데, 이 속에서 상황은 항상 달라지고 익숙해지지 않는

거죠. 보르헤스의 작품 중에 「끝없이 두 갈래로 갈라지는 길들이 있는 정원」 같은 느낌으로 올라갔다 내려갔다 한 바퀴 돌고 나면 이번에는 다시 안쪽으로 들어와서 올라갔다 내려갔다 하는, 한정된 곳인데 그 안에 들어가서 계속 움직이면서 경험하는 건 무한히 반복되는 거예요. 굳이 말을 만들어서 하자면…… 파이 이야기 계속 하셨잖아요. 파이는 무한히 반복되는데 순환하지 않죠. 그런데 공간을 가지고는 그렇게 못하거든요. 공간 차원에서 순환하지 않는 무한이라는 것을 저는 어떻게 생각했냐면 사람이 한 번에 기억할 수 있는 양보다 더 많은 것들이 뒤얽혀 있으면 된다고 생각했어요. 조금 관념적인 얘기지만 처음부터 보르헤스로부터 얻어왔다고 생각하는 공간 개념이 '한정된 전체 속의 무한한 경험' 같은 것인데, 그게 바로 미로잖아요. 하지만 그걸 현실의 3차원 공간에서 실현할 수가 없죠. 실제로는 할 수 없더라도 경험상으로 모사하는 유일한 방법은 잊어버리게 만드는 일이라고 생각한 거예요. 동일반복을 하되 그 반복되는 양이 한 번에 인지할 수 있는 양보다 많아지면 적어도 인식상으로는 계속

해서 바뀌게 되는 것이 아닐까. 그러다 보니 의도적으로 선들을 꺾고 돌리고 낮추고 높이는 식의 작업들을 한 것 같아요.

이동진 보르헤스를 이야기해주신 건 처음인데 들으면서 감탄하게 되네요. 저 역시 보르헤스의 문학작품에 담긴 건축학적인 특성이 파이와 연결된다는 생각을 계속 하고 있었거든요. 이 공간이 정사각형에 가까워서 어떻게 보면 재미가 없게 느껴지는데, 공간 설계를 곡면처럼 보이도록 해서 전혀 다른 느낌을 만들어냈죠. 곡면으로 했기에 실용적인 부분을 포기한 것도 있을 거예요. 이 공간에 처음 들어온 사람들이 설계에서 가장 깊은 인상을 받는 게 1층 홀과 둘레길의 2층을 나누는 곡면의 장식공간들이거든요. 위에서 아래로 찍으면 다양한 추상적 무늬들이 나오게 되는데 거기에 매혹되죠. 그렇다고 해서 곡면이 정확히 대칭되거나 반복되는 것도 아니어서 규칙대로 뻗어나가는 게 아니란 말이에요. 마치 비순환무한소수인 파이처럼 말이에요. 아까 지각한 내용을 잊어버리면 된다는 말씀을 하셨는데 그래서 그게 그렇게 맞아떨어졌구나 하는 생각을 하게 돼요. 더군다나 저는 파이에

매혹되어 있고 공간 이름까지 파이아키아니까 더욱 짜릿하죠.

봉일범 정확한 인과율은 아니겠지만 그래도 거기에 이유는 있을 것 같은데요. 첫 번째는 아까 말씀드린 대로 조그만 공간에 많이 집어넣으려면 각을 틀고 곡선을 돌리고 하는 게 어떻게 보면 필연적이기 때문이에요. 예를 들어 주택에서 화장실을 설계할 때, 보통 아파트 화장실의 표준 사이즈보다 더 작은 곳에 세면기, 변기, 욕조를 넣으려면 직각을 벗어나는 각도들을 쓸 수밖에 없어요. 사람이 앉거나 서서 뭘 할 때 쓰지 않는 공간에 다른 게 들어오도록 비정형의 각도를 쓰고 곡선을 쓰는데, 이게 멋을 부리기 위해서가 아니라 좁은 공간을 활용하는 방법이에요. 또 하나 더 중요한 것은요. 제가 왜 자꾸 곡선을 쓰느냐를 저 스스로 고민해봤는데, 아마도 저한테 건축을 객관화해서 바라보는 게 싫다는 생각이 있었던 것 같아요. 그러니까 건축이라는 게 저 멀리에 두고 감상하는 대상이 아니라 항시 내 몸의 촉수가 닿는 친밀한 존재라는 뜻이에요. 비슷한 맥락에서, 제가 어떤 책을 준비하면서 한 챕터의 제목을 '집의 사진은 집

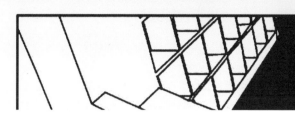

이 아니다'라고 정했거든요. 우리는 흔히 건축을 다 사진으로 보잖아요. 굉장히 멋진 작품 사진을 보게 되는데 그 사진은 건축을 객체로서 바라보는 일방적인 시선을 대표할 뿐이죠. 실제로 건축 공간은 그게 아니라는 생각이 점점 더 강해져요. 그 안에 몸을 기대고 손으로 만지고 걸어가다 걷어차이고, 냄새를 맡고, 소리의 울림을 듣고 그러는 거잖아요. 어느 날 제가 설계해서 지은 집이 비어 있을 때 거기 혼자 앉아 있다가 문득 이런 생각이 들었어요. '공간은 공감각이다.' 그런데, 공감각이라는 걸 달리 말하면, 단순히 시각에만 국한되는 게 아니라는 차원을 넘어서는 것 같아요. 저는 건축이라는 이 아이가 냉담하고 매정한 척 사진 속에 꼿꼿이 서 있는 게 싫었어요. 얘가 먼저 사람한테 부닐고 살갑게 대해주고 그러면 얼마나 좋겠어요. 공간에서 몸으로 느끼는 감각이 부드럽고 따뜻하고 편안하고 그러면 당연히 그게 좋은 거잖아요. 철학이말로 건축하기와 같다는 생각 때문에 건축하는 사람들도 데카르트적인 명석판명함을 건축에서 구하고 싶어 하지만, 그건 생각이지 느낌이 아니죠. 건축만이 아니라 저

는 모든 사람들에게 모든 순간에 생각하는 힘이나 아는 힘보다 느끼는 힘이 더 소중하다고 믿어요. 직선이 개념적이라면 곡선은 감각적이잖아요. 아! 물론 원은 아니겠지요. 그건 개념 중에서도 가장 냉혈한 같은 개념이죠. 저한테는요.

미학과
실용성

이동진 실내의 한가운데를 뻥 뚫어놓은 것과 식탁이나 장식장이 움직이도록 가변성을 둔 것은 이곳에서 이런저런 행사를 할 수 있도록 해주신 거죠. 그런데 그동안 이곳을 방문한 친지들이 제일 재미있어했던 곳은 미로 쪽이에요. 거기 갈 때는 약간 아이 같은 마음이 되는 것 같아요. 어렸을 때 좁고도 재미있는 공간을 탐험하는 듯한 느낌이라고 할까요. 올라갔다 내려갔다 하게 되는데, 가장 높은 곳의 책장에는 제가 일부러 여행책을 갖다 놨거든요. 그곳에서 내려와 돌아가게 되면 높은 책장이 있고 그 위 천장에 거울까지 붙어 있어서 사람들이

534

재미있어해요. 저도 매우 좋아하고요. 파이아키아에 가장 많은 것은 책인데, 책에는 명확한 물성이 있죠. 실제로 2만 권의 책이 갖고 있는 압도적인 양감이 있는데 제가 애초에 고려했던 건 바로 책의 집 같은 것이란 말이에요. 그런 면에서 천장의 거울을 보면 그 위로 책들이 무한으로 이어지는 것 같은 착시도 잠깐 생기는데, 그쪽을 설계하신 이야기를 좀 해주세요.

봉일범 의도적으로 작게 만들려는 생각은 분명히 있었어요. 조금 전에 말씀드린 얘기와도 통하는 건데요. 공간의 크기라는 게 굉장히 중요하다고 생각했거든요. 보편적인 건축이론은 아니고 저 혼자 하는 생각인데요. 좀 전에 그 공간에 들어갈 때 아이와 같은 마음이 된다고 하신 말씀이 정확한 것 같아요. 아이들을 키워보니까 애들은 어쨌건 어딘가 조그만 공간에 들어가서 숨어요. 쪼끄만 공간을 너무 좋아해요. 심지어 큰 택배 상자가 오면 그 속에 들어가서 창문을 뚫어달라든지 해요. 어른들은 안 그렇다고들 생각하는데 제 생각엔 어른들도 그런 것 같아요. 사람은 누구나 어떤 공간에 놓이면 본능적으로 자기 몸에서 지근거리에 있는

벽의 존재부터 느끼는 것 같아요. 그게 가까우면 가까울수록 좋죠. 그래서 들어가는 순간 저기 저 미로 속은 중성적이고 객관적인 공간이 아닌 거예요. 책장들이 나를 감싸고 있는 느낌이 저도 정말 좋았어요. 거기서 돌아 나오면 만나는 거울 천장은 반은 유머고 반은 오마주 같은 거예요. 머리가 닿을 정도로 제일 낮은 곳 바로 옆이니까 놀람교향곡처럼 뭔가 빵 터뜨려주고 싶은데 천장을 뚫고 올라갈 수는 없잖아요. 거울 속에라도 와! 하는 높이를 만들어내고 싶었던 거죠. 그런데 그냥 재미만은 아니고요. 아돌프 로스라는 건축가가 썼던 거울의 오마주이기도 해요. 비슷한 얘기인데, 복도나 계단을 그릴 때 거의 표준적으로 정해져 있는 너비가 90센티미터 정도거든요. 그런데 지극히 주관적인 얘기지만 지나다니면서 느껴지는 공간의 경험이 저는 82~3센티미터 정도일 때 제일 좋더라고요. 별 차이 아닌 것 같아도 많은 분들이 분명히 느껴요. 저보다 더 작은 치수를 선호하는 건축가들도 많고요. 출처를 굳이 찾자면 전체적인 개념은 보르헤스한테서 온 것이지만, 구체적인 공간감은 김수근 선생님의 공간

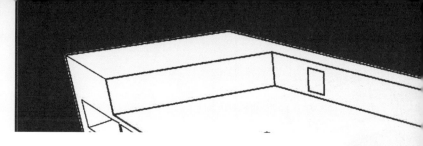

사옥에서 배운 거예요. 그곳에서 근무했던 경험 때문에 그런 것 같아요. 지금은 아라리오 미술관이 되었는데, 그 건물에 가보시면 극단적으로 좁은 공간들이 꽤 많아요.

이동진 거기서 얼마나 일하셨어요?

봉일범 정확히 6개월 15일 있었어요. 짧았지만, 문자 그대로 '거기서 살았다'고 할 만큼 월요일에 출근하면 토요일에 퇴근할 정도로 집처럼 기거했던 곳인데, 그때 몸이 익힌 자연스러운 스케일의 경험이 그 뒤에 제가 했던 작업들에 절대적인 기준점이 되었다고 생각해요. 혹시 나중에라도 한번 가보시면 "이거 다 여기서 베꼈구나." 하실지도 모르겠어요.(웃음)

이동진 공간이 60평인데 제가 평소에 이 공간을 다 쓰진 않아요. 주로 제 책상 자리에 있게 되는데 처음엔 시야가 반쯤 막혀 있어서 답답하게 느껴지기도 했어요. 그런데 1년 가까이 지내면서 느낀 게 저기 앉으면 공간이 딱 그만큼만 느껴져서 좁은 방 안에 들어가 있는 느낌이 들어요. 굉장히 안락해요. 그러다 커피 마시러 계단을 통해 내려오면 또 새로운 공간을 만나게 되니까, 뭐라 그럴까요, 사람도 마찬가진데 계속 친

분관계가 유지되는 사람은 어떤 식으로든 지루해지지 않는 사람이잖아요. 아무리 좋고 선한 사람이라도 항상 똑같은 얘기만 하면 만나기 싫잖아요. 마찬가지로 이 공간이 갖고 있는 큰 장점 중 하나가 아직도 이 공간을 제가 모르는 것 같다는 점이에요.

봉일범 오! 이거 정말 굉장한 극찬인데요.

이동진 지금 말씀을 들으면서 이해한 게, 오르내릴 때 계단 폭이 상당히 좁아요. 물론 공간이 비좁아서 그런 것도 있겠지만 지금 교수님이 말씀하신 이유가 있는 거죠. 책이 가득 차 있는 공간에 들어앉아 책을 읽는 저를 예전에도 자주 상상했었어요. 오로지 책을 읽기 위해서 만들어진 것 같은 건물과 공간이라고 할까요. 어떻게 보면 이곳엔 보기에는 좋아도 실용적이지 않을 것 같은 곳이 꽤 있어요. 예를 들면 창문에 기대서 책을 볼 수 있도록 특별하게 꾸며놓은 자리나 천장에 거울이 있는 물결 모양의 커다란 책장 앞에 독서용 의자가 놓여 있는 곳이 그렇게 보이겠죠. 그런 공간을 안 쓸 것 같죠? 다 쓴다니까요. 얼마 전에 안나 제거스의 책을 보는데 빡빡하면서도 멋진 소설이었어요. 그 소설을 창가의 특별한 독

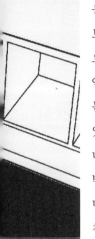

서 공간에서 읽었죠. 블라인드를 내리고 전용 조명을 켠 후 새벽 3시까지 저기 앉아서 보았는데 불편할 것 같지만 그리 안 불편해요. 좁기 때문에 발이 딱 반대편에 닿아서 안정감도 있고요. 독서를 위한 전용 공간에 몸이 꽉 끼인 채 책을 읽는 고유한 느낌이 있어요. 그러다 엉덩이가 아파질 때쯤 되면 내려와서 안에 감춰져 있는 주방 테이블을 밖으로 꺼내어 의자를 놓고 읽다가, 이번엔 미로 쪽으로 넘어가서 거울 아래 물결 모양 책장 앞에서 책을 보았죠. 블라인드를 내리면 완벽하게 바깥하고 차단이 되거든요. 이런 식으로 책 한 권을 이곳저곳 돌아다니면서 보는데 너무 재미있는 거예요. 독서 시간을 흥미롭게 지속시켜줄 수 있다는 점에서 오히려 제게는 굉장히 실용적인 공간이에요.

봉일범 실용적이라는 말씀이 아주 많이 중요한데요. 그걸 좀 멋지게 포장해서 제가 요즘 '정성기능주의'라는 말을 쓰고 다녀요. 제가 미는 표현인데요. (웃음) 기능주의라고 하면 사실 일방적으로 욕먹기 십상인 개념이거든요. 너무 딱딱한 기계적인 사고를 하니까 인간이 배제되고 삶의 개별성 같

은 게 질식당한다는 이런 얘기잖아요. 그런데 제가 생각하는 기능이라는 것은 근본적으로 인본주의에 속하는 것이고, 어떤 면에서는 실용이라는 것과 딱 맞는 것 같아요. 예를 들어 여기에 전시를 위해 파놓은 수납공간들이 있잖아요. 수집품을 배치하고 유리를 덮어놓은. 그 유리로 된 진열장들을 어디에서 나누느냐, 비례나 모양을 생각하는 건 당연히 아니고요. 여기쯤 어딘가에 계단이 두 개 있다고 하면 계단의 앞뒤에서는 그 진열장이 연속되면 안 된다고 생각하는 거예요. 사람들이 전시품만 보면서 쭉 따라가다 발을 헛디디는 일이 벌어지거든요. 그런 면에서 보면 실용적이라는 말이 이 공간의 핵심일 수도 있어요. 이 공간을 그려놓고 나서 저 혼자 흐뭇해하고 있는 게 하나 있는데요. 움직이는 부분들을 점선으로 겹쳐 그려놓은 이 공간의 평면도 한 장이 있어요. 제가 지금까지 그렸던 도면들 중에서 제 눈에는 이게 제일 아름다워요. 어떤 대상을 그려놓은 도면이라는 생각을 버리고, 굳이 얘기하면 '기의'를 싹 없애버리고 '기표'만을 무의미하게 쳐다보면 굉장히 아름다워요. 그게 너무 뿌듯한 거예

요. 이 공간이 실용적이라는 얘기는 '이 지점에 있는 사람이 어떤 경험을 하고 어떤 느낌을 가질까'만을 기준으로 만들었다는 뜻인데, 그 결과가 적어도 제 눈에는 더할 나위 없이 아름다워 보인다는 사실이 정말 좋아요. 흥미롭기도 하고요.

시간이
멈춘 곳

이동진　제 요구이긴 했지만 파이아키아의 책장들은 각 칸의 높이가 낮은 편이고 깊지도 않죠. 그 이유 중 하나는 남는 공간 없이 최대한 수납하기 위해서이고 또 하나는 그게 제겐 멋지게 보인다는 거예요. 그리고 책장 규격이 대부분 통일되어 있고 기본 색상은 흰색과 빨간색 두 가지죠. 수납의 경우 책이나 CD 혹은 DVD를 꽂는 곳과 수집품을 놓는 곳으로 나눌 수 있을 텐데요, 그 부분을 설명해주시면 어떨까요.

봉일범　일단 너무 많으니까 그 많은 것들을 어떻게 다 여기에 집어넣느냐가 가장 큰 숙제였어요. 그러다 보니 자연스레 양이 많

은 책부터 다 들어갈 수 있는 제일 바깥쪽 벽면에 두자는 식으로 배치가 시작된 거죠. 책장 면적 재고 들어가는 책 수 세고…… 디자인이 아니라 거의 창고정리 같은 작업이었어요.(웃음) 그런데 책장에 대해서는 이 선생님께서 너무나 확고한 기준을 처음부터 갖고 계셨죠. 일반적인 책장에 비해 깊이도 얕고 칸 높이도 낮았는데, 다시 생각해보면 가장 이상적인 책장이 아닌가 싶어요. 보시다시피 책장은 거의 안 보이고 책들만 보이니까요. 흰색도 그런 의미예요. 책장 자체는 그저 책을 위한 배경에 불과한 거죠. 책 말고 CD나 LP, DVD 등 다른 물건들에 대해서는 이 선생님께서 계속 말씀해주셨던 어떤 이미지라 할지 그런 것들에 따라 최대한 넓게 분산시켜놓은 거예요. 그 이미지에 몇 가지 테마가 있었는데, 그걸 파악하는 게 그리 어렵지는 않았어요. 그건 정말 대화의 힘이었던 것 같아요.

이동진　예를 들면 어떤 거예요?

봉일범　큰 범주는 영화, 책, 음악, 수집품이지만 거기에 결부된 테마로 말할 것 같으면 예를 들어 영화의 DVD는 이 선생님의 아이덴티티 자체인 데 반해 음악의 LP는 전

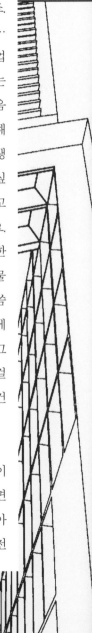

시성이 강하다든지 그런 거였잖아요. 같은 음악 범주에 속하더라도 단순 소장품인 CD와 달리 LP와 베이스 기타에 결부된 핑크 플로이드는 약간의 아우라나 물신화가 필요했던 거죠. 그런 의미에서 강연이나 방송의 배경 자리에 DVD가 병풍처럼 놓이고 핑크 플로이드는 가장 예외적인 공간에 자리 잡은 거죠. 이런 식의 테마별 구성 못지않게 전체를 고르게 분산시키는 게 중요했어요. 그래야 이 공간이 진정한 미로가 되니까요. 말하자면 부분들은 있는데 그 사이의 위계는 거의 지워버린 거예요. 공간 전체의 이미지에 대해 이 선생님께서 생각하신 것과 제가 번안한 것이 크게 차이가 없었기에 가능했던 일이에요. 부분 부분을 갑자기 다른 방식으로 바꿔도 크게 무리가 없게 된 거죠. 그 점에서는 불규칙하게 생겼다는 게 큰 몫을 한 것 같아요. 여러 번 시도해보면서 느낀 건 비정형과 불규칙이 눈에 읽히는 체계를 없애는 효과를 가져온다는 거예요. 항상 직교 체계를 가진 곳에서 살다 보니까 그런 곳에서는 사람들이 자연스레 공간적인 기준점을 만드는 것 같아요. 거리에 대한 것도 그렇고 방향에 대한 것도

그렇고요. 그런데 그게 틀어져버리면 방향과 크기에 대한 감각이 없어져버려요. 어떤 면에서는 정신 사나운 공간이 될 수도 있는데 그 자체가 뭔가 의도하지 않은 것 혹은 우연적인 것을 수용할 수 있는 틀이 되는 거예요. 제가 설계한 집 중에 평면상으로 직각이 전혀 없는 집이 있었어요. 그 집에서 그걸 깨달았어요. 이사 들어간 다음에 사람들이 뭐라 하더냐고 물었더니 건축주가 아주 재미있는 말을 하더라고요. 자기 집에 와서는 몇 평이냐 묻는 사람이 없대요. 그 집이 굉장히 좁은데, 집에 와본 사람들은 다들 '이게 뭐야' '여긴 왜 이렇게 삐딱해' 이런 얘기들만 하지 면적이 얼마냐고 묻질 않는다는 거예요. 공간에서 느끼는 것, 발견하는 것, 알려고 하는 것들이 확실히 달라지더라고요.

이동진 그것과 비슷할 수 있는데요. 신기한 게, 여기 오는 사람들이 하는 얘기가 시간이 흐르지 않는 것 같은 느낌이 있대요.

봉일범 그렇죠. 그 말씀도 동일한 맥락 같아요. 그런데 시간이 흐르지 않는다는 느낌은 오히려 외부와 차단이 돼서 더 그렇지 않을까요?

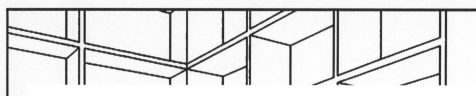

창은 원래 건물에 없었던 거예요, 아니면 없애려고 의도하신 거예요?

봉일범　창은 더 없애고 싶었어요. 소방과 피난 등등의 이유로 남겨둘 수밖에 없었지만요. 지금 생각해보니까 저는 처음부터 당연하다는 듯이 이 집은 닫혀 있는 공간이라고 생각했어요.

이동진　최초에 교수님과 논의했던 것 중 하나가 외부와 차단된 공간이었죠.

봉일범　그렇죠. 맨 처음에 제가 '나무가 보이는 풍경을 좋아하시나' 이런 걸 물으니, 이 선생님께서 "직사광선 같은 거 필요 없어요, 저는 밤낮이 바뀐 사람이라." 하시면서 전혀 뜻밖의 요구를 하신 게 조명이 밝아야 된다는 것이었어요. 일과를 마치고 돌아오면 밤새도록 머무는 공간. 그래서 처음부터 창은 아예 고려대상이 아니었어요.

지금까지 이야기해주신, 보르헤스 얘기라든지 공간을 시각이 아닌 감각으로 느꼈으면 좋겠다는 얘기라든지 그런 걸 다 아우를 수 있는 게 이것인 것 같아요. 이곳은 낮과 밤이 없는 곳이에요. 시간이 멈춘 공간.

봉일범　그걸 딱 느끼셨다는 게 정말 놀라운데요?

이동진　저도 똑같이 시간이 정지한 것처럼 느껴져요. 예를 들어 간혹 2~3일 정도 외부 일정이 없는데 집중해서 일을 해야 하면 거의 대부분 여기에 있기도 하거든요. 그럴 경우 2~3일이 하루처럼 느껴져요. 더군다나 저는 정오가 넘어야 일과를 시작하는 사람이니까 내부에 불을 안 켜면 낮에도 어두워요. 일단 들어오면 밖에도 거의 안 나가기에 말 그대로 동굴 속에 웅크려 있는 것 같은 느낌이 들어요. 시간이 거의 정지된 상태에서 나만 아주 천천히 움직이는 것 같은, 말하자면「엑스맨」에 나오는 퀵실버 같은 느낌이라고 할까요.

봉일범　사실 처음 이 선생님의 생활패턴에 대해 들었을 때 실망스러운 부분이 있었어요. 공간을 만드는 가장 중요한 만능열쇠가 빛이거든요. 사람들이 공간에서 무엇을 제일 먼저 볼까 생각해본 적이 있어요. 건축가들도 그렇고 거의 모든 예술가들이 디테일을 굉장히 중시하잖아요. 그러다 어느 날 문득 그게 아니라는 생각이 들었어요. 사람들은 제일 먼저 빛을 보는 것 같아요. 그다음에 색을 보고 그다음에 형태를 보고 디테

540

일은 마지막인 거죠. 그래서 빛을 가지고 공간을 만드는 방법이 사실은 제일 쉬워요. 그런데 그걸 차단당한 거예요. 그러면 조명을 가지고 뭘 해볼까 했더니 조명은 또 그냥 밝아야 한다고 하셔서 난감했죠. 그런데 말씀을 들어보니 시간이 멈추었다는 의미가 그거 같아요. 원하신 대로 이루어진 거네요.(웃음)

이동진 네, 만약에 조명까지 어둡게 했으면 저는 정말 우울의 극치를 달렸을 거예요.

봉일범 그렇긴 하지만요. 사실 이곳의 조명이 그리 단순하지는 않아요. 밝고 어둡고 강하고 은은한 조명들이 여러 가지로 섞여 있는 걸 느끼셨을 거예요. 마냥 밝게만 해 놓았다면 아마 오래 머물러 계실 때 꽤 피곤하셨을 거예요. 건축을 하다 보면 이런 생각을 많이 해요. 집 짓는 일이 아니고 일종의 심리상담 같은, 그런 부분이 더 큰 것 같아요. 건축주와 갈등이 있을 때도 심심찮게 있어요. 그런데 대부분 그 갈등이라는 게 건축주의 말을 표면적으로만 곧이곧대로 듣기 때문에 생겨나요. 모든 사유공간을 꿈꾸는 건축주의 말에는 희망과 계획, 기대, 욕망만이 아니라 가장 내면에 있는 근심과 불안, 자존심, 열등감, 추억 아니면 상실감, 분노, 질투 같은 것들이 모두 뒤섞여 있어요. 그게 다 다른 형태의 말들로 전해져요. 아무리 정제된 언어라고 해도 분명 그 속에는 다른 켜가 있다는 걸 많이 느껴요. 방은 꼭 네 개가 있어야 된다는 말에는 거기에 결부된 무언가 건축 외적인 것들이 반드시 있다는 뜻이에요. 그게 무언지 공감하게 되면 방을 세 개만 그려드려도 좋아하시도록 만들 수 있어요. 물론 쉬운 일은 아니지만요. 애들 밥해 먹이는 일하고 비슷해요. 달걀프라이를 해달라고 해서 해줬는데 깨작대고 안 먹죠. 맛없다고 하면 맛은 있대요. 버럭 하고 나서 보면 꼭 '아하! 사실은 이랬었구나.' 할 때가 많잖아요.(웃음)

이동진 수집품이야 제 개인적인 것이지만 이 공간의 특성은 사실상 두 사람이 오랫동안 나눈 대화의 기록 같은 느낌이 있어요. 저는 막연하게 꿈꾸는 분위기나 이런 건 있지만 구체적으로 생각해낼 수 있는 사람은 아닌 거고, 교수님께서 저의 막연한 욕망이나 상상력의 방향을 정확하게 아시고 그걸 구체적으로 만들어주신 거죠.

이동진의
뇌

이동진 시공 이야기를 좀 해볼까요? 책장 제작을 포함한 가구업체가 있고 구조를 짜는 업체가 있었는데 힘들어했어요. 이런 공사는 거의 안 해봤을 테고 특히 가구는 다 곡선이고 하니까. 5년 뒤, 10년 뒤에 다른 데로 옮기면 이거 다 버려야 하거든요. 보통은 책장을 가져갈 수 있는데 여긴 공간에 딱 맞게 짜서 못 가져가요. 하나를 포기하고 다른 걸 얻은 거죠.

봉일범 공사가 워낙 복잡하니까 시공사가 도면만 보고는 할 수 없는 부분이 많았어요. 제가 계속 설명을 해줘야 했죠. 다행히 현장 소장님과 목수 팀장님이 정말 실력 있는 분이었어요. 현장과 말이 통하니 도면과는 다르게 즉석에서 변경한 부분들도 꽤 있어요.

이동진 시공 과정에서 가장 힘들었던 건 뭔가요?

봉일범 짜 맞추는 게 가장 힘들었어요. 직각으로 딱 붙이는 게 아니고 여러 각도의 곡선과 모양이 많으니까요. 게다가 시작과 끝이 없이 다 연속되어 있잖아요. 입으로 꼬리를 물고 있는 루프니까 정말 딱 들어맞지 않으면 안 되는 거예요. 롱테이크로 한 번에 가야 하니까 그 점에 있어선 가구업체가 고생을 많이 했죠.

교수님은 이 공간의 어느 부분이 가장 마음에 드세요?

봉일범 글쎄요…… 이 징글징글하게 복잡한 덩어리가 무사히, 그것도 제법 짜임새 있게 마무리되었다는 사실 자체가 마음에 들죠.(웃음) 부분적으로 제일 뿌듯한 건 안쪽의 곡선 모양 가벽이고요. 사실은 모양을 생각하고 그린 건 아닌데 은근히 멋지더라고요. 그 사진을 제 친구가 보더니 영화 필름 풀어 헤쳐놓은 것 같다고 그러더라고요. 이동진 선생님 공간이라는 걸 아니까 그랬겠지만요.

이동진 모양 자체는 추상인 거죠?

봉일범 추상이죠, 아무 의미가 없는. 굳이 의미가 있다면 그건 철저하게 실용이었어요. 처음부터 이게 멋있을 거라고 생각하고 한 건 전혀 아니었어요. 그런데 결과적으로 봤더니 괜찮았던 거죠.

542

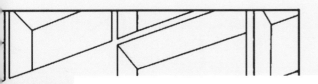

이동진 모양을 먼저 결정한 게 아니고 기능에 따라서 유기적으로 만들게 됐는데 결과적으로 모양도 좋았던 거죠. 혹시 저 때문에 너무 여백이 적어졌다는 생각은 안 드세요?

봉일범 그렇진 않아요. 소위 여백의 미라는 것이 필요한 곳이 있는데 여기는 꽉 차 있다는 게 이 공간의 캐릭터인 것 같아요. 처음 지어졌을 때보다 더 많이 들어찼고, 그만큼 훨씬 좋아지고 있어요. 정말 놀라운 것 같아요. 어떻게 계속해서 바꾸시는지. 엄청 귀찮으실 텐데.(웃음)

이동진 귀찮은 게 아니고 저의 행복이죠.(웃음) 여기 완공되고 나서 특수 인테리어 전문가가 오신 적이 있어요. 원래는 인테리어 조언을 해주러 오신 건데 공간을 둘러보고 저와 이야기해본 뒤 내려준 결론은 '마음대로 하셔도 된다'였어요. 이 공간을 보고 딱 든 생각이 '이동진 씨의 뇌 같다'였대요. 이동진의 뇌 속에 들어와서 둘러보는 것 같기 때문에 물건을 여기에 두든 저기에 두든 어떻게 해놓아도 다 이동진이란 거죠. 그 말을 듣는 순간 고민이 해결되는 느낌이었어요. 지금 천장에 귀한 사인본 음반들을 백 장 넘게 깔아놨는데 저건 사실 말도 안 되는 것일 수도 있잖아요. 벽 하나는 빨간 것들로 다 채워버리지 않나, 이런 식의 이상한 짓을 많이 했어요. '이렇게까지 해도 되나?' 싶었는데 그분 말을 듣고 확신을 얻은 거죠. 결과적으로 뭘 해도 어울렸던 것 같아요. 그렇게 공간을 만들어주신 겁니다.

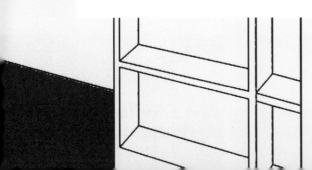